리셀러 살인사건

리셀러 살인사건

마츠자와 쿠레하 지음 · 권하영 옮김

BOOK PLAZA

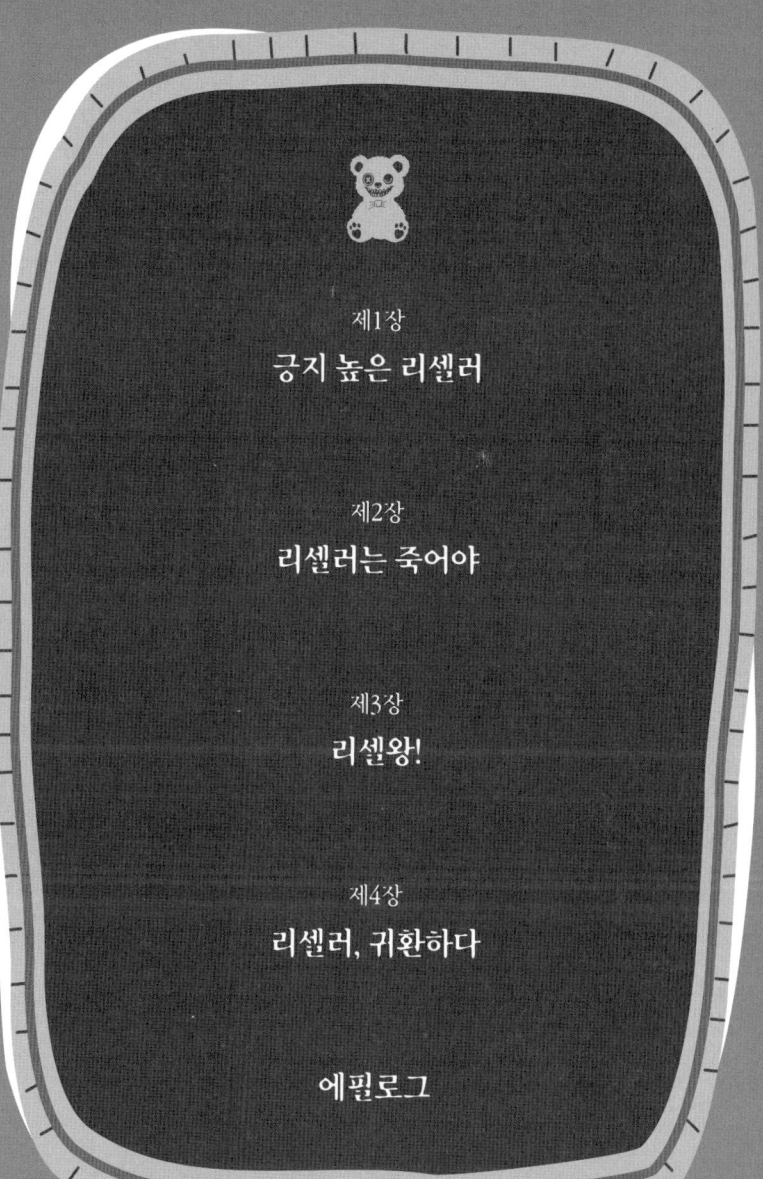

< 뒤로 　　　 국내 뉴스 　　　 다음 >

사망한 리셀러, 신원 밝혀져... 괴한에게 공격당했나? SNS상에서도 화제

경찰은 이달 21일 도쿄 토시마구 이케부쿠로 거리에서 사망한 피해자 남성의 신원을 사이타마현 토코로자와시에 사는 야마다 노리시게(35) 씨라고 밝혔다. 타살 혐의점이 있어 수사가 계속되고 있다.

피해자의 지인이 증언한 바에 따르면 야마다 노리시게 씨는 희소가치가 높은 인기 상품을 구입해 중고 거래 앱으로 2차 판매를 하며 이익을 얻는, 이른바 '리셀링'을 한 것으로 보여 SNS상에서는 #리셀러살인사건이 실시간 트렌드에 오르는 등 큰 반향을 불러일으키고 있다.

 이 정보 공유하기

제1장
긍지 높은 리셀러

리셀러의 아침은 일찍 찾아온다.

다섯 시 기상, 여섯 시에는 현장에 도착한다. 이케부쿠로역 근처, 쇼핑몰 앞에는 오늘부터 개장하는 팝업 스토어에 입장하기 위해 긴 대기 줄이 늘어져 있다. 내 앞에는 사람, 사람사람. 뒤에는 더 많은 사람사람사람, 사람사람사람사람.

옆에서 불어오는 바람이 대열을 덮쳤다.

일제히 몸을 움츠리지만 아무도 그 자리를 벗어나지 않는다.

나는 오른팔에 붙은 벚꽃 잎을 털어냈다. 올려다보니, 두툼한 구름 아래서 무수한 꽃잎들이 바람에 흩날렸다. 오늘 도쿄의 벚꽃이 다 떨어지겠다 싶은 강풍을 맞으면서도 사람들은 꺾이지 않고 질서 정연하게 대열을 유지했다.

"와, 사람 진짜 많다."

옆에서 목소리가 들렸다. 대기 줄 전체에서 감도는 긴장감이 전해진다.

"그러니까. 이게 다 뭐야?"

화려하게 꾸민 젊은 남녀가 팔짱을 끼고 가다가 긴 대기 줄을 보고 걸음을 멈췄다. 남자의 양쪽 팔은 문신으로 덮여 있었다.

"무슨 행사 있나?"

모자로 가렸지만 여자는 화장하지 않은 상태였다. 밖에서 하룻밤 묵고 아침에 귀가하는 길인가 보다.

"연예인이라도 오나?"

남자는 망설임 없이 대기 줄로 다가가서 나보다 몇 명 앞에 선 사람에게 말을 걸었다.

"이거 무슨 줄이에요?"

"아…. 음… 굿즈 발매일이라서….'

질문을 받은 여자의 목소리는 상기되어 있었다.

"굿즈?"

"그…《천공의 노래》굿즈….'

"그게 뭔데?"

남자가 얼굴을 들이밀며 추궁했다.

일행인 여자가 뒤에서, "애니메이션 같은 거 아니야?" 하고 거들었다.

"애니메이션?! 골때리네!"

남자는 과장해서 몸을 뒤로 젖히며 말하고는 걸음을 돌려 줄에서 멀어졌다. "알바 지긋지긋해!" 울부짖듯 투덜거리며 남자는 여자와 함께 역 쪽으로 사라졌다.

참으로 어리석다. 저들은 이 대기 줄이 어떤 의미인지 알지 못한다. 사람들이 모인다는 것은 그만큼 많은 사람이 원하는 물건, 다시 말해 가치 있는 물건이 판매된다는 뜻이다. 나는 '네놈이 지긋지긋한 시급제 아르바이트에 에너지를 쏟아붓는 동안 고효율로 많은 수익을 낼 예정이다'라고 생각하며 속으로 의기양양하게 웃었다.

날카로운 재채기 소리가 하늘에 울렸다. 대기 줄 여기저기서 코 푸는 소리도 끊이지 않았다. 4월이지만 햇볕이 닿지 않는 곳에 몇 시간이나 꼼짝 않고 서 있으면 체온은 계속 떨어지기 마련이다. 뒤를 돌아보니 대기 줄 끝은 아까보다 더 멀리 뻗어 있었다. 빌딩 바람을 타고 꽃가루가 날아다니는 전용 통로가 되어 버린 길을 따라 입장 대기 줄이 형성되었고, 사람들은 질서 있게 줄을 서면서도 어서 시간이 흘러가기만을 하염없이 기다렸다. 저 앞에는 모두의 '목표'가 있다. 하지만 대기 줄은 아직 움직이지 않았고, 간절히 원한다 해도 앞으로 한 걸음도 나아갈 수 없었다. 자신보다 앞에 선 사람이 벽처럼 버티고 서 있었다. 사람들은 전진할 자유를 빼앗긴 채 스마트폰을 들여다보거나 음악을 들으면서 저마다 시간을 때우고 있었다.

그때 갑자기 어디선가 성난 목소리가 울려 퍼졌다.

나는 몸을 옆으로 기울여 앞쪽을 살펴보았다.

내가 있는 곳에서 약 스무 명 앞을 보니, 옆으로 밀려 나온 덩치 큰 남자들이 한 스태프를 에워싸고 위협하는 중이었다. 미리 짠 듯이 계절에 맞지 않는 다운재킷을 입고 몸집을 부풀린 세 남자를 상대로 스태프는 그저 쩔쩔매고 있었다. 마치 사자에게 포위된 작은 동물처럼 움츠러든 모습이었다.

스태프가 목소리를 짜내 말해도 소용이 없는 듯했다.

"늦게 오신 분은 뒤로 가주세요!"

"두 분은 뒤에 서 주세…"

대화가 통하지 않는 상황으로 볼 때 중국인으로 보이는 몇 명이 줄에 끼어들려고 했나 보다. 아마 일행 중 한 명을 세워 놓고 뒤늦게 합류한 것 같다. 스태프가 주의를 주자 계속해서 알아들을 수 없는 말로 떠들며 저항하는 외국인 무리.

"뭐야, 무슨 싸움 났어?"

"왜 저래? 괜찮은 거 맞아?"

"전부 해산하라고 하지는 않겠지?"

흔하디흔한 트러블이 생기자 주변은 술렁거렸지만 우리에게 이런 광경은 익숙하다. 동요할 일이 아니다.

스태프는 그 자리를 떠났다. 체념한 모양이다.

긴 대기 줄 앞, 비뚤름하게 튀어나와 있던 돌기가 제거되지 않은 채 안쪽으로 비집고 들어가 자리를 잡는 모습이 보였다. 이어서 줄을 덮치는 진동. 앞쪽에 선 사람들의 어깨가 좌우로 흔들리더니 곧 앞에서부터 등이 뒤로 밀리기 시작했다. 나도 자연스레 몇 발짝 뒷걸음질 쳤다. 내 뒤에 있는 여자 두 명도 발을 맞춰 뒤로 행진했다. 앞쪽에 끼어든 사람이 생긴 만큼 대기 줄은 후퇴했다.

그리고 정적이 찾아왔다.

사람들은 아무 말도 하지 않았다. 하지만 떠도는 기운이 말한다. '야비하다', '비겁하다', '왜 저러냐', '부당하다', '망할 놈들', '불공평하다', '…'. 일일이 말로 표현되지 않은 불만이 눈에 훤히 보인다. 일본인은 늘 이렇다. 받아들일 수 없어도 눈을 내리깐다. 명백한 무례를 보고도 침묵을 선택한다. 리셀러임을 알면서도 대놓고 항의하는 사람은 나타나지 않는다. 인터넷상에서는 '리셀러를 죽이고 싶다'거나 '전부 죽었으면 좋겠다' 같은 거친 발언이 보이지만 결국 익명으로만 목소리를 높인다. 리셀러의 독무대를 모두 손 놓고 지켜볼 뿐이다.

딱 보면 '동종업자' 티가 나는 사람들이 여기저기서 보였다. 이곳은 온통 젊은 여자들뿐이라 일본어를 못하는 외국인 무리, 촌스러운 차림새의 중년 부부, 존재감을 죽이려 애쓰는 혼자 온 남자는 특히 튀어 보인다. 이물질처럼 섞여 든 자들이지만 말썽을 일으키지 않는 한 쫓겨나지 않는다. 당연하다. 어차피 위법이 아니다. 리셀러든 뭐든, 상품을 구입할 권리는 줄만 서면 주어진다. 자본주의 시장 경제가 제대로 기능하고 있다는 증거다.

나는 리셀링을 생업으로 한다.

서른 살을 기점으로 일을 관두고 리셀러로서 지식과 경험을 쌓았다. 리셀러는 '구입'의 프로다. 한정품과 레어템을 사들이는 데에 능하다. 그와 동시에 '매각'의 프로이기도 하다. 시세를 파악하고 시류를 따르면서도 조금 더 고가에 파는 기술을 갖고 있다. 그래서 매일매일 조사를 게을리하지 않는다. 트렌드와 가격 동향 조사, 매입 점포 선정, 추첨 판매 정보 수집 등등. 목표물을 손에 넣기 위해 시간 쓰기를 마다하지 않는다. 취급하는 상품도 실로 다양하다. 인기 콘텐츠의 캐릭터 굿즈를 시작으로 희귀 카드나 프라모델 같은 취미 상품, 편의점에서 독점 판매하는 추첨 경품, 아이돌과 배우 굿즈, 부록이 딸린 잡지와 간행물, 의류 브랜드의 한정판 콜라보 아이템, 최근에는 미술관에서 특별전이 열리면 오픈하는 뮤지엄 숍의 굿즈도 뜨거운 인기를 누리고 있다. 상품을 폭넓게 취급하고 리스크 분산도 고려하는, 한마디로 리셀러계의 올라운드 플레이어. 한 분야에만 특화되면 해당 분야의 인기가 시들해졌을 때 함께 무너질 수밖에 없다. 개인적인 취향이나 기호로 눈이 흐려져서도 안 된다. 일반 대중이 지닌 욕망의 변천을 예민하게 인지하기 위해서는 우선 자신의 사심을 제거해야 한다. 객관적으로, 위에서 내려다보듯 '지금, 누가, 무엇을 원하는가'라는 시점에서 시장 전체를 바라보는 능력이 필요하다. 넓은 시야로 조망하면서 효율적으로 높은 수익을 내지 못한다면 프로로 일을 이어갈 수 없다.

시간은 천천히 흘러갔다.

혼자 줄을 선 많은 사람이 말없이 시간을 보내는 가운데 낯선 외국어만 들린다. 뜻을 이해할 수 없는 대화는 BGM이나 다름없어서 흘려들으면 된다. 대신, 가만히 귀를 기울여 보면 일본어로 대화하는 목소리가 또렷이 잡혔다.

"랜덤 굿즈도 한 사람당 여섯 개까지래."

"다 못 모으게 하려고 그러나 봐."

"알렉 님만 나오면 되는데."

"둘이서 일단 최대한 많이 사고 나중에 교환할까?"

앞쪽에서는 이런 대화가 이루어졌고,

"으으음, 대형 캐릭터 인형 살 수 있을 것 같아?"

"글쎄, 재고에 따라 다르지 않을까?"

"으아아, 알렉산드르 대형 인형 사재기하고 싶다!"

"내 말이! 팬이 너무 늘어서 요즘엔 쌓여 있는 걸 본 적이 없어."

뒤쪽에서는 이런 대화가 이루어졌고,

"진주조개 님한테 DM 왔다! 지금 줄 서 있대!"

"역시! 그 사람 지금 어디쯤 있을까? 좀 뒤쪽에 있나?"

"사고 나서 합류하자고 답장해 놓을게. 카페 가자!"

"좋아 좋아. 근데 알렉 님 인형 못 사면 밤새워야 할지도."

등 뒤에 선 두 여자는 이런 대화를 나눴다.

역시 인형을 사고 싶어 하는 사람이 많다. 그리고 내 추측대로 인기는 '알렉'에 집중돼 있다. 매입해야 하는 상품은 메인 캐릭터 여섯 명 중에서도 특출난 인기를 자랑하는 '알렉산드르 레오노르 포아송 드 베르'임이 분명하다. 현장에서 들리는 생생한 목소리는 귀 기울여 들을 만한 가치가 있다. 서로 친구인 팬들끼리 같이 줄을 서면 자연스레 콘텐츠를 주제로 이야기꽃이 피기 때문에, 그런 이야기를 들어 놓으면 시장 조사에 도움이 된다. 이렇게 성실하게 조사를 해야 비로소 리셀링이 성립된다.

또다시 돌풍이 불었다.

근처에 있던 삼각콘이 옆으로 쓰러지는 바람에 대열을 정리해 주던 걸이 봉이 바닥에 떨어졌다. 다시 세우러 오는 스태프는 없었다. 원래 질서를 겨우 이런 것으로 유지할 수는 없다. 매장 오픈은 오전 열 시. 그보다 한 시간 전인 아홉 시부터 대기 줄을 서라는 안내가 있었지만 내가 현장에 도착했을 즈음에는 '선발대'가 이미 제멋대로 줄을 이룬 상태였고, 한 명 한 명 그 뒤를 따라서 장사진을 치자 여덟 시쯤에 나타난 운영 스태프는 이 비공식적이고도 자주적인 대열을 기준으로 사람들을 줄 세웠다. 사전 안내를 따라 정각 아홉 시에 온 정직한 사람들은 한참 뒤쪽으로 밀려났다. 부당하기는 하지만 이것이 흔한 전개다. 임시 고용된 스태프들은 무뢰한이 압박을 가하면 쉽게 기가 꺾이고 만다.

《천공의 노래》첫 팝업 스토어 개최. 심지어 첫날에 예상을 뛰어넘는 인원이 몰려드는 바람에 운영진의 미숙함이 드러났다. 나는 오늘, 성공이라고 생각했다. 이런 현장은 무법 지대이자 난장

판이 되기 십상이지만 능숙한 리셀러는 오히려 움직이기 편하다. 일어날 수 있는 사소한 사건 사고에 동요하지 않고 침착함을 유지할 수 있는 멘탈이 프로로서 필요하다.

이마에서 찬 기운을 느끼고 손바닥으로 닦아 보니 살짝 젖어 있었다.

"비다."

"그러게. 비 온다."

"으아, 최악이야."

투둑투둑 하며 굵은 빗방울이 금세 추격해 왔다. 순식간에 비가 쏟아져 내렸다. 그다음은 예상한 대로였다. 사람들이 당황한 기색으로 몸을 틀자 대기 줄이 뱀처럼 구불거렸고, 접이식 우산을 펴는 소리가 앞뒤에서 들렸다. 내 바로 앞에 선 여자도 그랬다. 물방울무늬에 레이스가 달린 자그마한 우산을 앞뒤 간격이 좁아서 불편한 듯 양손으로 들었지만, 그 팔은 이미 떨리고 있었다. 옆에서 불어오는 바람에 저항하며 우산을 수직으로 유지하기는 의외로 어렵다. 변화하는 강약과 풍향에 맞서며 계속 힘을 줘야 하고, 균형을 잃으면 앞뒤 사람과 부딪히거나 빗방울이 튈 테니 민폐. 비바람이 치는 궂은 날씨는 대열 유지에 쓸데없는 부담을 가중한다. 심신까지 조금씩 조금씩 좀먹어 간다. 대기 줄 안에서 우산을 들면 피곤하다는 사실을 나는 경험으로 안다. 그래서 가방에서 비옷을 꺼냈다. 펼쳐서 푹 덮어썼다. 재미있게도 빗방울이 옷 위에서 경쾌하게 미끄러져 떨어진다. 일류 전문가는 갖추는 도

구도 남다르다.

아홉 시 반을 지나자 움직이기 시작했다.

줄이 너무 길어져서인지 꺾어서 두 줄로 만든다고 했다. 옆에 맞닿아 서게 된 뒷줄이 보였다. 순간 동종업자가 눈에 들어왔다. 유명 브랜드 로고가 가슴께에서 빛나는 하얀 티셔츠, 모노그램이 그려진 데님 재킷, 독특한 디자인의 빈티지 운동화를 착용했고, 모자와 클러치백도 각기 다른 고급 브랜드다. 비에 젖지 않게 하려고 비닐우산 안에서 몸을 웅크리게 되는 몹시 과도한 그 패션은 부적절하게 눈에 띄는 사례의 가장 적절한 표본이었다. 이유는 모르겠지만 리셀러 중에는 TPO(Time, Place, Occasion: 시간, 장소, 상황 -옮긴이 주)를 고려하지 않고 희소한 고급 브랜드 제품을 몸에 걸치는 사람이 많다. 자신의 전력을 과시하는 듯한 행태가 무척 꼴사납다. 진정한 리셀러라면 저런 상품은 착용하지 말고 리셀링해야 한다. 상품 등급을 손수 중고로 떨어뜨리는 꼴이라니, 어이가 없어서 말이 나오지 않는다. 자제하지 못하는 인간은 리셀러로 오래가지 못한다. 오늘처럼 매입을 하는 행위도 업무의 일환이다. 몸가짐에도 신경을 써야 한다. 이렇게 말하는 나도 무난한 줄무늬 긴팔 티에 수수한 회색 체크 셔츠를 입고 아래는 심플한 베이지색 면바지를 착용했다. 운동화도 대형 아울렛에서 저렴하게 산 것이라 지극히 평범하다. 리셀러는 그늘 속에서 살아간다. 눈에 띄지 않도록 차림새를 신경 써야 한다.

복장뿐만이 아니다. 나는 외모도 타고났다. 물론 용모가 빼어나다는 의미가 아니다. 너무 뚱뚱하지도 않고 키가 크지도 않아서 전형적으로 평범한 내 외모는 어떤 분야의 대기 줄에서도 잘 녹아든다. 유니클로에서 점원으로 오해받은 적도 있다. 그야말로 리셀러로서는 천부적인 재능을 타고났다.

"더는 못 하겠어…!"

"나도 한계야. 그만 나가자."

꺾인 대기 줄 뒤쪽에서 두 명이 빠져나갔다. 둘 다 얇은 옷에 우산도 쓰지 않았고, 한 명은 원피스 밖으로 드러난 어깨가 무척이나 추워 보였다. 그들이 달아나듯 줄을 벗어나서 생긴 공백은 순식간에 메워졌다. 그녀들은 처음부터 없었던 존재가 된다. 두 명 탈락. 다들 마음속으로 기뻐하고 있다.

빗발은 약해질 줄을 모르고 바람은 더 거세졌다. 여자들의 긴 머리가 왼쪽으로 흩날려서 악천후에 휘날리는 깃발처럼 보였다. 대기 줄은 더 가혹한 환경을 맞닥뜨렸다. 이제나저제나 기다리는 사람들의 어깨 위로 습기가 조바심을 품고 피어올랐다. 야외에서 줄을 설 때 한여름 땡볕과 한겨울 강추위만큼 난이도 높은 고난이 바로 비다. 빨리 시간이 지나가기만을 바라게 될 정도로 일분일초가 길게 느껴진다. 극심한 스트레스가 고개를 들지만 나는 동요하지 않는다. 지장보살처럼 꿈쩍하지 않고 몸을 적당히 이완시켜 무념무상의 상태를 만든다. 프로 의식이 있다면 이 정도는 대단한 일도 아니다. 오히려 유쾌하기까지 하다. 인내를 요하는 입장 대기 줄. 사람들은 그저 가만히 줄을 선다. 내가 사러 온 그 물건을 원한다고, 원한다고, 염주처럼 줄줄이 이어진 머리들 위에서 욕망의 기운이 소용돌이치는 듯했다. 얌전히 서 있어도 마음속은 분명히 번잡할 것이다. '아무 문제 없이 살 수 있을까?', '내 바로 앞에서 품절되는 건 아니겠지?', 눈앞에 있는 등을 바라보며 초조함에 시달릴 것이다. 정말 불쌍하다. 물욕에 휘둘려서 사람들이 순순히 한 줄을 이루는 행태가 내 눈에는 늘 우습게 보였다. 그렇게까지 물건을 갖고 싶어 하다니…. 하지만 그 물욕 덕분에 내 생활이 유지된다. 리셀링이라는 행위가 성립된다. 감사함을 잊으면 안 된다고 마음속으로 되새겼다.

"자, 지금부터―"

선두 쪽에서 스태프가 외쳤다.

"앞쪽부터 이동해 주세요!"

일동이 순식간에 활기를 띠었다. 시간을 확인해 보니 아홉 시 사십칠 분. 날씨와 대기 중인 인원을 고려해서 오픈을 앞당기려고 하나 보다.

"천천히 서두르지 말고 입장해 주세요!"

정면 입구인 유리문이 오른쪽만 열렸다. 선두에 선 사람들이 미끄러지듯 안으로 들어갔다. 조금씩 움직임이 생겨 한 발짝, 또 한 발짝 내디딜 때마다 굳었던 다리와 허리의 관절이 가동되었고, 차가워진 몸이 온기를 되찾자 심장 박동은 거세졌다. 목소리를 내는 안내 스태프는 한 명뿐이었다. 다른 스태프들은 말없이 지켜보았다. 대부분 파견으로 온 아르바이트생일 것이다. 아침의

몽롱함이 남은 그 얼굴들은 무기력해 보였고, 사람들을 통솔하는 노하우는커녕 대기 줄을 제대로 정리하는 방법도 모르는 티가 났다. 높아져 가는 구매자들의 열기와는 온도 차가 참 크다는 생각을 하며, 나는 비옷을 말아 가방에 넣고서 입구를 빠져나갔다.

터벅, 터벅, 터벅 하고 울리는 발소리만 퍼져 나갔다. 실내에는 아직 음악이 흐르지 않았고 통로 너머에 있는 의류 매장에는 손님이 한 명도 없었다. 줄을 이룬 사람들은 에스컬레이터를 지나 복도에서 직진, 꺾어지는 어둑한 계단을 뱀처럼 올라갔다. 뱀의 몸통은 가끔 끊겼다 이어졌다 반복하다가 이윽고 계단을 따라 이어진 상태에서 움직임을 멈췄다. 나는 3층에서 조금 더 올라간 위치였다. 매장이 있는 4층까지 얼마 남지 않았다.

곧 매장에 들어간다.

한정된 상품을 둘러싼 쟁탈전이 시작될 것이다.

움직임을 경계해야 할 대상은 선두에 선 중국인 무리다. 끼어들던 태도로 보아 개수 제한도 지키지 않고 사재기를 시도할 우려가 있다. 그렇게 되면 당황하지 말고 상황을 지켜봐야 한다. 규칙에서 벗어난 행동은 한바탕 말썽을 일으킬 테고, 스태프와의 짧은 교착 상태가 발발할 것이다. 그 틈에 그들이 일시적으로 확보하고 있던 상품을 한두 개 슬쩍 가져오는 방법도 나쁘지 않다. 어차피 스태프와 말싸움하는 데에 온 신경이 쏠려 있을 테니까. 만약 욕을 먹는다고 해도 "개수 제한 있어요", "아직 결제 안 했잖아요" 하고는 잽싸게 계산대로 가면 된다. 이곳은 전장이다. 인정사

정없이 빼앗을 것이다.

그밖에 거슬리는 대상은 표정이 없는 중년 부부 정도다. 좋다. 이제 '숙련 부부'라고 부르겠다. 저런 숙련자들은 환상의 호흡으로 협동 플레이를 펼치는 것이 특기다. 한 명이 벽이 되어 방어하고, 다른 한 명이 상품을 정확하게 골라낸다. 나보다 뒤에 서 있으니 문제는 없을 듯하지만, 매장에 입장하고 나서 여러 사람이 섞일 때는 가능한 한 거리를 두며 반대편으로 돌아가야겠다고 미리 대책을 세웠다. 애초에 이것은 하나뿐인 보물을 쟁취하는 싸움이 아니다. 개수가 적은 상품을 선착순으로 얻는 게임이다. 나는 내 방식대로 움직이면 된다.

그런 생각을 하다가, 기척을 느꼈다.

바로 알아차렸다. 그놈이다. 두 계단 앞에 익숙한 뒤통수가 보였다. 까치집 같은 희끗희끗한 머리카락과 빈티지한 사파리 재킷을 입은 뒷모습. 내가 '늑대'라고 이름 붙인 동종업자다. 비쩍 마른 몸에 여윈 뺨, 날카로운 두 눈을 지닌 저 남자는 시장 조사를 하는 방향성이 나와 비슷한지 현장에서 마주칠 때가 많았다. 이번에도 역시 보는 눈이 좋다. 대화를 나눈 적은 없지만 내가 그를 인지했으니 그도 틀림없이 나를 인지하고 있을 것이다. 그런데 어느 틈에…. 조금 전까지만 해도 그의 모습은 없었다. 아마 입구를 통과하거나 계단에 접어들며 줄이 혼란스러워졌을 때 찰나의 틈을 타서 앞쪽에 붙었을 것이다. 그런 협잡을 놓친 나의 초보적인 실수가 쓸쓸하기는 하지만 옆으로 끼어들기도 아니고 앞으로 끼어들기라니, 참으로 대담무쌍하고 놀라운 기량이다. 그야말로 밀림에 숨어드는 병사 같은 전진이라고 박수갈채를 보내고 싶었다. 그도 리셀러로서 천부적인 재능을 갖춘, 동지였다. 서로 의지만 있다면 손을 잡을 수도 있을 것이다. 협조하면 효율이 좋아진다. 팀전의 유리함을 잘 안다. 하지만 내가 먼저 제안하지는 않을 것이다. 우리는 무리 짓지 않는다. 그렇기에 서로 존중할 수 있는 것이라고 믿는다. 이러니저러니 해도 내부 분열은 쉽게 일어나고 언젠가는 인간관계에도 불화가 생긴다. 사회의 틀에서 벗어나 사는 장점을 최대한 누리기 위해서라도 리셀링은 역시 한 사람 한 사람이 개인적으로 꾸려 가야 하는 사업이라고 생각한다. 리셀러는 고독해야 한다.

"그럼 순서대로 안내해 드리겠습니다!"

계단 위쪽에서 스태프의 목소리가 들린다.

"매장 안이 혼잡해지지 않도록 협조해 주세요!"

주변으로 번지는 날카로운 긴장감이 피부로 전해진다. 몇 명씩 끊어서 차례로 매장에 들여보내려나 보다. 어디서부터 어디까지를 한 그룹으로 나눌지 예상할 수 없었다. 첫 번째 그룹, 이른바 '1번 그룹'과 그 이후의 그룹은 하늘과 땅만큼 차이가 나서 그것으로 구매 성공과 실패가 갈릴 것이다.

앞쪽에서 길을 안내하며 내려온 스태프가 '늑대' 바로 앞에서 팔을 치켜올렸다. 이런, 끊어진다!

선수를 치며 움직인 것은 '늑대'였다. 차단기처럼 내려오는 스태프의 팔 아래를 잽싸게 빠져나가더니 자세를 낮춘 채 계단을 뛰어 올라갔다.

"아, 어…"

스태프는 '늑대'를 눈으로 좇았지만 아무 말도 하지 않았다.

길은 아직 열려 있다. '늑대'를 따르듯 한 명 두 명 그 뒤를 이었다. 흐름에 섞여 나도 앞으로 갔다.

"여기, 여기까지입니다! 멈춰 주세요!"

내가 계단을 다 올라서 4층에 발을 내디뎠을 때 뒤에서 흐름이 막혔다. '늑대'의 조력 덕분이기는 하지만 어쨌든 잽싸게 움직여서 1번 그룹에 드는 데 성공했다. 뒤돌아보니 뒤에 있는 사람은 열 명 정도였다. 맨 뒤에는 약삭빠르게도 '숙련 부부'도 있었다. 예상 이상으로 많은 사람이 밀려 올라오는 바람에 경쟁자가 모두 한자리에 모였다.

거의 다 왔다. 인기 여성향 게임을 원작으로 만들어진 TV 애니메이션 《천공의 노래》 한정판 캐릭터 굿즈가 판매된다. 애니메이션은 이번 달부터 방송됐지만 이미 2기 제작이 결정됐다는 소문도 있고 인기는 앞으로 더 높아질 것이 분명했다. 게다가 이번 굿즈는 온라인 판매가 미정이라서 이렇게 매장에 와야만 살 수 있기 때문에 중고 거래 앱에 상품을 올리면 사겠다는 사람이 금방 나타날 것이다. 정가의 1.5배, 아니, 시세가 안정되지 않은 첫날에는 1.8~2배 가격으로 거래될 가능성도 충분히 있다. 당일에 바로 상당한 이익을 얻을 수 있을 테지만 한동안 묵혀 두는 것도 방법이다. 극성팬들에게 지지받는 콘텐츠가 애니메이션으로 제작되면서 일반 대중에도 널리 알려져 국가적 히트로 이어지는 경우 또한 적지 않다. 그렇게 되면 초기 굿즈는 프리미엄이 붙어서 가격이 크게 뛴다. 원작에도 애니메이션에도 관심은 없지만 나는 《천공의 노래》가 앞으로 더더욱 인기가 많아지고 발전하기를 기원했다.

"그럼 안내해 드리겠습니다!"

선두에 선 스태프가 뒷걸음질로 나아갔다. 중국인 세 명을 몸으로 방어하듯 견제하면서 천천히 걸음을 옮기는 안내 스태프. 우리도 보폭과 박자를 맞추며 앞으로 나아갔다.

팝업 스토어의 한쪽 구석이 보였다.

머리가 뜨거워졌다. 도박에 손을 대는 듯한 흥분감. 늘 이렇다. 얼마나 일찍 줄을 서든 구매할 수 있다는 확증은 없다. 리셀링은 도박 같은 위험을 동반하고 그렇기 때문에 더더욱 냉정하게, 프로로서 일을 완수해야 한다. 승리가 코앞으로 다가왔어도 방심하면 안 된다. 전리품을 챙겨서 집에 돌아갈 때까지 긴장을 푸는 것은 용납되지 않는다. 매장 안의 구조를 모르는 이 상황에서는 사소한 판단 미스나 실수가 파국을 부를 테고 경쟁자들은 그 틈에 사냥감을 가로채 갈 것이다. 전자 제품 매장이나 장난감 매장의 층별 안내도를 머릿속에 그리는 것은 쉽지만 여기서는 상품이 진열된 방식도, 움직여야 할 동선도 알 수 없다. 조건은 모두 똑같다. 잡념을 떨치고 정신을 집중했다. 상품을 찾아내서 집고, 들고, 계산대로 향한다. 머릿속으로 상상한 움직임을 두 눈, 두 팔, 두 다리에 새겼다.

다른 곳에 눈이 쏠리지 않도록 구입할 품목을 다시 정리했다. 랜덤으로 들어 있는 블라인드 계열 상품은 피한다. 캐릭터 고무 키링, 아크릴 스탠드, 키홀더도 놓치기 아깝지만 제일 먼저 노릴 상품은 '특대형 알렉산드르 캐릭터 인형'으로 정해 놓았다. 단가가 세금 포함 5천5백 엔. 수익률도 높을 것으로 예상된다. 각 굿즈의 구매 개수 제한은 여섯 개로 인심이 넉넉하다. 모든 캐릭터를 다 살 수 있게 하려고 설정한 기준이겠지만 리셀러는 가장 인기가 많은 알렉 인형만 여섯 개 구입할 것이다. 요즘 팬들은 최애 캐릭터의 굿즈만 모으는 경향이 있어서 단품으로 중복 구매가 효율적이다. 알렉산드르 레오노르 포아송 드 베르, 알렉산드르 레오노르 포아송 드 베르, 알렉산드르 레오노르 포아송 드 베르. 머릿속으로 복창했다. 리셀러 대책의 일환으로 상품명과 캐릭터 이름을 물어보는 현장도 있어서 정식 명칭을 암기해 왔다. 내 리셀링 사전에 실수는 없다.

천장에 걸린 현수막에 그려진 알록달록한 머리색들이 시선을 끌었다. 저기서 빨간 머리가 알렉이다. 재빠르게 빨간색을 포착하자고 마음으로 되새겼다. 매장 내부가 보였다. 흰색을 바탕으로 한 간소한 공간에 가지런히 늘어선 굿즈들은 곧 질서를 잃고 흩어질 것이다.

매장 입장!

출입구에 준비된 장바구니를 손에 들었다. 조금 작지만 두세 개
는 들어갈 것이다. 나는 매장 안에 들어서자마자 재빠르게 눈을
굴렸다. 중앙에 몰려 있는 사람들. 그 앞쪽에 다운재킷을 입은 세
명의 뒷모습. 저기다. 초조함을 티 내지 않고 잰걸음으로 다가갔
다. 중국인들이 상자 여러 개를 옷의 앞섶으로 받쳐 두 팔에 쌓고
서 자리를 벗어나려는 절호의 타이밍이었다. 나는 빈 공간을 노
려 돌입하려고 했지만 옆에서 뻗어 나오는 손 때문에 궤도를 바
꿀 수밖에 없었다. '늑대'의 가느다란 오른손은 '특대형 알렉산드
르 캐릭터 인형' 상자를 집어 곧바로 왼손으로 옮기고, 다음 상자
를 다시 집는 방식으로 물 흐르듯 물건을 확보해 나갔다. 포장 상
자가 의외로 크다. 장바구니는 그다지 도움이 되지 않을 것 같아
서 '늑대'는 사용하지 않는 모양이었다. 제기랄, 판단을 잘못했나
보다. 아무튼 움직여야 한다. 나는 '늑대' 옆에서 상품을 집었다.
역시 빨간 머리만 눈에 띄게 빠르게 사라져 간다. 첫 번째 상자를
장바구니에 가로로 넣었다. 이어서 두 번째 상자를 넣었다. 장바
구니는 벌써 다 찼지만 위에 쌓을 수 있기를 기대하며 세 번째 상
자에 손가락을 댄 순간, 등에서 충격을 느꼈다. 나와 '늑대' 사이
를 전력으로 비집고 들어온 사람은 '숙련 부부'의 남편이었다. 힘
으로 밀고 들어오더니 상자를 집어 뒤로 던졌다. 포물선을 그린
상자는 뒤에 버티고 선 아내가 잡았다. 발치에 놓인 장바구니에
넣어 가면서 날아오는 상자를 순조롭게 받아 나간다. 예상한 대
로 환상의 호흡이다. 이러면 안 된다. 적의 움직임에 감탄하고 있

을 때가 아니다. 나는 남편의 반대쪽에서 틈을 발견하고 끼어들었다. 어찌어찌 세 번째 알렉을 입수했다. 그러는 사이에도 무수한 팔들이 재고를 줄여 나갔다. 침착하게 네 번째, 착실히 다섯 번째, 나는 허리에 바싹 붙인 장바구니 위에 상품을 얹었다.

이제 하나만 더 확보하면 완전한 승리다. 여섯 번째 상자로 손을 뻗었다.

이상한 감촉이 느껴졌다. 같은 물건을 잡은 손.

"아."

옆에 있는 여자가 같은 상자를 잡고 있었다.

중간 길이의 머리를 옅은 갈색으로 물들인 수수한 여자는 살짝 올려다보는 시선으로 얼빠진 표정을 짓고 있었고, 그 틈에 나는 힘을 주어 여자의 손을 뿌리치고 상자를 집어 들었다.

그대로 계산대로 향했다.

순식간에 일어난 일이었다.

조용한 환희가 가슴속에서 솟았다. 망설임 없이, 사적인 감정이 끼어들 여지도 없이. 리셀링이라는 나의 직무에 충실한 행동이었다고 곱씹었다. 이것이 마지막 남은 상품이었다면 더 극적이었겠지만 알렉의 재고는 아직 남아 있었다. 저 여자는 물건을 살 수 있다. 문제는 생기지 않을 것이다.

계산대도 무척이나 혼잡해서 여기서도 나는 줄을 섰다.

여기나 저기나 줄, 줄, 줄이다. 줄을 서 있는 것은 구입을 보장받은 승자들뿐이라 질서 있게 계산을 기다리는 모습에서 여유가 엿보였다.

여자의 얼굴이 눈에 어른거렸다. 옆으로 퍼진 납작한 콧방울에는 주근깨가 두드러졌고, 좌우 크기가 다른 멍한 눈동자는 안전불감증의 상징처럼 보였다. 전장에는 전혀 어울리지 않는다. 그러니 경쟁에서 지지. 그러니 나에게 빼앗기지. 작품의 팬이라면 목숨을 걸 각오로 덤벼들어야 한다. 어차피 이 세상은 뺏고 뺏기는 곳이다. 원하는 것은 구걸할 게 아니라 쟁취해야 한다. 리셀러로서 나는 두뇌, 기술, 지식, 경험, 모든 것을 동원해 손에 넣은 것을 욕심 많은 자들에게 되팔아 이익을 얻는다. 지금까지도, 오늘도, 그리고 앞으로도.

계산 순서가 돌아왔다.

매장 직원은 특별한 반응 없이 상품 바코드를 찍었다. 상품명을 말해 보라고 하지도 않는다. 계산을 마치고 거대한 쇼핑백을 챙겨서 출구로 향하다 뒤를 돌아보니 멀리서도 상품 수가 현저히 줄었음을 알 수 있었다. 궁금해서 한 번 더 '특대형 캐릭터 인형' 매대를 살펴보았다. 알렉을 포함한 세 종류가 매진되었고 나머지도 시간문제인 상황이었다. 점점 혼잡해지는 매장 안에서 오른손과 왼손에 아무것도 들지 않은 몇 명이 다리를 비틀거리며 갈 곳을 잃은 망령처럼 진열대 근처를 배회했다. '최애 캐릭터'를 구하지 못한 패잔병들은 매진이라는 현실을 받아들이지 못하고 미련이 남는 표정으로 주변을 두리번거렸다. 지금이라도 매장 직원이 안쪽에서 재고를 가져와서 채워 넣을 수 있다고, 있지도 않은 재고 보충을 상상하며 그 자리를 어슬렁거리는 것 같았다. 나는 미련 없이 매장에서 나왔다. 같은 층에 있는 가게들도 이미 영업을 시작한 상태였고, 실내를 채운 경쾌한 BGM이 이제야 귀에 들어왔다.

순식간에 전쟁이 끝났다.

긴 대기 시간에 비해 열렬히 움직이는 시간은 찰나뿐.

오른손에 든 전리품의 무게감을 음미했다. 가로로 긴 흰 쇼핑백에 딱 맞게 들어가는 상자 여섯 개. 매입은 계획대로 완수되었으니 완벽한, 완승이다. 이제 실제로 얼마나 수익이 날지가 관건인데, 어느 정도 변동은 있겠지만 흑자라는 것에는 의심의 여지가 없었다.

매장 앞 통로에서 승자들의 모습이 보였다.

쇼핑백 여러 개를 바닥에 쌓아 놓고 쪼그려 앉은 외국인 여자. 짐을 지키며 동료들이 합류하기를 기다리는 것이 분명했다.

그 옆에서는 고급 브랜드 제품으로 온몸을 휘감은 남자가 통화 중이었다.

"응. 그래, 그래. 일단 리스트 보냈어."

전리품을 보고하는 것일까. 발치에는 내가 든 것과 똑같은 커다란 쇼핑백이 있었다.

"그래. 추첨이 아니라서 여유롭게 샀어."

들으라는 듯 목소리를 높인다. 주변에 전투의 성과를 과시라도 하는 듯이.

"매진된 것도 있는데 이제 사러 오는 루저들도 있네."

남자는 "푸흐흐" 하며 조롱하듯 웃었다. 브랜드의 이니셜을 본떠 만든 펜던트가 얄밉게 빛났다.

승리에 취한 사람들의 들뜬 모습은 마치 대학 합격 발표를 연상시키지만, 현장에 머무르는 리셀러는 하수다. 선두였던 중국인 무리는 고사하고 '늑대'나 '숙련 부부' 같은, 내가 경쟁자로 인정한 자들의 모습은 없다. 수확을 얻었으면 떠나 마땅하니 오래 머무는 것은 쓸모없는 일이다. 나는 안쪽에 있는 계단으로 걸음을 옮겼다.

에스컬레이터를 이용해도 됐겠지만 줄이 얼마나 남았는지 길이를 확인해 두고 싶었다. 승리한 뒤에도 시장 조사를 게을리하면 안 된다. 계단을 따라 길게 늘어선 대기 줄을 곁눈으로 힐끔 보고 바로 옆을 내려갔다. 미련 없이, 시원스럽게, 태연한 기색으로.

당연하게도 시선을 느낀다.

아직 매장에 들어가지 못한 사람들은 내가 든 커다란 쇼핑백에 시선을 고정했다.

계단참에서 꺾어 내려갈 때 여자 두 명과 눈이 마주쳤다. 처음에는 시선을 피했으면서 내가 다시 정면으로 돌아섰을 때는 냉담한 눈으로 내려다보는 것이 느껴졌다. 고의적인 위협의 눈빛. 딱 봐도 리셀러라고 생각하는 것 같다. 실제로도 그러하니 어쩔 수 없다. 아무리 평범한 외모를 타고 태어났어도 온통 여자들뿐인 곳에서 30대 남자는 눈에 띌 수밖에 없다. 1층에 도착하기 전까지 몇 명이나 나를 노려보았다. 모두 젊은 여자들이었다. 마치 부모의 원수나 상놈을 보는 것 같은 시선이었다.

나는 동요하지 않았다.

리셀러는 미움받게 되어 있다. 나는 그 사실을 알면서도 여기에 있다. 그리고 저 여자들은 우리가 아무리 밉고 싫어도 항의하듯 노려보는 것이 최선이라 그 이상의 행동은 보이지 않는다. 개중에는 결국 욕망에 패배해 리셀링 상품을 사는 자도 있을 것이다. 그렇게 되면 소중한 고객님이다. 그렇기에 차가운 시선을 겸허히 받아들인다.

나는 두렵지 않다.

프로로서의 철학과 긍지가 흔들리지도 않는다. 이 세상에는 리셀러가 '쉽게 돈을 번다'라고 착각하는 놈들이 너무 많다. 인생은 그리 만만치 않다. 나는 리셀링에 자부심을 갖고 있다. 매일 공부하고 발로 뛰며 되팔기 위해 애쓴다. 그냥 일하기 싫어하는 사람이라고 생각하면 큰 오산이다. 리셀링은 실무를 동반하는 기술직이며, 엄연한 비즈니스다. 우선 리셀러라는 호칭부터가 별로다. 리셀링하는 사람이라는 뜻에서 생긴 말인데, 그 길을 통달하면 '리셀링의 대가'라고 불려야 마땅하다.

그리고 많은 사람이 이미 소소한 리셀링을 하고 있다. 구매 제한이 두 개인 상품을 넉넉히 사서 한 개는 판다. 교통비를 내고 시간을 써서 구매해 온 사람에게 수고비 정도의 보상은 당연히 얹어 줄 만하다. 그러니 리셀링은 하는지 하지 않는지로, 다시 말해 선이나 악으로 구분할 수 없고, 우리를 향하는 증오의 대부분은 질투에서 기인한다. 대중이 인기 유튜버를 깎아내리는 것과 마찬가지로 '쉽게 돈을 번다'라는 이미지를 용납하지 못할 뿐이다. 실상은 절대 쉽지 않다는 그 실태는 모르면서 '나는 이렇게 하루하루 일이 힘든데', '좋아하는 일을 하며 먹고사는 그런 방식의 삶을 인정하지 못하겠다'라고 생각하는 놈들이 너무 많다. 그래서 비난한다. 인터넷에서 공격한다. 악성 댓글이 훨씬 심각한 사회악이라는 것도 깨닫지 못한 채로.

건물을 빠져나와 보니 하늘이 맑게 개어 있었다. 살짝 젖은 아스팔트 한쪽에 비의 흔적만 남아 있었다.

뒷주머니에서 진동이 느껴졌다. 스마트폰을 꺼내 보니 중고 거래 앱에서 온 알림이었다. 상품으로 내놓은 운동화가 정가의 2.5배 가격에 팔렸다. 지난주 하라주쿠 상점에서 줄을 서 입수한 물건이었는데, 2차 유통이 적어 센 가격을 설정하고 방치해 둔 것이 성과를 냈다.

입구 옆으로 벗어나서 상대의 메시지를 열었다.

'결제했습니다. 거래 잘 부탁드립니다.'

친절하고 공손한 그 글에서 리셀러를 향한 멸시 따위는 털끝만큼도 느껴지지 않았다.

'구입해 주셔서 진심으로 감사드립니다.'

'입금이 확인되는 대로 신속히 보내겠습니다. 짧은 기간이지만 거래가 진행되는 동안 잘 부탁드립니다.'

거래할 때 흔히들 사용하는 인사말을 복사, 붙여 넣기 해서 보내자 가슴에 따뜻한 온기가 퍼졌다. 기분이 좋다. 너무 기분이 좋다. 리셀링은 상품이 팔릴 때 긍정을 받는다. 비싼 돈을 내서라도 물건을 갖고 싶어 하는 사람 즉 '물욕에 지배당한 미련한 자'에게 '원하는 상품을 내주는 성자'가 되는 기쁨의 순간이 찾아온다. 다시 말해 리셀링은 '구제'의 측면이 있다. 이 사회를 살아가는 사람들은 저마다 다른 상황과 사정이 있다. 아무리 갖고 싶어도 매장에 갈 수 없는, 학업이나 업무를 우선시해야 하는 그런 다사다망한 사람들에게 상품을 전달하는 도우미 역할을 하는 것이 무엇이 나쁜가. 실제로 이 거래 상대는 나에게 감사하고 있지 않나. 웃돈은 그에 합당한 대가다. 양측의 합의 하에 이루어진 거래 행위에 제삼자는 끼어들 자격이 없다!

욕심에 빠진 자와 그 욕심을 채워 주는 자.

그 관계성을 자각할 때 언제나 아버지의 얼굴이 머리를 스친다. 나는 그때마다 아버지를 한참 높은 곳에서 내려다보는 듯한, 말로 다 형언할 수 없는 행복감을 맛본다. 미련한 아버지에 대한 '복수'를 달성한다. 리셀링이 그런 행위일지도 모른다고 항상 생각한다.

연락을 마치고 건물을 뒤로했다.

패스트푸드점의 빨간 간판이 눈에 들어왔다. 그 순간 공복임을 깨달았다. 할 일을 완수해서 긴장이 풀린 탓인지 육즙이 흐르는 햄버거와 기름진 감자튀김을 입안 가득 넣고 싶어졌다. 하지만 참는다. 자세를 고치고 육신을 통제하자 이내 식욕은 위 속으로 돌아갔다. 느슨해지면 안 된다. 중요한 상품을 들고 돌아다니는 것자체가 위험하니 내게는 한시라도 빨리 귀가할 책무가 있다.

역 방면으로 이어지는 횡단보도는 타이밍 나쁘게도 빨간불이다. 짬이 난 나는 스마트폰을 꺼내 중고 거래 앱과 인터넷 경매 사이트에 상품을 올렸다. 미리 초안을 써서 저장해 둔 상품 설명문과 공식 사이트에서 가져온 상품 사진을 올리며 재빠르게 '매각' 단계에 돌입했다. 판매 경쟁자가 적은 지금이야말로 승부처다. 시세가 정해지지 않아서 상대적인 비교도 어려우니 높은 가격으로 설정해도 쉽게 팔린다. '앞으로 물건이 얼마나 더 올라올지 확신할 수 없다', '지금 안 사면 못 구할지도 모른다', 돈 있는 사람들의 그런 초조함이 뜻밖의 이익으로 이어지는 골든 타임이다. 잘하면 보너스로 돈을 더 벌 수 있고, 그렇지 않더라도 몇 시간 후에는 거래가가 안정되니 그때 가격을 수정하면 결국 다 팔린다. 내가 지닌 탄환은 여섯 발이나 된다. 시세 흐름을 봐서 몇 개는 묵혀 두고 프리미엄이 붙기를 기다리는 것도 괜찮을 듯하다. 수개월이나 반년 정도 투자해서 천천히 즐길 수 있을 것 같다.

파란불로 바뀌는 순간 스마트폰 알림이 울렸다.

왔다. 팔렸나 보다. 바로 확인하고 싶지만 북적거리는 사람들 사이를 걸으며 스마트폰을 하면 위험하다. 상품이 손상되는 사태를 피하고자 역을 눈앞에 두고 걸음을 돌렸다. 토요일이라 그런지 사람이 많다. 나는 쇼핑몰 앞 곁길로 잠시 몸을 숨겼다.

어둑한 골목 어귀를 등지고 앱을 열었다.

'이 상품 네고 가능한가요?'

비싼 값에 팔린 줄 알고 가슴이 설렜는데, 그냥 상품 페이지에 달린 댓글 알림이었다. 나도 모르게 혀를 찼다. 괜히 기대했다. 조금이라도 가격을 깎으려고 하는 거지들이 끊이지를 않는다.

댓글에 답하지 않고 앱을 닫았다. 이런 놈들을 상대하지 않아도 갖고 싶어 하는 사람은 산더미처럼 많다. 무시당한 채 멀뚱히 팔짱이나 끼고 있으라지.

내친김에 경매 사이트에도 접속했다. 현시점의 관심 등록 개수와 페이지 조회 수를 보려고 하는 순간, 어깨에 강한 충격을 느꼈다.

시야가 곡선을 그리며 하강했다.

무언가 찌부러지는 소리와 함께 나는 뒷골목 방향으로 쓰러졌다.

나를 덮친 것은 불타는 듯한 아픔.

누군가 내 몸을 밀쳤음을 깨달았다.

생각이 공포에 잡아먹혔다. 곧바로 등을 둥글게 말고 뒤통수를 두 손으로 감쌌다.

하지만―.

내게는 동지들이 있다.
오래된 소중한 인연.

'또 추첨 떨어졌다. 수동 추첨은 업자를 이길 수가 없어.'
'바로 매진됐는데 곧장 프리미엄 붙어서 중고로 올라왔다.'
'되팔이 때문에 물건을 못 구한다니, 너무 열받는다.'

동지들은 오늘도 괴로움을 호소한다.
다들 말한다. 리셀러들이 죽어 없어졌으면 좋겠다.
모두 바란다. 리셀러들이 죽어 없어졌으면 좋겠다.

더는 참을 수 없다. 그저 좋아하는 작품을 사랑하는 마음으로
굿즈를 사고 싶을 뿐인데, 자그마한 소망을 가차 없이 짓밟는 악당
들이 있다. 우리에게서 소중한 것을 빼앗는 자들이 있다. 참혹하
다. 너무도 참혹하다.

나는 잘 안다.

빼앗긴 소중한 것이 무자비하게 팔려 버리는 슬픔을.
왜냐하면 우리는 동지니까. 같은 취미를 가진 동지니까.

'리셀러, 정말로 죽었으면 좋겠다.'

'그놈들은 살아 있을 가치가 없다.'
'남을 괴롭히면 천벌을 받아야 한다.'

그렇다. 그래야 한다.
누군가는, 누군가는 해야 한다.
나는 결심했다.
도구는 무엇이 좋을까. 장소는 어디로 할까. 신중하게 고민해서
실행에 옮겨야 한다.
타깃은 정해져 있다. 너희다.
리셀러를, 죽인다.

제2장

리셀러는 죽어야

"뼈는 이제 붙었어요."

차트로 시선을 떨어뜨린 채 나이 든 의사가 말했다.

"붕대 풀어도 돼요."

"…알겠습니다."

나는 환자에도 환부에도 관심이 없어 보이는 의사에게 인사하고 진찰실을 나왔다.

로비를 쭉 보았다.

소파는 빈틈없이 노인들로 꽉 차 있었다. 다들 벽에 등을 기대고 있다.

꼬질꼬질하게 닳은 붕대를 풀자 오른쪽 새끼손가락이 드러났다.

기분 탓인지 창백해 보인다. 새로 생긴 길고 얇은 쓰레기를 손가락에 다시 둥글게 말아 보았지만 걸리적거렸다. 쓰레기통은 보이지 않았다. 잠시 망설이다가 청바지 뒷주머니에 붕대를 쑤셔 넣었다.

깊은 한숨이 새어 나왔다.

정말이지, 길고 긴 3주였다.

이제 통원도 끝이다. 산재로 인정받고 싶지만 회사에 다니는 건 아니라 아쉽게도 불가능하다. 프리랜서의 고된 점이다.

로비에 앉은 노인들은 누구 하나 스마트폰을 만지지 않고 해바라기처럼 같은 방향을 올려다보고 있었다. 음량이 작은 TV 화면에 비친 것은 자막이 달린 시사 예능 프로그램.

"그럼 다시 한번 살펴보죠. 리셀러는 어떤 사람들일까요? 이쪽을 보시죠."

또 나온다. 다른 뉴스거리가 없나. 이 나라가 그렇게 평화로운가. 진찰을 기다리는 동안에도 '전격 해부!'라며 똑같은 뉴스만 했었다.

조금 더 말해서 지난 2주간 내내 이랬다.

"리셀링이 뭐냐면 말이죠—"

현란한 색깔과 커다란 글자로 수놓은 보드가 화면에 잡혔다. 시청자의 지능을 낮게 어림잡은 것이 분명한 바보 같은 만듦새다.

"인기 상품을 싸게, 또는 정가에 매입한 다음 그보다 비싼 가격에 팔아서 이익을 얻는 행위입니다."

진행을 돕는 전직 코미디언이 추가로 설명을 덧붙였다. "그렇게 되파는 사람들을 인터넷상에서 리셀러나 되팔이라고 부르기 시작했습니다."

화면이 전환되더니 정장 차림의 아나운서가 비쳤다.

"으음, 하나의 사회 문제군요."

종전의 남자가 말을 받았다. "최근에 중고 거래 앱이 우후죽순으로 생겨나면서 개인 간의 매매가 쉬워졌죠."

들어 본 적 없는 대학교의 모 교수였다.

"애니메이션이나 만화 굿즈, 아이돌 굿즈, 의류 브랜드의 인기 아이템처럼 수량이 얼마 되지 않는 상품을 사재기한 다음 개인이 임의로 프리미엄을 붙여서 비싼 가격에 되파는 겁니다."

듣다가 나도 모르게 코웃음이 났다. 사재기를 무슨 수로 한다는 말인가. 현장을 모르는 문외한의 발언에 어이가 없었다. 전문가라고 나온 것 같은데, 어떤 분야나 주제를 전공해야 '리셀링에 정통한'이라는 수식을 단 학자가 될 수 있는 걸까.

"그리고 말이죠, 집단을 만들어서 조직적으로 상품을 매입하거나 일반 고객들을 줄에서 밀어내는 식의 강압적인 수법을 쓰는 리셀러도 많거든요. 매장 앞에서 말다툼이나 문제를 만들어서 경찰이 출동하는 일도 자주 있습니다."

"경찰이요?" "그렇게나요?"

스튜디오에서 놀라워하는 목소리가 높아졌다. 교수는 만족스럽게 고개를 끄덕이면서, "그래서 저도 지금까지 여러 차례 리셀링

문제를 지적해 온 겁니다"라고 의기양양한 얼굴로 말했다. '거봐, 나는 선견지명이 있어서 진작부터 경종을 울리고 있었어'라는 듯이.

"그렇군요. 예전부터 많은 문제가 있었군요."

말을 이어받은 아나운서는 "리셀링 상품 중에는 정가의 몇 배, 몇십 배 가격에 거래되는 고가 상품들도 있어서 막대한 이익이 발생한다고 합니다"라고 덧붙였다.

허어어, 하며 크게 놀라는 리액션들.

"그럼 만 엔에 사서 40만 엔, 50만 엔에 팔아요?!" "몇백만 엔하는 물건들도 있지 않아요?" "어마어마하네. 주식이랑 도박도 저리 가라네!" "그래 놓고 세금도 안 내잖아요!" "허가 없이 장사하는 것도 불법 아닌가요?"

패널들의 얼토당토않은 감상이 날아드는 꼴을 차마 눈 뜨고 지켜볼 수가 없었다.

"거참 안될 놈들이네!"

왼쪽 끝에 앉은 연기자가 입을 열자 카메라가 황급히 그를 화면에 담았다.

"리셀링이 유행하기 전에도 절판된 희귀 서적을 고가에 팔아서 수익을 내는 사람들이 있었어요. 약아빠진 수작이죠. 다 큰 성인이 땀을 흘리지 않고 푼돈 벌이나 하고 있다니요!"

자신은 뚝심 있게 할 말은 하는 사람이라는 듯한 표정과 오만한 말투였다.

분노가 부글부글 끓어올랐다. 이놈이고 저놈이고, 제멋대로 지껄인다.

"결국 경기가 나쁜 탓이죠."

또 그 교수였다. "그렇게라도 하지 않으면 돈을 벌 수 없으니까요. 이거야말로 여당이 추진하는 경제 정책이 얼마나 대책이 없는지…."

토론이 정책 비판으로 기울기 시작하자 스튜디오 안에서는 이내 분쟁이 일어났다.

"잘못은 몰염치한 리셀러들한테 있죠."

"장사 수법이 거의 야쿠자나 다름없어요."

"리셀링 자체를 규제할 법이 있어야 합니다."

"법을 정비해 봤자 빠져나갈 길은 또 있을걸요."

"리셀러들이 스스로 사회인임을 자각해야 합니다."

"그러니까 역시 리셀러가 문제라는 소리 아닙니까!"

"사건이 일어난 것도 결국 분노를 샀기 때문이에요."

"논란이 될 말인 건 알지만 자업자득이라는 반응도 많습니다!"

"뭐, 아무튼 요지는 이거죠!"

전직 코미디언이 끼어들었다.

"몇 시간씩 줄이나 설 거면 그 시간에 알바를 해!"

날카로운 일침을 날리자 사람들 사이에서 웃음이 터졌다.

말다툼은 중단되었고 스튜디오의 분위기는 누그러들었다. 역시 코미디언다웠다. 전에는 콤비로 활동하면서 블랙 코미디를 선보여 인기를 얻었지만 이제는 완전히 '주간 시사 예능의 얼굴'이라는 간판을 차지하고 있다.

"그 처참한 사건이 일어난 지 2주가 지났지만—"

여자 아나운서가 정리를 시작했다. "아직 사건은 해결되지 않았습니다. 범인은 도주 중인 것으로 보이고 피해자인 야마다 노리시게 씨…"

"니시다 씨, 니시다 씨!"

내 이름을 부르는 목소리에 정신을 차렸다.

의식이 완전히 TV에 쏠려 있었다. 나는 접수 창구에서 진찰권을 반납하고 진료비를 냈다. 처방전은 이제 나오지 않는다.

"건강 관리 잘하세요."

마스크 너머로 말하는 간호사의 불그스름한 갈색 머리를 보고 짜증을 느꼈다.

붉은 머리…. 그 캐릭터 때문에 나는 뜻하지 않은 수난을 당했다.

집에 돌아가려고 다시 한번 TV를 올려다보았다.

독점 특종! 리셀러 살인사건!

아직도 하는 것인가. 자막으로 나오는 글귀도 이제 지긋지긋하다.

사건이 발생한 지 2주, 모든 채널과 보도 프로그램이 며칠에 걸처 특집을 편성해 내보내고 있다. 이제는 새로운 정보도 없다. 범인이 체포되기는커녕 수사에 진전도 없어서 피해자의 개인 정보를 나열하거나 리셀링을 설명하는 내용밖에 나오지 않는다. 그조차도 아니면 출연진들의 '개인적인 감상'이 반복될 뿐이었다.

"그럼 다음으로 이 영상을 보시죠."

나는 병원을 뒤로했다.

5월의 평년 기온에 맞지 않는 강한 햇볕에 나도 모르게 눈을 가늘게 떴다. 시간은 14시를 넘었다. 아직 해는 높이 떠 있다.

집은 선로를 끼고 반대편에 있어서 카미이타바시 역사 방면으로 향했다.

토부토죠선에서 운행되는 열차 편 수는 어마어마하게 많다. 양쪽 방향에서 전철이 와서 계속 내려가는 차단기가 보행자의 통행을 방해하는 탓에, 선로를 건너기보다는 역사 안을 가로지르는 것이 일반적이었다.

걸으면서 붕대를 풀은 손가락을 보았다.

상처의 흔적은 없었다. 하지만 그날 일은 생생하게 기억에 새겨져 있다.

3주 전《천공의 노래》팝업 스토어에서 집으로 돌아가는 길.

뒷골목에서 넘어진 나는 부상을 당했다.

습격이었다. 누군가가 나를 공격했다.

쓰러졌을 때의 충격은 잊기 힘들다. 왼쪽 어깨에서 등까지 남은 손의 감촉은 치료를 마친 지금도 여전히 지워지지 않고 꺼림칙하게 몸에 엉겨 붙어 있다.

땅바닥에 쓰러진 나는 엎드린 채 등을 둥글게 말고 뒤통수를 보호했다. 그러나 예상했던 추가 공격은 없었다. 기묘한 침묵이 흐른 뒤 타는 듯한 손가락 통증을 참을 수 없어 자리에서 일어났다. 쭈뼛거리며 주변을 둘러보았지만 아무도 없었다. 처음에는 강도를 의심했지만 상품이 든 쇼핑백이 옆에 있었고 가방을 뒤진 흔적도 없었다. 지갑도 무사했다. 안심하는 것도 잠시, 새끼손가락에 다시 불이 붙은 듯한 통증이 느껴졌다. 떨리는 손으로 병원을 검색했지만 이케부쿠로 지리에 어두워서 진땀을 흘리다가 결국 카미이타바시까지 전철을 타고 돌아와 주택가에 있는 오래된 정형외과를 찾았다. 공교롭게도 토요일이라 병원은 진료받으러 온 사람들로 넘쳐났고 초진인 나는 무작정 기다려야 했다. 평상시를 능가할 만큼 길게 느껴지는 대기 시간이었다.

부당한 폭행을 당해서 억울하기 그지없다.

하지만 동시에 이런 생각도 들었다.

'내가 살해당하지 않아서 다행이다.'

죽은 것은 야마다 노리시게라는 남자였다. 내가 이케부쿠로에 다녀오고 일주일 뒤 이케부쿠로 외곽의 공원 근처 골목에서 시신이 발견되었다. 나이는 35세로 나와 엇비슷했지만, 그보다 더 중요한 공통점이 있었다. 그는 리셀러였다. 사건 당일에도 오모테산도에서 판매되는 초 희귀 운동화 구입에 성공했다고 한다. 의기양양하게 SNS에 '여유롭게 구매 성공!'이라고 글을 올린 뒤 이케부쿠로에서 친구들을 만나 밤까지 술을 마시다 헤어졌는데, 혼자가 되었을 때 공격당했다고 들었다. 머리를 강하게 맞았지만 사인은 칼에 찔린 상처로 인한 과다 출혈로 추정됐다. 취한 상태로 공원 근처를 지나가던 야마다 노리시게를 뒤에서 둔기로 폭행한 범인은 야마다 노리시게가 힘이 빠지자 칼로 찔렀다. 시체 옆에는 개봉되지 않은 초 희귀 운동화가 방치돼 있었다. 경찰은 타살로 보고 수사에 착수했지만 범행 현장은 도시라고 보기 힘들 만큼 인적이 드문 곳이라 유력한 목격 정보가 나오지 않아 단서를 잡지 못하고 있다.

야마다 노리시게는 이 일대에서는 유명한 리셀러였다. 늘 금테가 둘린 검은 선글라스를 끼고 무지갯빛 반다나를 머리에 두른, 스케이트 선수 같은 차림으로 다니는 거구였다. 스트리트 컬처에 정통한 것으로 알려져 있고 인기 의류 브랜드를 중심으로 공격적인 리셀링을 해 왔다. SNS에서 리셀링 실적을 뽐내며 노하우를 공개하는 걸로 몇만이 넘는 팔로워를 보유한 모습을 보면 인터넷상으로도 구린내가 진동할 만큼 과한 과시욕이 있음을 짐작할 수 있었다. "리셀링으로 쉽게 돈을 벌 수 있어!", "너도 리셀링 시작해 봐!"라며 리셀링 비법이나 정보를 파는 사이트로 유도했기에 안티도 상당해서 매일같이 장렬한 키보드 배틀을 벌였는데 그때마다 인지도는 계속 상승, 상승…. 별 대단할 것도 없는 수법으로 세력을 떨쳐 나갔지만 인터넷을 활용하는 능력은 몹시 떨어지는 놈이었다. 시부야에서 레어템을 구했다는 둥, 아자부에서 친구와 술을 마신다는 둥, 사적인 정보를 포함한 실시간 위치를 SNS에 자주 노출한 탓에 생활권과 행동반경이 훤히 알려져 있었다. 안티가 개인 정보를 정리한 사이트를 따로 만들 정도인 당대 최고의 비호감 리셀러. 그게 야마다 노리시게였다. 나도 현장에서 마주친 적이 딱 두 번 있었다. 튀는 색깔의 옷을 걸친 그는 수행원들을 거느리며 대기 줄에서 큰 소리로 떠들었고, 물건을 구입한 뒤에는 매장 앞에서 기념 촬영과 라이브 방송을 했다. 사건 당일에도 '이케부쿠로에서 만취! 이제 공원에서 2차로 마실 거니까 팬이랑 안티 다 모여라!'라는 글을 올렸다. 그러니 야마다 노리시게가 있는 곳을 알아내기는 쉬웠을 것이다. 실제로 경찰에 신고한 사람도 그 글을 보고 온 팔로워였다고 한다.

역 앞에 도착했다.

소고기덮밥, 카레, 라멘, 그리고 싸구려 술집. 로터리를 둘러선 체인점들 앞을 사람들이 지나다니는 익숙한 풍경. 버스 정류장에는 줄이 만들어져 있었다. 저 정도의 줄이면 전원이 앉을 수 있을 것이다. 사람들이 줄을 이룬 곳에 무의식적으로 눈길이 가는 것도 직업병이구나 싶어서 나는 속으로 웃었다.

북쪽 출구에서 2층으로 들어가서 직진하다가 개찰구 앞을 가로질러 남쪽 출구로 나왔다. 자전거가 바로 옆을 지나갔다. 길쭉한 츄하이 캔을 한 손에 들고 페달을 밟는 중년 남성의 등을 바라보다가, 이대로 집에 들어갈 마음이 들지 않아서 시간을 때우러 상점가로 걸음을 돌렸다.

아케이드로 들어가 보니 양쪽으로 셔터를 내린 가게들이 죽 늘어서 있었다. 전부 '재개발 중'이라는 안내문이 붙은 지 오래돼 보였다. 재개발이라는 단어 너머에 무엇이 있는지, 나는 모른다. 언젠가 이 셔터들이 일제히 열리고 상점가가 활기를 되찾을 날의 이미지는 머릿속에 그려지지 않았다.

샛길로 이어지는 모퉁이에 붉은 초롱이 걸려 있었다.

낮부터 영업을 하는 가게가 반갑다. 미닫이문을 열고 안에 들어가 보니 후텁지근한 냄새가 코를 찔렀다. 먼저 온 손님은 없었고, 계산대 근처에 선 종업원이 "편하신 자리에 앉으세요"라고 말했다. 자주 이용하지만 항상 처음 보는 손님처럼 대해 준다. 가까운 관계는 사양인지라, 손님과 가게라는 선이 그어진 이 거리감이 마음에 들었다. 재료를 손질하는 중인지 카운터 너머에서는 요리사들이 분주했다. 나는 테이블석에 앉았다. 좋다. 쾌유를 기념해 돈을 좀 써야겠다. 화이트칼라들의 퇴근 시간까지는 아직 멀었다. 나는 이런 시간에도 술을 마실 수 있다. 회사에 다니지 않으니까. 자유로운 리셀러니까.

안주 세 개와 물을 탄 보리소주를 주문하자 눈 깜짝할 사이에 모든 메뉴가 테이블에 나왔다. 스마트폰을 옆으로 세워서 영상을 틀고 블루투스 이어폰으로 양쪽 귀를 막았다. 그리고 술에 입을 댔다. 대단한 감동은 없다. 보리를 좋아하는 것도 아니다. 알코올 특유의 느낌이 없어서 첫 잔은 늘 이것으로 마신다. 술에 맛 따위는 바라지 않는다. 뇌가 느슨하게 풀어지는 감각만을 추구한다.

틀어 놓은 영상에서는 인기 있는 중견·연예인이 요즘 TV에서는 내보내지 못할 내용의 깜짝 카메라로 타깃을 속이려 애쓰고 있었다. 재미있다. 하지만 소리 내서 웃지는 않는다. 무뚝뚝한 표정으로 화면을 바라본다.

사케로 주종을 바꿨다. 브랜드 이름 없이 '사케'라고만 적힌 출처 불명의 술은 한 병에 330엔. 저렴함이 미덕인 이 나라의 요식업계가 내린 하나의 결론이 이 가격인데, 딱히 불만이나 불안을 자극하지 않는 품질의 맛에 나는 항상 안도감을 느낀다. 화면에 뜬 관련 영상을 타고 타서 차례대로 재생하다가 아까 병원에서 본 시사 예능 프로그램의 전직 코미디언을 마주쳤다. 누가 불법으로 업로드한 콤비 시절의 향수가 느껴지는 개그. 당시에는 기세등등해서 재미있었다. 하지만 나는 영상을 건너뛰었다. 봐도 웃기지가 않으니까. 나이를 먹고 사회파 행세를 하는 모습이 어른거릴 것이 뻔했다. '몇 시간씩 줄이나 설 거면 그 시간에 알바를 해!', 진부하고 무지한 비판은 불쾌하기 그지없다. 나는 도심 곳곳을 뛰어다니고 수익이 예상되면 밤새 줄 서기도 마다하지 않지만 그 시간을 아르바이트에 쓰는 것은 상상조차 할 수 없다. 줄을 서는 행위와 노동은 애초에 시작점이 다르다. 후자는 자유를 빼앗긴 채 사회 조직에 종속되어야 한다. 같은 시간이라면 일하는 것보다야 줄을 서는 편이 백번 낫다. 논점이 완전히 어긋나 있으니 논의는 성립되지 않는다. 문외한과는 이해를 주고받을 수 없다.

그리고 나는 그저 시간이 흘러가기를 멍하니 기다리는 놈들과는 다르다. 대기 줄에 서 있어도 스마트폰 하나만 있으면 판매 등록과 연락, 정보 수집이 가능하다. 귀를 기울이면 예비 고객들의 생생한 목소리도 주워들을 수 있다. 온갖 분야의 인기 동향을 파악해서 프리미엄이 많이 붙을 신상품을 예측한다. 중요한 것은 정보뿐만이 아니다. 종합적으로 데이터를 분석한 뒤 시세를 읽는 힘이 필요하다. 그저 유명 리셀러가 하는 말에 기대 움직이는 거품 같은 리셀러들도 존재하지만, 그들은 사고가 정지된 '정보 약자'에 지나지 않는다. 리셀러는 '자기 머리로 생각하는' 것이 중요하다. 그런 것도 모르는 아마추어는 입 다물고 있어야 한다.

재생되던 영상을 멈췄다. 이제 코미디는 보고 싶지 않다.

잔에 가득 따른 술을 홀짝이며 과격한 영상 채널로 옮겨 갔다. 새로 업로드된 영상은 전철 안에서 일어난 승객 간 갈등, 초록색 술병으로 나발을 부는 교복 차림의 여고생, 보복 운전이 초래한 자동차 사고, 순서대로 속도감 있게 감상했다.

알코올의 온기와 맞물려 자연스레 입꼬리가 올라갔다. 심심풀이로 안성맞춤이었다. 성인끼리 싸우는 모습이나 교통사고 장면을 화면 너머로 바라보자 마음이 편안해졌다. 영화나 드라마 같은 틀에 박힌 허구보다 오락으로 훨씬 재미있었다. 특히 보복 운전 끝에 사고를 내서 정작 본인이 다치는 내용의 영상이 가장 취향에 맞았다. 멍청한 인간이 자업자득으로 맞이하는 비참한 결말을 보면 더없는 상쾌함이 느껴진다. 사죄 영상도 매력 넘치는 콘텐츠다. 연예인 불륜이나 유튜버 논란 같은 것을 발견하면 사건의 전말이 밝혀질 때까지 찾아보게 된다. 유명인이나 성공한 사람이 뱉는 "정말 죄송합니다"라는 말은 몇 번을 들어도 마음이 정화된다. 그런 사죄의 말에는 의존성 약물 성분이 섞여 있는 것이 분명하다.

미시청 영상은 금방 고갈됐다. 최근의 트렌드는 모두 기세가 부족해서 볼 만한 콘텐츠 수도 적다. 주류 채널들은 리셀러를 향한 악성 댓글이 장악했다. 나로서는 여기저기서 강 건너 불구경을 즐기고 있었는데 바로 코앞에서 불길이 솟아오른 느낌이라 김이 빠졌다.

어서 진정되기를 기도했다. 어차피 일시적인 현상이다. 범인이 잡히면 끝이다. 한동안 여파는 계속되겠지만 범인이 검거되어 사법부에 넘겨지는 순간 세간의 관심은 줄어들 것이다. 기껏해야 법원 판결 때 기사가 나면 '아, 그런 사건도 있었지'라고 회상하는 정도로 끝날 것이다.

특별한 목적도 없이 SNS 앱을 열었다. 눈에 날아든 것은 '리셀러'라는 글자. 언제까지 실시간 트렌드 상위에서 버티고 있으려나 싶어서 짜증 섞인 한숨이 나왔다.

그래도 확인하지 않을 수는 없었다.

여전히 뜨거운 화제가 되는 것은 리셀러에 얽힌 에피소드로, 리셀러 때문에 무슨 무슨 굿즈를 못 샀다는 불평을 비롯해 리셀러가 얼마나 사회악인지를 호소하는 글, 암표 거래 금지법 같은 법률의 재정비를 요구하는 의견이 끊이지 않고 줄지어 올라왔다.

살인사건 보도로 시작된 리셀러를 향한 비난은 계속해서 과열되어 갔다. 인터넷에서는 '되팔이들 꼴좋다', '벌벌 떨면서 잠들어라, 리셀러 놈들아' 같은 야유의 폭풍이 휘몰아쳤다.

스마트폰 화면을 스크롤 하는데 한 동영상이 저절로 재생됐다.

거짓말처럼 술이 깨는 느낌이 들었다. 허둥지둥 술잔을 들었지만 잔이 비어 있어서 술병을 쥐고 그대로 들이켰다.

몇 번을 봐도 익숙해지지 않았다. 지금 일본에서 가장 많이 재생되는 영상.

이펙트가 들어간 여자 보컬, 빠른 템포의 전자 사운드와 함께 화면에 비치는 것은 암흑 속에 잠겨 바닥에 누워 있는 거구. 불뚝 튀어나온 복부는 말려 올라간 티셔츠 아래에서 까맣게 젖어 있었다. 야마다 노리시게의 피다. 카메라가 줌 인 되자 음악은 하이라이트에 접어들었고, 리듬에 맞춰 야마다 노리시게의 몸이 움찔, 움찔움찔 경련했다. 아직 살아 있는 모양이다. 단조로운 반복이지만 거기서 끈질긴 생명력이 느껴졌다. 그러나 그 움직임도 갑자기 사라졌다. 배경 음악도 동시에 끊겼다. 그리고,

"리셀러, 뼈—됐다. 크크크크크"

기계 음성이 평탄한 어조로 자막을 읽었다.

축 늘어진 두 다리가 있는 위치에 해시태그가 떴다.

#리셀러살인사건

쿨럭!

끝을 알리듯 몸이 크게 튀어 오르더니 입에서 액체가 뿜어져 나왔다. 토사물인지 피인지 구분되지 않는 상태에서 영상은 곧장 처음 부분으로 돌아갔다. 세로로 된 작은 영상 속에서 반복되는 죽음을 바라보다가 나는 재생을 멈췄다.

스마트폰을 내려놓고 종업원에게 "한 병 더 주세요" 하며 술병 을 들어 올렸다.

이 영상은 지상파 뉴스에서도 시청자 제보라는 명목으로 모자 이크만 추가해서 방송에 내보냈다. SNS에 접속하기만 하면 무수 정판을 쉽게 볼 수 있는데, 'TV에서는 방송 윤리에 반하니까 그 대로 내보낼 수 없어요. 인터넷에서 직접 찾아서 보세요'라는 진 의를 가린 우스꽝스러운 포장지가 바로 그 모자이크였다. 그런 것 은 그저 면죄부를 주기 위한 꼼수이다. 사건 직후 익명의 임시 계 정이 올린 이 영상은 눈 깜짝할 사이에 SNS에서 퍼져 나갔고, 수 위가 지나쳐 즉시 삭제 조치가 이루어졌다. 영상 업로더는 계정을 지우고 행방을 감췄지만 저장한 영상을 재업로드하는 사람이 끊 이지 않아서 위반 경고, 삭제, 위반 경고, 삭제를 다람쥐 쳇바퀴 돌듯 되풀이하는 실랑이는 더없이 치열했다. 지우고 늘어나고를 반복하며 무한히 증식한 해당 영상은 조회 수 순위권을 도배했 고, 해시태그의 힘으로 더 널리 퍼지며 옮겨가기를 반복한 탓에 인터넷에는 야마다 노리시게의 죽음이 넘쳐났다. 이 영상은 다양 한 곡조의 음악을 입고 더 발랄한 분위기로 편집된 끝에 급기야

원본 영상과는 동떨어진 패러디로 승화되었고, 파생 영상이 또 다른 파생 영상을 낳으며 모세 혈관처럼 갈라져 나와 전모를 파악하기 힘든 거대한 흐름이 일어났다. 현재 진행형이라 지금도 여전히 계속되고 있다.

언론도 매일같이 선동했다. 리셀러라는 단어를 국민들의 안방에 유포하고, 되파는 행위를 악행처럼 과장해 대중에 퍼뜨렸다. 리셀러는 제대로 된 직업을 갖지 않고 뒤에서 손가락질당하는 존재로 세간에 널리 알려졌다. 살인사건을 이야기할 때도 여론은 피해자를 동정하지 않았다. 살인자를 비난하지 않았다. 살해당한 야마다 노리시게에게 '자업자득', '인과응보'라는 낙인이 부적처럼 붙었다. 리셀링 따위를 하니까 살해당하는 것이라며 분노를 드러내는 노인의 길거리 인터뷰도 그냥 방송되었다.

그날을 기점으로 리셀러는 '살해당해도 되는 인간'이 되었다. 애초에 미움받던 위치라 기본적인 맷집은 있다. 하지만 '리셀러 짜증난다', '리셀러 가만 안 둔다' 같은 증오가 한꺼번에 터져 나오면서 정말로 단죄받아야 하는 살인자에게 보내 마땅한 혐오까지도 어째서인지 피해자에게 쏠렸다. 리셀러가 죽기를 바라는 다수의 대중이 한마음 한뜻으로 손을 잡았다.

나는 야마다 노리시게를 좋아하지 않는다. 같은 리셀러로서 나와는 결이 너무 다르다.

하지만 이런 현상에는 동의할 수 없었다.

그는 살해당했다. 목숨을 빼앗겼다.

다가올 인생의 막이 원치 않게 닫혀 버린 자를 악인이라고 규탄하는 풍조에 구역질이 났다. 야마다 노리시게가 인터넷에 남긴 발언들로 보아 그가 법을 어긴 것 같지는 않다. 하지만 사람들은 악질적인 리셀러는 죽어 마땅하다는 듯, 법치주의와는 동떨어진 '기분'에 의해 야마다 노리시게를 사후에도 마녀사냥 하고 있었다.

살인사건을 이야기해 보자면 인터넷상에는 범인의 특징이나 범행 동기에 관한 추측과 억측이 난무했다. 개인적인 원한, 동종업자 간의 갈등, 묻지 마 살인, 희귀한 운동화를 노린 범행이라는 클래식한 의견과, 알고 지내던 범죄 조직에 의해 처리당했다거나 정부의 중요 기밀을 알게 되는 바람에 청부 살인 업자에게 제거당했다는 음모론까지 나왔다. 그러나 현장에는 리셀링 운동화가 미개봉인 상태로 남아 있었고, 지갑이나 시계 같은 금품을 갈취당한 흔적도 없어서 강도의 범행일 가능성은 적었다.

경찰 수사가 난항을 겪는 까닭에는 안 그래도 인적이 드문 장소인데 야간이라 목격자가 없었다는 점, 절묘하게 CCTV의 사각지대에서 범행이 일어났다는 점 등 여러 요인이 있는 듯했다. 함께 술을 마시던 자들의 소행일까…. 아니다. 가장 먼저 의심해야 할 놈들이니 경찰이 진작에 조사했을 것이다. 리셀러를 혐오하는 자의 범행이라는 견해도 있지만, 안타깝게도 그런 가설로 접근하면 용의자가 하늘의 별만큼 많아져서 범인을 추려낼 수가 없다. 내가 접근할 수 있는 정보는 대체로 신빙성이 낮은 인터넷 글들

뿐이었다. 그런 것들을 토대로 나 같은 일반인이 추리해 봤자 아무 소용이 없다. 일본 경찰은 유능하다고 들었다. 리셀링과 달리 형법에 위배되는 살인 행위는 언젠가 반드시 사법의 심판을 받을 것이다.

아무튼 빨리 체포하라고!

술기운이 돌아서 감정이 격해졌다. 사건이 해결되지 않는 한 내 신변의 안전 또한 보장되지 않는다. 나도 습격을 당했었다. 세간을 떠들썩하게 하는 '리셀러 살인사건', 그 역사적인 첫 타깃이 사실은 나였다면…. 나는 살해당할 뻔했다는 뜻이다. 같은 토시마구에서 일어난 범행, 같은 업계 사람, 리셀링 상품을 빼앗기지 않았다는 점까지, 나는 야마다 노리시게 사건이 속으로 내 일처럼 생각됐다. 물론 동일범이라는 확증은 없지만 우연으로 치부하기도 어렵다. 마음 편히 매입 현장으로 향할 수 없는 것이 현실이었다.

내가 입은 피해는 새끼손가락 골절만이 아니었다.

바닥으로 쓰러질 때, 손에 들고 있던 리셀링 상품이 내 몸과 땅바닥 사이에 끼어서 눌렸다. 쇼핑백 사이로 엿보이는 상품은 심하게 손상되어 있었다. '특대형 캐릭터 인형' 상자는 찌그러져서 모서리가 움푹 들어갔고, 찌부러지고 구겨졌다. 아침부터 줄을 서서 쟁취한 상자 여섯 개가 전부 '흠집 및 오염 있음' 등급으로 전락해 버렸다. 내용물은 무사했지만 포장 상자는 도무지 복구가 어려웠다. 이쪽을 고쳐 놓으면 저쪽이 파였고, 거기에 구김과 주름, 인쇄 벗겨짐까지 생겨서 더더욱 볼품없어졌다. 정가에서 5퍼센트만 올린 가격으로 내놓았는데도 구매자가 나타나지 않아서 일주일 뒤에 가격을 인하했다. 그랬더니 여섯 건 모두 동시에 댓글이 달렸다.

'사진을 추가로 더 보여 주실 수 있나요?'

포장 상자가 손상돼서 의심스러웠는지, '인형의 얼굴을 정면으로 클로즈업해서 촬영한 사진을 보고 싶습니다'라고 요구했다. 나는 한 장만 찍어서 상품 페이지 여섯 개에 똑같은 사진을 올렸는데, '하나씩 따로따로 촬영해 주세요'라는 답변이 돌아왔다. 짜증을 느끼면서도 지시대로 추가하자 질문자는 그중 하나만 구매했다. 귀찮은 거래 연락 끝에 남은 재고 다섯 개는 체념하고 모두 헐값에 팔아 치웠다. 피눈물 나는 손절매였다. 골절 치료비와 휴업 기간의 손실을 더하지 않더라도 적자인 것은 말할 필요도 없다. 리셀링을 시작한 이래 처음 마주하는 참담한 결과…. 품에 끼고 있기도 열받아서 눈물을 머금고 손해를 감수했다. 하지만 관점을 바꿔 보면, 인형 여섯 개가 완충재 역할을 해서 덜 다친 셈이다. 만약 아스팔트에 머리를 부딪혔다면 나는 지금 병원 침대에 있었을지도 모른다. '리셀러 살인사건' 보도를 볼 때마다 야마다라는 피해자의 이름이 니시다로 보이는 착시 현상을 겪는다. 살아 있는 것만 해도 감지덕지다.

마음에 싹튼 공포는 날이 갈수록 커져만 갔다.

왜 나를 노렸을까. 생각만 해도 등줄기에 식은땀이 흐르고 일상생활을 하다가도 문득 뒤에서 아지랑이 같은 기척이 느껴져서 움츠러들었다. 그날 이후로 나는 어딘가 이상해졌다. 오프라인에서는 지각을 하고, 온라인에서도 움직임이 굼떴다. 리셀링에 도무지 집중이 되지 않았다.

다친 데도 다 나았다. 어서 원래의 페이스를 되찾아야 한다. 나는 마음을 가다듬고 본격적으로 일에 복귀하자고 결의를 굳혔다.

"손님, 죄송합니다."

테이블 끝에 종업원이 서 있었다.

"카운터석으로 자리를 옮겨 주실 수 있을까요?"

갑자기 떠들썩한 소리가 몸을 감쌌다. 가게 안은 시끌벅적했지만 옆에 있는 2인용 테이블과 그 옆에 있는 테이블까지도 비어 있어서 종업원이 왜 그런 요구를 하는지 몰라 의아해하는 찰나, 정장을 입은 남자들이 우르르 몰려왔다. 총 여섯 명이었다.

"정말 감사합니다."

종업원이 눈썹을 내리며 웃어 보였다. 아무래도 나에게는 거부권이 없는 듯해서 말없이 자리에서 일어났다.

"아이, 괜히 미안하네!"

몸이 움츠러들 정도로 우렁찬 목소리가 귓가에서 쩌렁쩌렁 울렸다. 무리에서 가장 나이가 많아 보이는 남자였다. 얼굴에는 개기름이 흘렀고, 당장이라도 셔츠 단추가 튀어나올 것처럼 부푼 배를 지니고 있었다. 나는 가볍게 목으로 인사하고 카운터석으로 향했다.

중간에 떼어 앉을 수 있는 자리가 없어서 몸집이 작은 중년 남자의 구부정한 등 왼쪽에 앉았다. 종업원이 테이블에서 술병과 술잔만 옮겨 주고 빈 접시는 전부 치워 버린 탓에 어쩐지 허전했다.

"물수건 새것 드릴게요."

종업원은 물수건을 건네주고 바로 떠났다.

테이블을 끄는 소리가 나서 뒤를 돌았다. 6인용 연회석이 만들어지기를 기다리는 사람들을 자세히 살펴보니, 여자가 한 명 있었다. 그밖에는 50대 한 명, 40대 두 명, 나와 비슷한 나이대로 보이는 사람이 두 명. 전부 남자들인데 퇴근하고 부서 회식이라도 하는 것일까. 저 속에 여자 혼자라니, 어지간히도 고생스럽겠다. 당장 집에 가고 싶은 마음이 굴뚝같을 텐데 아재들에게 둘러싸여 몇 시간이나 붙들려 있을 상상을 하니 동정심이 솟았다. 지금도 어쩐지 사회생활용 미소를 띠고 있는 것 같다.

문득 여자가 내 쪽을 돌아봐서 눈이 마주쳤다.

나는 곧바로 몸을 반 바퀴 회전시켜서 시선을 돌렸다.

술병을 기울이는데 잔의 절반도 채우지 못하고 술이 바닥나 버렸다. 단숨에 들이켜고 입가를 닦은 뒤 자리에서 일어났다.

어느새 가게 안은 만석이었다.

손님들은 거의 다 회사원이었고, 가게는 밤의 술집 같은 공간으로 변신했다. 역시 낮일 때 분위기가 더 좋다.

계산대 앞에서 계산을 요청하자,

"아까 죄송했습니다."

거스름돈을 주고받는 동안 종업원이 사죄했다. 내 눈치를 보는 느낌이 성가셔서 10엔짜리 동전 네 개를 주먹에 쥔 채 가게를 나왔다. 미닫이문을 닫는데 여섯 명 무리가 때마침 맥주잔을 들어 올리는 모습이 눈에 들어왔다.

셔츠에 고기 냄새가 배어 있었다. 나는 주문한 적이 없는데.

집에 가려고 걸음을 뗐다가 문득 멈춰 섰다.

역 앞 방향으로 돌아가서 잠시 어슬렁거리다가 비슷비슷한 가게들 중 두 곳을 더 들어갔다. 취기는 가시지 않았고 그렇다고 과하게 취한 상태도 아니어서 어중간한 몽롱함이 머리에 남아 있었다.

밤 10시를 앞두고 그만 귀가하기로 했다.

상점가에서 갈라져 나온 샛길로 들어서자 바로 주택가가 나왔다. 하늘은 높고, 갈라진 구름 사이로 희미하게 별이 반짝였다. 도쿄에서는 별이 보이지 않는다는 이야기는 편견으로 생긴 오해다. 반대로 생각해 보면 이타바시는 도쿄가 아니라고 비꼬기 위해 만든 말이었을지도 모르겠다. 풍기는 인상으로는 확실히 사이타마와 거리의 풍경이 별반 다르지 않다.

주변은 모두 잠들어 고요했다. 빈틈없이 늘어선 대부분의 단독 주택에 불빛이 없었다.

공터나 다름없는 주차장의 대각선에 있는 2층짜리 빌라 1층.

맨 앞집의 문손잡이에 열쇠를 넣었다. 신발을 벗어 던지고 좁은 통로를 지나갔다. 한쪽에는 사용감이 있는 상자, 크고 작은 쇼핑백들, 포장 자재들이 놓여 있었다. 게걸음을 치지 않으면 지나갈 수 없다.

암흑 속에서 건조대를 발로 차서 넘어뜨리고 소파에 드러누웠다. 전등은 켜지 않았다. 베란다 창문으로 비쳐 드는 밤의 불빛만 있어도 큰 불편 없이 지낼 수 있다. 4평짜리 원룸이 넓어 보인 것은 입주한 첫 달뿐이었고, 지금은 상품 재고를 수납한 플라스틱 케이스가 몇 중으로 쌓여 탑처럼 높이, 벽처럼 우뚝 버티고 서 있다. 밤새워 줄을 설 때 사용하는 접이식 의자와 둥글게 만 돗자리, 대형 배낭 같은 장사 도구가 방을 가득 메우고 있었다. TV와 테이블, 침대도 없다. 개인 물건은 사지 않고 두지 않는다. 밥은 바닥에서 먹고 잠은 소파에서 자지만 불만은 없다. 창고에서 묵는다고 생각하면 된다. 월세는 관리비를 포함해서 7만 엔. 야마노테 선 외곽치고는 비싸서, 찾아보면 조금 더 저렴한 매물이 있었겠지만 1층이라 도로와 가깝고 모퉁이에 위치한 방이라는 조건을 포기하기 힘들었다. 직업상 짐을 받거나 보낼 때의 편리함이 우선이다.

월세 외에도 전기세, 식비, 스마트폰 요금 같은 통신비와 이런저런 비용이 매달 발생한다.

"리셀러로 대성공! 1억 엔 넘는 고급 아파트에서 살 수 있게 됐습니다!"라고 광고하는 야마다 노리시게 같은 사람도 있지만, 그냥 허세라고 생각하면 된다. 리셀링 비법을 '정보 약자'들에게 팔아먹기 위해서 그저 자신의 쏠쏠이를 자랑하는 꼴이 다단계나 다름없다. 리셀러는 사람들이 생각하는 것만큼 돈을 많이 벌지 못한다. 생활을 유지하는 것만으로도 벅차다. 리셀링 하나로 밥벌이하는 것은 고난을 동반하기에, 부업 삼아 하는 용돈벌이와는 차원이 다르다. 하지만 성격에 맞으니까 계속할 수 있다. 평범한 회사에 다니던 시절과는 비교도 안 될 만큼 업무 스트레스가 적다. 예전으로 돌아갈 생각은 전혀 없다.

뱉어 낸 숨이 무거웠다. 날숨이 목구멍에 탁 걸렸다. 첫 번째 술집에서 눈이 마주친 여자의 얼굴이 맥락 없이 떠올랐다. 내 취향은 아니었지만, 귀염성 있는 생김새에 옆머리 사이로 엿보이는 귀 모양이 단정했다. 지금쯤 해방됐을까. 남자 상사들은 술이 들어가면 귀찮게 굴 것처럼 생겼던데. 시대착오적인 성희롱 발언을 쏟아 냈을 것이 분명하다. 정말 구제 불능인 인간들이다. 점점 열이 오른다. 도무지 잠이 올 것 같지 않다.

화장실에 갔다가 소파로 돌아와서 머리맡에 있는 태블릿을 켰다.

셔츠를 벗고 바지를 내리고 성인용 영상을 담은 폴더에서 임의로 파일을 골라서 재생했다. 영상이 흘러나왔지만 소리는 꺼 두었다. 여자 배우의 가짜 티가 나는 신음 소리도, 남자 배우의 경망스러운 대사도 듣고 싶지 않았다. 재생 바를 눌러서 초반부는 날려 버리고 후반에 나오는 하이라이트를 빨리 감기로 찾았다. 마침 여자 배우의 몸만 화면에 담은 채 몰입감 높은 하이 앵글로 찍은 부분을 발견해서 지체 없이 처치에 돌입했다. 그동안 불편했던 새끼손가락을 신경 쓸 필요가 없어서 오른손의 반복 운동이 원활히 이루어졌다. 새삼 완치되었음을 실감하는 순간, 열이 솟구치다가 영혼이 빠져나가는 감각과 함께 시야가 섬광으로 가득 찼다.

분출물을 받아낸 왼손 손바닥을 싱크대에서 씻고 돌아와 보니 태블릿 위 영상에서는 남녀가 격렬하게 뒤엉켜 있었다. 여자 배우의 머리 모양과 귀 모양을 어디서 본 것 같다는 생각이 든 순간, 술집에서 본 여자임을 깨닫고 파일을 닫았다. 모르긴 했지만 혐오감을 씻을 수 없었다. 잠시 고민하다가 영상 파일을 아예 삭제했다.

태블릿을 바닥에 던져 놓고 뒤로 누운 채 눈을 감았다.

이명처럼 남은 술집의 소란스러움이 귓가를 맴돌았다.

자위를 한 뒤에는 고요함이 찾아온다. 사실은 하고 싶지 않지만 생리 현상이라서 방임할 수가 없다. 성욕을 채우기 위해 연애에 뛰어드는 것은 비효율적이다. 지출이 늘어나고 시간도 쓸데없이 낭비하게 된다. 하물며 성매매 업소와 원조 교제는 더더욱 말할 가치가 없다. 결국 야한 동영상이 가장 저렴한 처치법이다.

그나저나 이 집에는 참 소리가 없다. 주택가라 밤에는 적막하고, 옆 방 거주자는 20대 후반으로 보이는 여자인데, 업무가 바쁜지 평일에는 막차 시간이 다 되어서도 돌아오는 기색이 없다. 정적은 때때로 이렇게 폭력성을 띠고 두 귀를 파고든다.

보고 싶은 TV 프로그램도 없거니와 애초에 TV 자체가 없다.

음악을 틀어 놓을까 싶다가도 어떤 장르의 음악을 들어야 할지 모르겠다.

다음번에는 소란스러운 곳으로 이사해도 괜찮겠다는 생각이 들었다. 자신과 아무 상관 없는 잡음도 생활의 틈새를 메우려면 어느 정도 필요한 법이다.

드디어 호흡이 정돈됐다.

대신 무거운 두통이 뇌 깊숙한 곳에서 밀려왔다.

취한 채로 갑자기 손 운동을 한 탓일까. 그대로 잠이 오기를 기대하며 몸을 몇 번 뒤척이다가 문득 중요한 일이 떠올랐다.

권태감을 떨치고 몸을 일으켰다. 맞다. 아침에 팔린 상품을 보내야 하는데 잊고 있었다. 신속한 거래가 신조인 나는 중고 거래 사이트에서 얻은 '★우수 판매자[24시간 이내 발송]'이라는 훈장을 유지하고 싶었다.

옷을 갈아입고 멍한 머리로 포장 작업을 했다. 편의점 캐릭터 추첨권을 대량 구매했을 때 '라스트 원 상'에 당첨돼 받은 쿠션이다. 현관 앞에서 쇼핑백을 꺼내 손잡이 끈을 잘라 내고 그 안에 반으로 접은 상품을 넣었다. 왼손 손가락 사이가 끈적거렸다. 완전히 씻기지 않은 투명한 잔여물이 반쯤 말라붙은 모양이다. 개의치 않고 포장을 계속했다. 쇼핑백 윗부분을 접고 박스 테이프로 고정한 다음, 공간이 뜨는 양옆도 접어서 테이프를 붙였다. 아주 깔끔하게 완성되었다. 이 정도면 세 변의 합이 80센티미터 이내일 것이라고 눈으로 짐작했다. 최대한 작게 포장해서 배송비를 줄이는 것은 리셀링의 기본 원칙이다. 다만 과도하게 줄이면 상품이 파손될 위험성도 있다. 잘못되면 거래 평가에 영향이 가고, 그 평가는 미래의 매출에 직결된다. 신뢰가 제일이다. 어떤 순간에도 정도를 지키고 싶었다.

포장한 상품을 품에 안고 셔츠를 걸친 뒤 밖으로 나갔다.

역으로 가는 길에 있는 편의점은 내가 자주 이용하는 곳으로 발송 작업을 할 때나 도시락을 살 때 이용한다. 도보로 약 4분이라는 절묘한 위치. 우체국이나 편의점이 있는 건물 위층에 사는 리셀러도 있다는데, 너무 가깝지도 멀지도 않은 거리가 나에게는 딱 맞았다.

편의점 앞에는 자전거 여러 대가 서 있었다. 밀림처럼 무성한 수풀 너머에 유리 벽을 등지고 쪼그려 앉은 몇몇이 보였다.

편의점에 들어갔는데 인기척이 느껴지지 않았다. 손님은 없었고, 종업원도 계산대를 비운 상태라 가게 안을 비추는 형광등만 적막했다.

잡지 매대를 가로질러서 ATM 옆에 설치된 무인 택배 접수대로 향했다. 간단한 터치 패널 조작만으로 거래 상대에게 상품을 보낼 수 있다. 서로 신원도 모르는, 이름조차 밝히지 않은 채로 이루어지는 거래. 구매하는 사람도 참 희한하다. 과거의 거래 실적과 평점만을 보고 선뜻 돈을 내다니. 그런 현상은 물건을 파는 리셀러 입장에서도 기묘하게 느껴졌다.

스마트폰에 QR 코드를 인식시켰다. 기계에서 라벨지가 나왔다. 항상 하는 일이다. 의식하지 않을 수도 있었지만 평소와는 다른 분위기를 감지했다.

숨을 삼켰다.

앞 유리창 너머에서 얼굴이 보였다. 그것도 세 명. 웃고 있다. 눈이 마주쳤는데도 여전히 웃음기를 거두지 않는다. 조금 전 점포 앞에 모여 있던 녀석들임을 알아보았다. 얼른 뒤를 확인했지만 아무도 없어서 다시 앞으로 몸을 돌려 보니 녀석들의 모습은 사라지고 없었다. 유령처럼 행방을 감춘 녀석들은 잠시 후 손님 입장을 알리는 벨 소리와 함께 다시 모습을 드러냈다. 남자애 셋은 상당히 어렸다. 역시 나를 보고 있다. 이쪽으로 다가온다. 사람을 잘못 봤든가 아무튼 뭔가 착각한 줄 알았는데, "너 리셀러야?" 하고 가운데 있는 애가 물어 왔다.

"너 리셀러야?"

녀석이 말을 반복하자 이번에는 좌우에 있던 애들이 "으히히히" 하고 소리를 높였다.

갑작스러운 일에 말문이 막혔다. 상황이 이해되지 않았다. 중학생쯤 됐을까, 생긴 건 서로 비슷비슷하게 평범했다. 셋 다 처음 보는 얼굴이다.

시야 왼쪽 가장자리에서 무언가 움직이는 것을 느끼고 시선을 돌리니 스마트폰이 나를 향하고 있었다. 거기 네 번째 남자애가

서 있었다.

움직임을 봉쇄당한 나는 우두커니 서 있었다. 가운데 있는 녀석에게서 눈을 돌리자 오른쪽 녀석과 눈이 마주쳤고, 떨쳐 내자 다시 왼쪽에 있는 녀석이 쳐다보았다. 어디를 봐야 할지 모르겠다.

"리셀러야?"

"너 리셀러야?"

"리셀러 맞아?"

리드미컬하게 묻는 앞의 세 명. 녀석들의 왼쪽에서 "푸웁" 하고 웃음을 터뜨리며 렌즈를 들이미는 카메라 담당. 불쾌한 땀이 나기 시작했다. 사슬에 묶인 것처럼 목소리가 나오지 않는다. 왜 갑자기 나에게 이러는 것일까. 양아치들이 공갈하려는 분위기도 아닌 것 같은데.

"리셀러야?"

"너 리셀러야?"

"리셀러 맞아?"

대사를 외운 건가 싶을 정도로 똑같이 되풀이했다. 낮은 울림으로 시작해서 하이 톤이 얹어지고, 변성기가 한창인 걸걸한 목소리로 끝을 맺었는데, 누가 어떤 말을 하는지도 모를 만큼 정신이 없었다. 넷은 각각 이렇다 할 특징이 없었고, 굳이 차이를 말하자면 키와 몸집이 제각각인 정도였다. 카메라맨, 센터, 레프트 순으로 키가 크다. 라이트는 유독 키가 작다.

"리셀러야?"

"너 리셀러야?"

"리셀러 맞아?"

갈수록 2배속으로 떠들어 대서 당황한 나는, "아…, 아니, 나는!" 하고 입을 열었지만 곧 말이 끊겼다. 셋 중 누구를 향해 말해야 할지 망설여졌다.

하지만 어찌어찌 침을 삼키고, "리, 리셀러 아니야"라고 말했다. 속으로 동요하는 것을 들키지 않으려고 말을 마치고서 입술을 굳게 다물었다.

"진짜로?!"

"거짓말한다!"

"때릴까 진짜?"

으름장 놓는 소리가 일제히 울렸다. 옆통수에 무언가 바싹 다가왔다. 고개를 돌리니 눈앞에서 렌즈가 나를 비췄다. 스마트폰을 황급히 손으로 가리려고 하는데,

"아, 안 돼. 폭력 안 돼!"

카메라맨인 녀석의 말에 나는 손을 내렸다.

폭력이라는 말이 귓가에서 메아리쳤다. 나에게 덤터기를 씌우려는 의도가 담긴 말이었다. 녀석들은 무슨 생각을 하는 걸까. 대체 무슨 목적으로 이런 짓을….

"그럼 가 봅시다~ 택배 체크!"

리더 격으로 보이는 센터가 말하자, 양옆의 애들이 "빰빠밤~"

하며 동시에 흥을 돋구었다. 카메라는 뒤로 물러나서 녀석들과 나를 한 앵글에 담았다.

"자, 그럼 보여 줘." "보여 줘." "보여 줘 봐."

세 명이 손을 뻗었다.

"뭐?" 나는 몸을 뒤로 물리고, "뭐를?"이라고 물었다.

"확인해 보게." "확인한다." "리셀러인지."

"뭐? 아니, 이게 지금 포장된 상태라…"

"그럼 폰 보여 줘." "보여 줘." "보여줘 봐."

"폰? 내가 왜…?"

"거래 화면을 보면 아니까." "정가보다 비싸게 팔았는지." "리셀러인지."

자꾸 몰아세우니 당혹스러움은 커져만 갔다. 불심 검문을 흉내 내느라 신난 중학생들을 어떻게 자제시켜야 할지 방법이 떠오르지 않았다.

갑자기 소리가 들렸다. 카메라맨의 뒤, 안쪽 창고에서 편의점 직원이 나타났다. 나는 도움을 청하는 눈빛을 보냈지만 직원은 멈추지 않고 매대 너머로 사라졌다. 보고도 못 본 척한 것이 분명하다.

"택배 체크!"

"폰 체크!"

"리셀러 체크!"

곧바로 추가 공격이 들어왔다.

"으악, 뭐야!"

작은 손이 허리 부근을 만진 순간 허벅지에 소름이 돋았다.

"신체검사합니다."

"협조 부탁드립니다."

"휴대폰 좀 잠깐 주세요."

뻗어 나오는 여섯 개의 가느다란 팔. 그중 누군가의 손가락이 내 사타구니를 스치고 주머니에 든 스마트폰에 닿았다. 당사자도 그 딱딱한 감촉을 느꼈는지, "찾았다, 찾았다!" 하더니 내 운동복 바지를 만지작거리며 손을 집어넣으려고 했다.

"꺼내 봐요!" "으하하." "으하으하."

"그만해…!"

"으하하." "꺼내 봐요!" "으하으하."

"그만, 그만하라고!"

"으하하." "으하으하." "꺼내 봐요!"

"아니, 그만 좀, 으윽!"

나는 일방적으로 방어만 했다. 몸을 틀어 돌아서려고 했지만 세 명이 동시에 나를 압박했다. 손가락이 하반신에 닿을 때마다 소름이 끼쳤다. 거의 치한이나 다름없다.

"알았어, 알았, 알았어…!"

나는 백기처럼 스마트폰을 높이 들고 흔들었다.

간청이 통했다. 내 몸을 건드리는 손도, 시끄러운 목소리도 뚝 그쳤다.

"그럼 거래 화면 보여 주는 거지?"

센터가 만족스럽게 고개를 끄덕이며 손바닥을 내밀었다.

나는, "…아니. 오늘은 관둘래"라고 대답했다.

"뭐?" "관둔다고?" "그게 무슨 말이야?"

"택배. 이건 안 부칠 거야."

나는 그렇게 말하고 접수대 위에 둔 택배를 품에 안았다.

"…" "…" "…"

처음으로 그들 사이에서 망설임이 싹텄다. 서로 눈짓을 주고받는 그 틈을 놓치지 않고 나는 정면 돌파를 시도했다.

"어? 야!"

제지하는 목소리에 아랑곳하지 않고 그들 사이를 빠져나갔다. 그대로 가게 밖으로, 뛰면서 집으로 향했다.

상점가를 벗어나서 크게 숨을 들이마시고 천천히 내뱉었다.

몇 시간이나 구속돼 있다가 해방된 기분이었다. 저런 꼬맹이들에게 겁을 먹다니 한심하지만, 워낙 일이 갑작스럽게 일어나서 마음의 준비가 안 된 상태였다. 아무튼 중학생들 사이에서나 통할 못된 장난이었다. 진지하게 상대해 봤자 소용없다. 부치지 못한 택배를 품에 안은 채 빌라 현관에 다다랐다.

한 손으로 주머니에 든 열쇠를 찾는데 공기가 약간 흔들리는 것을 느꼈다.

뒤돌아보니 넷이 있었다.

목구멍에서 비명 같은 소리가 새어 나왔다. 중학생들은 그런 내

반응을 재밌어했다.

"들켰습니다~!"

"쫓아왔어요~!"

"아웃입니다~!"

의심의 여지가 없는 미행이었다. 스마트폰 카메라도 여전히 나를 비추고 있었다.

반사적으로 오른팔로 얼굴을 가리다가 집 열쇠를 떨어뜨리고 말았다. 황급히 줍고 현관을 벗어났다. 네 사람의 시선과 카메라가 물 흐르듯 뒤쫓아 왔다. 나는 도로로 걸어 나갔다.

"나쁜 놈이다—!"

뒤에서 소리치는 목소리가 들렸다.

"경찰 아저씨—!" "여기 리셀러가 있어요—!"

수선스러운 외침에 나도 모르게 주변을 살폈다. 다행히도 행인은 없었다. 나는 참지 못하고 보폭을 넓혀 뛰기 시작했다. 한시라도 빨리 벗어나고 싶고 놈들을 떼어 내야 하는데, 갈 곳이 마땅치 않아서 일단 이 상황만이라도 모면하기 위해 역 쪽으로 걸음을 옮겼다. 쿠션을 담은 쇼핑백이 그야말로 짐이었다. 반대편인 북쪽 출구 근처에도 편의점이 있다. 역시 보내 버려야겠다. 겨우 택배 하나 부치는데 엉뚱한 훼방꾼들이 끼어들었다는 생각에 짜증이 올라왔다.

상점가를 빠져나왔을 때 또다시 뭔가 이상함을 느꼈다.

뒤돌아봤다. 넷이 있었다.

역시 놈들이 서 있었다. 추격은 끝나지 않았다.

"자, 그럼 다시 소개하겠습니다. 이쪽이~?"

리더 격 녀석이 내 옆에 서서 카메라를 응시했다.

"요즘 화제인! 리셀러님입니다아ー!"

쾌활한 톤으로 떠들어 댄다. 이쪽으로 쏠리는 시선을 느꼈다. 길을 막은 중학생들을 피해서 역으로 가는 모든 사람이 나를 힐끔 쳐다보고 지나갔다. 미성년자 여럿에게 둘러싸인 성인 남성을 향한 불신의 눈초리. 참으로 기가 막힐 노릇이다. 내가 피해자라고 하소연해도 상황은 뒤집힐 것 같지 않다. 퇴로는 막혔다. 도망치다가 잡혀 버렸으니 결백을 증명하기는 어렵다.

"리셀링은 엄연한 범죄입니다ー."

"악질 되팔이는 결국 체포됩니다ー."

으하하, 으하으하, 저속한 웃음소리가 울려 퍼졌다. 반복되는 유치한 놀이를 보고 있자니 머리에 피가 쏠렸다. 내가 왜 가만히 참아 줘야 하나. 중학생 놈들을 상대로 도망 다닐 이유가 없다.

"…그만 좀 깝죽대 너희."

내가 뱉은 말임을 귀로 듣고서야 인지했다.

"가만히 있으니까 사람이 우스워?"

하지만 이제 멈출 수 없었다.

"리셀링은 범죄가 아니야!"

나는 놈들의 얼굴을 똑바로 보며 말했다.

녀석들은 소란 피우기를 멈추고 일제히 눈을 동그랗게 떴다.

"알아들어? 일본은 법치 국가야. 리셀링이 정말 범죄면 경찰이 리셀러를 잡겠지."

이해시켜야 했다. 인터넷에 올라온 글을 비판 없이 그대로 받아들여서 리셀러를 악인으로 낙인찍는 미성년자들을 제대로 훈계해야만 치밀어 오르는 이 울화가 가라앉을 것만 같았다.

"실제로 암표 거래는 그렇잖아. 법으로 규제받아서 암표상들이 체포되기도 해. 근데 리셀링은 법을 어기는 경우가 거의 없어. 범죄 행위에 해당하지 않는다고!"

"뭐, 뭐예요, 갑자기?"

한 녀석이 억지로 웃는 표정을 만들었다. 가장 키가 작은 녀석인데 표정이 살짝 흔들리는 것이 보였다. 내가 반박할 줄 몰랐는지 다른 세 명의 분위기도 어딘가 달라진 것이 피부로 느껴졌다.

그렇다면 밀고 나간다. 아직 내 턴은 끝나지 않았다.

"그러니까 너희!" 나는 있는 힘껏 목소리에 힘을 줘서, "제멋대로 지껄이지 마!" 하고 녀석들을 따끔하게 훈계했다.

"엥?"

"제멋대로?"

"그게 뭔 소리야?"

서로 얼굴을 쳐다보는 중학생들. 어리둥절한 반응에 기세가 꺾여서 약간 어색한 공기가 감돌았다.

"가끔은 너희들 머리로 직접 생각해 봐."

나는 숨도 쉬지 않고 따발총처럼 내뱉었다.

"리셀러는 뚜드려 패도 되는 나쁜 놈들이고, 나쁜 놈들을 처벌하는 너희는 정의의 편 같아? 그렇게 단순한 사고방식으로 영웅놀이나 할 나이는 지났잖아! 사리 분별하는 법을 배우기도 전에 인터넷만 해 대니까 그렇게 되는 거야! 이대로 가면 끝장이야! 낙오자 같은 인생 살고 싶지 않으면 스마트폰 버려! 얌전히 공부나 해! 의무 교육을 받으라고!"

한 장짜리 영수증처럼 말이 멈추지 않고 쏟아져 나왔다.

어깨를 들썩이며 가쁜 숨을 내쉬는 나를 넷은 말없이 지켜봤다.

이해를 했는지 못 했는지 모르겠지만, 나는 지쳤다. 놈들의 대꾸를 기다리지 않고 그 자리를 떴다.

놈들도 내 뒤를 따랐다. 대체 무슨 생각인지 말없이 쫓아왔다. 이대로 북쪽 출구에 있는 편의점으로 향했다가는 또다시 언쟁이 벌어질 것이다. 그렇다고 집으로 돌아가자니 이 중학생들을 집까지 끌고 가고 싶지 않았다. 어떻게 해야 할까. 녀석들을 뒤에 거느린 채 횡단보도를 건너 역사 안으로 들어가서 개찰구를 통과했다.

추적이 끝났다.

중학생들은 개찰구 바깥에 옹기종기 모여 서서 여전히 카메라로 나를 비추며 무어라 작은 소리로 말했다. 한 명이 손을 크게 흔들었다. 나는 승강장으로 뛰어 내려갔다.

잠시 계단을 주시했지만 녀석들은 나타나지 않았다. 전철이 들어왔다. 완행열차 차량은 만원이었고, 문이 열리자 사람들이 줄줄이 밀려 나왔다.

차량이 무거운 몸체를 이끌고 출발했다. 다음 역에 하차해서 되돌아가고 싶었지만 녀석들이 그대로 개찰구에서 기다리고 있을 우려가 있었다. 녀석들은 미성년자라서 시간이 남아돌 것이다. 적절한 지도를 받기 전까지는 계속 들러붙을 것이다. 현기증이 났다. 일방적인 추돌 사고에 휘말린 나의 불운을 저주하며 각오를 다졌다.

어쩔 수 없다.

오늘 하루는 대피하는 수밖에 없다.

역사를 빠져나오자 로터리가 보였다. 체인점들을 품은 빌딩 앞에는 상점가 아케이드가 있었다. 카미이타바시역을 조금 확대한 듯한, 데자뷔 같은 광경을 봐도 그리움은 솟아나지 않았다.

완행열차로 세 정거장 이동한 뒤 나리마스역에서 내려 남쪽 출구로 나왔다.

곧장 편의점으로 뛰어 들어가서 택배 발송 작업을 했다. 너무도 익숙한 작업이건만 경계를 늦추지 않느라 땀투성이로 일을 마무리했다. 드디어 속 시원히 털어 버릴 수 있다.

일단 몸은 가벼워졌지만 소지품이 스마트폰과 열쇠 케이스뿐이다. 지갑은 집에 두고 왔다. 몸은 가볍지만 마음은 너무 불안하다. 나는 재빠르게 상점가를 빠져나가 카와고에 도로를 건너서 주택가로 들어섰다.

밤바람이 목덜미를 스쳤지만 머리는 여전히 열을 띠었다.

가로등이 적은 밤길을 걸으며 당장이라도 암흑 속에서 그 중학생들이 나타날 것 같다는 망상에 시달렸다. 목이 쉰 것처럼 아팠다. 그렇게 목소리를 세게 내 본 것이 얼마 만이더라. 다른 사람을 감정적으로 대한 것도 오랜만이었다. 회사원, 대학생, 고등학생 때까지 거슬러 올라가 봤지만 기억나지 않았다. 투쟁심은 나이와 함께 깎여 나간다. 부조리의 도가니에 있던 회사원 시절, 고압적인 상사에게도 반항적인 부하에게도 속마음을 털어놓은 적은 없었다. 의견을 말하고 싶은 마음은 항상 있었다. 하지만 체념이 더 앞섰다. 의미가 없다고 생각하면 힘이 빠졌다. 어차피 내일도 얼굴을 봐야 한다, 이놈들은 아무것도 변하지 않는다, 그렇게 생각하면 애초에 상대할 필요가 없었다. 회사를 관두고 떠난 사람은 그들이 아닌 나였다. 그놈들은 지금도 변하지 않고 그대로일까. 변함없이 이기적으로 살고 있을까.

모퉁이를 돌자 익숙한 쥐색 건물이 모습을 드러냈다.

그런데 1층 매장을 보고 깜짝 놀랐다.

입구에 걸린, 영어가 아닌 서양의 글자로 적힌 가게 이름. 또 바뀌었나 보다. 그동안 들어선 음식점마다 획획 바뀌더니 이번에는 미용실이 되었다. 내부 구조를 대담하게 고친 듯했다. 이래서는 이 자리에 다시 음식점이 들어서기는 어렵겠다.

오른쪽으로 돌아 들어가서 숨긴 듯이 설치된 외부 계단을 올라갔다. 이쪽은 수리되지 않은 상태라 콘크리트 벽이 초록빛을 띠었다. 2층으로 진입해, '타카하시' 명패가 걸린 현관문과 '무로이' 명패가 걸린 현관문을 지나 복도 맨 끝 현관문 앞에 멈춰 섰다.

열쇠 케이스에는 열쇠가 두 개 있었다. 내 자취방 열쇠를 옆으로 치우고 오랫동안 액세서리처럼 잠자고 있던 열쇠를 집어 위쪽 열쇠 구멍에 꽂고 돌렸다. 문손잡이를 당기자 철컥 소리가 났다. 열리지 않았다.

현관에는 열쇠 구멍이 두 개였다. 열쇠는 공통이라서 곧바로 아래쪽 잠금도 풀었지만 이번에도 문은 열리지 않았다. 일단 위아래를 다시 다 잠가 보았다. 문손잡이는 꿈쩍도 하지 않았다. 원인을 알 수 없어서 고개를 갸웃하는데 현관 너머에서 발소리가 들렸다.

나는 한 발짝 뒤로 물러나서 마음의 준비를 했다.

"네가 어쩐 일이야? 연락도 없이."

열린 문틈으로 얼굴을 내민 사람은 엄마였다. 연분홍색 잔꽃 무늬 파자마 차림을 보고 몸의 긴장이 풀렸다.

"문이 계속 철컥철컥거리길래 도둑인 줄 알았어!"

방금 목욕을 마치고 나왔는지 수건을 터번처럼 머리에 두른 엄마는 얼굴 주름에 그늘이 져 있었다. 실내에 불빛은 없었다. 엄마의 등 뒤로 어둑한 복도가 으스스하게 펼쳐져 있었다.

"아니, 문이 안 열리더라고."

"아래만 잠가 놔서 그래."

"응? 왜 아래만?"

"시간을 벌려고. 도둑이 위쪽 잠금장치를 풀어도 못 들어오게."

엄마의 말을 듣고 머릿속에서 정리했다. 열쇠 구멍이 두 개면 보통은 위쪽만 잠그든가 위아래를 다 잠그는 것이 정석이다. 그런데 위쪽은 잠그지 않고 아래만 잠가 놓으면 밖에서 문을 여는 사람은 그 상황을 이해하지 못할 테니 당황할 것이라는 뜻이었다.

"또 그런 무의미한 트랩을…."

나는 말하면서도 어이가 없었다.

"방금 너도 걸려들었으면서."

"아니 그건, 뭐, 그건 그런데."

"효과 없다는 말은 못 하겠지?"

그렇게 의기양양하게 말하는 터번 머리 엄마의 페이스에 말려들고 말았다.

나는 "애초에 도둑 들 일이 없다니까"라고 대꾸하고 신발을 벗기 시작했다. 현관 우산꽂이에 꽂힌 보행용 지팡이가 눈에 들어왔다. 곧장 시선을 돌렸다.

"방심하면 안 돼. 우리 집 같은 데가 의외로 타깃이 되기 쉬워."
엄마는 이의를 제기했다.

요즘 인근 지역에서 빈집 털이 피해 건수가 계속 늘어 우리 관할 경찰서에서도 주민들에게 주의를 요청하고 있다고 한다. 나는 알았어, 알았어, 하며 흘려듣고 복도로 들어섰다.

"그나저나 갑자기 어쩐 일이야? 연락도 없이."

엄마가 물어서, "오늘만 자고 갈게"라고 대답했다.

사정을 설명하기도 귀찮았다. 처음 보는 중학생들을 피해 도망 왔다고 말할 수는 없었다.

"집에 올 때는 연락 좀 하고 와. 준비해 놓은 게 아무것도 없단 말이야."

"괜찮아. 밥 안 먹어도 돼."

"아빠는 일찍 주무시고." 엄마의 말에 나도 모르게 뒤를 돌아보았다.

엄마 옆에는 '문'이 있었다. 엄마가 문손잡이에 손을 댔다.

"안 깨워도 돼. 괜찮아. 괜찮다니까!" 목소리를 낮추면서도 필사적으로 제지했다.

"그래? 알았어" 하며 엄마가 '문'에서 떨어졌다.

나는 거실에 가려다가 마음을 바꿔서 현관 앞 안쪽 계단으로 걸음을 뗐다.

"잠만 자고 바로 집에 갈 거야"라고 말하고 위층으로 올라가 내 방으로 들어가서 문을 닫았다.

벽을 더듬자 스위치를 누른 타이밍보다 한 박자 늦게 형광등이 켜졌다.

공부 책상, 침대, 옷장, 책장 대신 사용하던 수납장, 소리 없는 가구들이 자리 잡고 있었다. 생활감이 진작에 사라진 먼지 쌓인 아이용 방. 벽을 따라서 상자가 쌓여 있었다. 책상 위에 또 상자. 그 안에 든 물건은 전부 리셀링용 상품 재고다. 생각처럼 팔리지는 않고 그렇다고 손절매하기는 아까운, 길게 보고 장기 보관하면 희소성이 높아질 수 있겠다고 판단한 '프리미엄 후보군'을 잠재워 놓았다. 말하자면 여기는 '제2의 창고'다. 학생 때 쓰던 물건은 버리거나 팔았다. 오래된 캐릭터 완구와 절판된 만화는 의외로 돈이 됐다. 이제는 온갖 물건이 프리미엄 붙은 가격으로 중고 거래 앱이나 인터넷 경매에서 거래되지만, 거금을 털어서 낡은 중고품을 사 모으는 놈들의 사고방식은 도무지 이해되지 않는다. 과거의 향수에 얽매이는 것도, 물욕에 휘둘리는 것도 다 바보 같다.

침대에 걸터앉았다.

망가진 스프링이 삐걱거리는 소리. 착석감이 좋지 않다.

몇 년 만에 온 본가인가. 이렇게 불가항력적으로 돌아오게 될 줄은 몰랐다. 일면식도 없는 중학생들 때문에 화가 난다.

스마트폰을 만지며 시간을 때웠다. 침을 삼켜서 목마름을 잠재워 보려고 했지만 언 발에 오줌 누기다. 그런데도 소변이 마렵다. 하지만 거실도 화장실도 가고 싶지 않았다. '대면'을 피하기 위해서는 참는 수밖에 없었다. 그냥 어서 자야겠다. 불을 끄려고 하는 순간 계단에서 발소리가 다가왔다.

노크 소리가 울렸다.

노크가 너무 조심스러워서 오히려 귀에 거슬렸다. 입을 다문 채 대답하지 않았더니 문이 열렸다. 엄마라서 가슴을 쓸어내렸다.

"이럴 거면 노크는 왜 한 거야?"

가볍게 항의하자 엄마는, "들어갑니다~ 라는 신호야"라고 받아쳤다.

"이제 잘 건데, 왜?" 나는 졸린 얼굴을 만들려고 노력했다.

"이거." 엄마가 내민 것은 얇은 이불이었다.

"밤에는 아직 쌀쌀해."

"…어어, 고마워."

받아서 침대 발치에 두었다.

엄마는 아직 문 앞에 서 있었다.

"…"

그 침묵에 나는 직감했다. 이것은 징조다. 또 무슨 이야기를 꺼내려는 것 같다.

"이렇게 된 김에 확실히 물어보고 싶어서."

엄마는 조심스레 입을 떼며, "일은 잘돼?"라고 말을 이었다.

"그렇지, 뭐. 똑같아."

"정직원 될 수 있을 것 같아?"

"음…, 글쎄."

어물쩍 대답을 넘겼다.

"아르바이트 관뒀어?" 하지만 엄마는 개의치 않고 파고든다.

"응. 근무 환경도 별로고 해서."

체념하고 털어놓았다. 회사를 관두고 나서 잠깐 편의점에서 일했는데, 그 시점 이후로는 엄마에게 근황 보고를 하지 않았다.

"그래…"

엄마는 가라앉은 목소리로 답하고 방에 놓인 상자들에 시선을 던지며 말했다.

"계속 이대로 지낼 수는 없을 거 아니야."

리셀링을 두고 하는 말 같았다. 정기적으로 본가에 보내는 상품 재고를 보고 아들이 요즘 세간을 떠들썩하게 하는 '리셀러'임을 눈치챈 모양이다.

납득이 됐다.

신문과 TV에서 주로 정보를 얻는 엄마에게 리셀러가 좋은 인상을 남겼을 리 없다.

내가 관뒀으면, 하고 설득하러 온 것이다.

"그…. 이런 얘기, 그 사람한테는…?"

내가 애매하게 묻자 눈치챈 엄마는, "안 했어"라고 대답했다. "아빠한테는 그런 얘기 안 해."

"그럼 됐어."

나는 안도했다. 엄마면 몰라도, 아버지에게는 절대 내가 리셀러라는 사실을 알리고 싶지 않았다. 나에 관한 모든 것을 몰랐으면 했다. 휴대폰 번호와 메일 계정, 자취방 주소도 알려 주지 말라고 오래전부터 엄마에게 못을 박아 놓았다.

아버지와 나 사이에는 '문'이 있다. 아무런 관계도 맺을 수 없다.

"…아무튼 열심히 하고 있어."

나는 그렇게 이야기를 마무리 지으려 시도했다.

하지만 엄마는 나를 붙잡듯, "지금도 안 늦었어"라고 말했다. "성실하게 일해야지."

이제부터가 본론이라고, 그 진지함을 띤 톤이 가르쳐 준다.

"성실하게?" 나는 나도 모르게 코웃음을 치고, "혼자서도 생활 유지하면서 잘 지내"라고 뻗댔다.

"직장이 없으면 삶이 안정적이지 않잖아. 저축도 어려울 거고. 앞으로, 왜, 결혼…도 해야지."

엄마 입에서 결혼이라는 단어만 고음으로 나왔다. 확실히 튀었다.

직장, 안정, 저축, 결혼.

단골 멤버들이 멋들어지게 한 자리에 모였다.* 받아칠 말이 생각나지 않는다.

"…그럼 무슨 장사라도 할까?"

나는 짜증을 담아서 빈정거렸다.

"장사는 안 돼!"

예상대로 엄마는, "망하면 개고생이야!"라고 덧붙였다. 어지간히도 자신과 같은 실수는 대물림하고 싶지 않은가 보다.

"아무튼."

엄마는 헛기침을 한 번 하고는, "아직 젊으니까 좋은 일자리 찾아서 가족도 잘 꾸리고 번듯하게 살아야지. 엄마랑 아빠도 언제까지고 옆에 있을 수는 없으니까. 회사에서 성실하게 일하는 게 제일 쉽게 행복해지는 길이야"라고 말했다.

본가에 오자마자 이런 꼴을 당한다.

구시대적 가치관에 입각한 꽉 막힌 잣대를 들이미는 설교에 신물이 난다. 엄마가 회사에 다니는 것이야말로 정의라고 믿는 이유는 자신의 쓸쓸한 경험 때문일 것이다. 예전에 내가 회사를 관뒀다고 털어놓았을 때 엄마는, 왜 그런 아까운 짓을 했어? 하며 몰아세웠다. 이직할 곳 빨리 찾아, 하고 다그쳤다.

"성실하게…. 그래, 말은 알겠는데,"

짜증을 누를 수 없었다.

"그건 우리 세대의 고충을 모르는 기성세대의 가치관이고."

매일 정장을 입고 만원 전철에서 이리저리 흔들리며 출근. 그렇게 평생을 같은 회사에서 근무한다. 꾸준한 승진, 월급 저축, 가족 부양, 이것이 이상적이고 이것이 유일한 정답이라고 엄마는 믿어 의심치 않는다.

하지만 그런 이상은 현시대에서 사라졌다. 나는 계속해서 말했다.

"성실하게 일하라고…? 성실하게 일해 봤자 그런 이상적인 모습은 다 과거의 미덕이야. 내 고등학교 동창 무라오 기억나? 걔, 야근은 금지인 데다 불황이라서 월급이 20만 엔도 안 돼. 한 회사에서 10년을 일했는데. 뉴스에는 안 나와도 SNS를 보면 그런 현실이 보여. 인스타그램 같이 반짝거리는 세상 말고, 친구끼리만 볼 수 있는 메신저에 매일 올라오는 게시물들 말이야. 거기에 어디에도 자리가 없는 우리 세대의 아비규환이 담겨 있어. 엄마가 믿는 '회사'에 배신당한 놈들이 쏟아내는 저주를 읽고 나면 종신 고용을 누가 믿을 수 있을까? 회사만의 얘기가 아니야. 집에도 적이 숨어 있어. 일찍 결혼한 카와이 걔, 아, 그 중학교 1학년 때하고 2학년 때 같은 반이었던, 그래, 걔는 두 애 양육비랑 아파트 대출에 시달리느라 계속 돈 걱정만 하고, 심지어 막내는 유치원에 보내야 하는데 받아 주는 곳도 없고, 아내가 쏟아 놓는 불평과 욕만 듣다가 결국 정신과에 갔더니 우울증 진단이 나왔대. 다 그런 식이야. 회사원이라는 거, 힘든데 가난해. 이제는 정직원인 것도 장점이 없어. 일본은 가난하니까. 그래, 일본은 가난해. 일본은 이제 선진국이 아니야. 그래서 일본인도 가난해진 거야. 관광 국가인 이 나라에서 풍요를 누리는 건 외국인 관광객뿐이야. 긴자나 오모테산도 주변을 걸어 보면 안다니까? 맛있는 거 먹고, 명품 쇼핑백 들고 신나게 걸어 다니는 사람은 전부 외국인이야. 일본인은 일본에서 풍요를 누릴 수가 없어. 그래서 나는 '치트키'를 쓰면서 살아가는 거야. 리셀러로 입에 풀칠하며 사는 거야. 리셀링에 활로가 있으니까 회사를 관뒀어. 계속 결혼 안 하고 살면 재취업하지 않아도 어찌어찌 살아져. 그래도 괜찮아. 그래도 충분하다고. 번 돈은 대부분 상품 매입에 쓰니까 사치는 불가능해도 결혼 안한 1인 가구, 그 정도의 생활은 유지할 수 있어. 가끔 술은 마시지만 취할 수만 있으면 가리지도 않아. 그래, 어차피 이 나라에 밝은 미래는 없어. 나는 목표도 없어. 모든 건 탈출이야. 인생을 흘려보내기 위한 도피 행동이야. 그러니까 엄마, 나는 이대로 충분해. 지금 이 상태를 유지하고 싶어. 제발 아들이 살아가는 방식을, 이렇게 살 수밖에 없다는 걸, 이해, 이해해 줬으면…."

멈추지 않고 쏟아져 나오던 말이, 갑자기 턱 막히고 말았다.

엄마의 얼굴에는 당혹스러움이 묻어났다. 이해할 수 없다는 듯한 그 표정에 나 역시도 충격을 감출 수 없었다.

이렇게까지 설명했는데도 이해할 수 없다는 것인가. 세대의 벽은 넘을 수 없는 것인가.

"…미안. 아무것도 아니야."

나는 체념했다. "피곤해서 이제 잘게."

대답을 기다리지 않고 침대에 누웠다.

엄마는 잠시 가만히 있다가 짧은 한숨을 남기더니, "잘 자" 하고 방에서 나갔다.

황토색 소형 전구가 암흑을 희미하게 비추었다. 엄마가 남긴 한숨이 옅게 뻗어나가 방 안을 떠다니는 것 같아서 마음이 소란스러웠다. 무거운 공기는 의식을 각성시켜서 잠들지 못하게 방해한다. 스마트폰을 만지고 싶은 유혹에 시달렸지만 배터리가 10%도 남지 않았다. 내일 전철을 타기 위해서라도 남겨 둬야 한다.

서서히 후회가 밀려들었다.

그러려던 것이 아니었다. 엄마를 논리로 깨부수려는 의도가 아니었다. 부모가 설교를 늘어놓으면 그저 한 귀로 흘려들으면 될 것을, 결과적으로 구구절절 반박을 늘어놓고 말았다. 스트레스 때문이다. 골절 사건을 비롯한 리셀러를 향한 연이은 비난, 중학생들이 걸어오는 시비… 최근 리셀링 업무가 원활히 풀리지 않는 것과 맞물려서 쌓여 있던 것이 엄마를 향해 폭발한 셈이었다. 서로에게 무의미한 일에 힘을 허비하고 말았다.

멍하니 천장을 바라보았다.

암흑에 눈이 익숙해졌다. 벽지는 빛바랬고, 네 모퉁이는 거무죽죽했다. 방이 이렇게 좁았었나. 어릴 때는 조금 더 넓은 느낌이었는데 어른이 되니 상대적으로 작아 보이는구나, 생각하다가 상자 때문에 그렇다는 것을 깨달았다. 건조한 웃음이 새어 나왔다. 자꾸 쓸데없는 생각만 하게 된다. 그냥 자 버리려고 눈을 감았다.

눈꺼풀 뒤에 '문'이 떠올랐다.

눈을 뜨자 천장만 보였다.

다시 눈을 감자 역시 '문'이다. 떨쳐 내려고 해도 집요하게 앞을 가로막아서 잠들 수가 없었다.

겨우 잊고 있었는데…. 직접 눈으로 확인한 탓에 선명한 이미지가 떠오르고 말았다.

공상인데도 현실과 마찬가지로 '문'은 열리지 않는다. 그저 굳게 닫힌 채 눈앞에 서 있었다.

지금도 '문' 건너편에는 아버지가 있다.

쓸모없는 유치한 물건에 둘러싸인 채 문을 잠그고 아들을 차단하고 있다. 내가 집을 나온 지 시간이 꽤 지났지만 앞으로도 변하지 않을 것이다. 아버지는 계속 나를 배척할 것이다.

발단은 중학생 때로 거슬러 올라간다.

이 본가 아파트 1층에는 카페가 있었다. 이름은 '카페 코스믹 패밀리어'였다. 부모님이 경영하는 가게로, 내가 아주 어릴 적부터 당연하다는 듯 존재했다. 안쪽 칸막이 좌석은 특등석인데 나는 거기 앉아 콜라를 마시며 숙제를 하거나 친구를 불러서 놀며 많은 시간을 보냈다. 엄마는 자주 디저트를 만들어 주었다. 엄마가 만든 수제 푸딩은 진하고 맛있었다.

평범한 카페와는 다른 독특한 가게. 아버지는 세계적으로 유명한 SF 영화 《코스믹 레거시》의 굿즈 수집가라서 가게 안에는 어마어마한 숫자의 수집물이 놓여 있었고, 작품의 팬들 사이에서는 '성지'로 자리매김해 멀리서 오는 마니아 손님도 꽤 생겼다. 인근 주민 중에 단골은 없었지만 경쟁 가게가 없어서 번창했다. 《코스믹 레거시》를 좋아하는 사람 중에 나쁜 사람은 없어, 다들 친절해, 그러니까 가게도 잘될 거야, 아버지가 그렇게 호언장담하던 것을 기억한다.

그런데 언제부터인가 매출은 떨어졌다. 명확한 계기는 없었고 물가 상승과 단골 감소, 그런 복합적인 요인이었으리라. 엄마가 매일 밤 거실에서 장부를 들여다보며 머리를 싸매는, 그런 무거운 공기가 집에 충만했다. 대출금도 상당했을 것이다.

아무도 도와주지 않았다.

성지라고 떠들어 대던 손님들은 궁핍한 가게 상황을 접하고도 딱히 돈을 쓰지 않았다.

"규슈에서 왔어요."

그렇게 말하면서 커피 한 잔으로 한나절을 붙어 있는 손님.

"그 해석은 좀 잘못됐어."

비평가도 아니면서 성가시게 다른 손님한테 치근거리는 손님.

"너도 아빠처럼 공부하렴."

그렇게 말하며 내게 《코스믹 레거시》 감상을 강요하는 손님.

모든 것이 지겹게 느껴졌다. '마니아', '오타쿠'라고 불리는 성인 남성들을 속으로 증오했다. 어차피 놈들은 콘텐츠에만 관심이 있다. 가게나 부모님은 나중이고, 신앙심은 아버지의 컬렉션에 쏟아질 뿐이다. 가게 안에 장식된 굿즈를 즐기고 그걸로 끝이었다. 아버지가 내오는 향기로운 커피에도, 엄마가 만든 맛있는 오므라이스나 파스타에도 관심을 보이지 않았다. 가게 경영을 도우려는 어른은 한 명도 없었다.

이놈들은 쓸모없다. 그렇게 생각했다. 딱히 돈을 쓰지도 않고 즐거움만 누리는, 제멋대로에 자기중심적인, 자신들의 '성지'를 구하려고도 하지 않는 놈들…. 나는 그들과 달랐다. 부모님이 슬퍼하는 모습을 보고 싶지 않았고, 가게가 잘되면 좋겠다고 바랐다. 그래서 돈이 필요했다. 자금을 마련하기 위해 골머리를 앓았다.

그 방법으로 작은 장난감을 떠올렸다.

아이가 갖고 놀기에도 작은, 실수로 삼킬까 봐 우려될 정도로 작은 사이즈의 PVC 피규어 하나가 계산대 앞에 장식되어 있었다.

우주의 평화를 지키는 정의의 주인공들을 가로막는 '다크 파더'라는 이름의 악역이었다. 흐리멍덩한 생김새에 포즈는 촌스럽고, 채색도 여기저기 제 구역을 넘어 삐져나와 있었다. 빈말로도 완성도가 높다고 할 수 없는 그 칙칙한 장난감은 예전에 뚱뚱하고 여드름 난 손님이 "눈이 튀어나올 정도로 비싼 레어 굿즈야"라고 자랑스럽게 이야기했을 정도로 가치가 있는 물건이었다. 결국 나는 그 피규어를 팔아서 돈으로 바꾸자는 생각에 다다랐다. 가게 안에는 그것 말고도 피규어가 늘어서 있으니 하나 정도는 팔아도 들키지 않을 거라고, 아니, 들켜도 아버지가 한 개 정도는 신경 쓰지 않을 거라고 생각했다. 예전에는 도난 소동도 있었다. 케이스에 넣지도 않은 피규어가 사람들의 손이 닿는 곳에 장식되어 있었던 탓에, 부모님의 눈을 피해 슬쩍 가져가려고 하는 나쁜 놈이 있었다. '저놈이 분명하다'라고 범인이 추려지는 상황에서도 아버지는 《코스믹 레거시》 애호가 중에 나쁜 사람은 없어"라며 끝까지 절도범을 비난하지 않았다. 그러니 나도 괜찮을 것이다. 나는 계획을 실행했다.

우선은 아버지에게 디지털카메라를 빌렸고, 정기 휴일을 노려서 피규어를 촬영했다. 그리고 이튿날, 부모님이 가게를 보는 틈을 타서 아버지 서재에 있는 컴퓨터를 켰다. 경매 사이트의 존재는 아버지에게 들어서 알고 있었고, 굿즈를 수집할 때 이용한다고도 들었기에 접속 내역을 찾아봤더니 바로 들어갈 수 있었다. 로그인도 되어 있었다. 이제 사진을 올리기만 하면 문제없이 상품으로 내놓을 수 있을 줄 알았건만 정작 중요한 상품명을 몰랐다. 어림짐작으로 야후에 검색해 봤지만 나오지 않았다. 일단 아는 걸 조합해서 '코스믹 레거시 피규어 다크 파더 완전 레어'라고 이름 붙이고 최저 낙찰가를 1만 엔으로 설정해서 상품으로 내놓았다. 기간은 3일 단기전. 첫 이틀은 움직임이 없었다. 역시 정식 명칭을 기재하지 못한 것이 치명적이었나, 하는 생각을 하며 반쯤 포기하려던 마지막 날에 첫 입찰이 이루어졌고, 그 이후 어마어마한 입찰 폭풍이 몰아쳤다. 지금 생각해 보면 동호회 게시판 같은 곳에 URL이 뿌려져서 화제를 모은 것 같은데, 당시에는 알 도리가 없어서 그저 끝없이 상승하는 '현재 최고 입찰가'만 들여다보고 있었다.

10만 엔을 돌파한 시점에 구원의 조짐이 보였다. 이 돈으로 가게를 지키면 부모님도 웃는 얼굴을 되찾을 수 있으리라 생각했다. 20만 엔을 넘었을 때는 무서워졌고, 30만 엔에 도달한 순간에는 떨림이 멈추지 않았다. 금액이 실감 나지 않아서 멍해졌다. 자신과는 무관한 세상에서 누군가와 누군가가 경쟁하고 있다. 이대로 100만 엔, 아니, 1,000만 엔을 돌파하면 어떻게 해야 하지? 중학생이 그런 거금에 관여했다가는 경찰서에 가야 할지도 모른다고, 근거 없는 불안에 시달리는 사이에 피규어가 낙찰됐다. 37만 4,100엔이었다. 마지막에는 금액이 그다지 많이 오르지 않았지만 싱거울 정도로 매매는 수월히 이루어졌다. 엄청난 성취감. 100엔 동전을 넣고 뽑는 캡슐 토이에서나 나올 법한 싸구려 PVC 피규어가 거금으로 둔갑하다니, 기이한 흥분에 싸여서 전신이 끓어오르는 느낌이 들었다. 내가 팔려고 내놓아서 이 가격에 낙찰된 거라고, 내게는 특별한 재능이 있을지도 모른다고 과신하는 감정까지 싹텄다. 완전한 리셀링은 아니었지만 어떤 의미에서는 최초의 리셀링 체험이었다. 돌이켜 보면 '눈이 튀어나올 정도로 비싼' 금액이었는지는 모르겠지만 거의 40만 엔이나 생겼으니 가게를 다시 일으켜 세울 수 있을 줄 알았다. 중학생이 느끼기에는 세상 어떤 일이든 마음대로 할 수 있는 액수 같았다.

거기까지였다. 살림이 빠듯하다고 한탄하는 엄마에게 현금을 주고 싶었다. 하지만 피규어를 우편 봉투에 넣어 상대방에게 보내고 거래를 마쳤는데도 돈을 인출할 수가 없었다. 판매 대금은 아버지의 은행 계좌로 들어갔다. 당연했다. 물건을 판 뒤를 상상하지 않은 채 진행한 허술한 계획과 너무나도 초보적인 실수가 초래한 결말은 머지않아 아버지에게도 드러났다. 영문도 모른 채 입금된 돈, 경매 사이트 거래 내역, 증거는 충분했다. 내 계획은 들통났다. 아버지는 나를 때리고 소리를 질렀다.

영화가 히트하기 전에 제작돼서 공식 라이선스가 적용되지 않는 어쩌고저쩌고, 돈으로 바꿀 수 없는 자료로서 어쩌고저쩌고, 피규어의 희소성을 주장하는 아버지의 말투가 참으로 어린애 같았다. 그래서 어쩌라는 것인가. 그런 것보다는 40만 엔이 낫지 않나. 가게에서 파는 500엔짜리 커피 800잔에 맞먹는 금액이 아닌가. 아직도 이해되지 않는다.

아버지는 카페에 진열된 모든 굿즈를 회수했다.

성지에서 신들이 사라졌다. 살풍경해진 가게 곳곳에 거무스름한 얇은 선만 남았다. 무언가가 놓였다가 사라진 흔적에 지나지 않았다. 아무 특별할 것 없는 카페에 순례자는 찾아오지 않았다.

마니아들은 걸음을 끊었고, 그때쯤엔 동네 주민들이 찾아오는 일도 없어서, 얼마 뒤에 가게는 문을 닫았다. 빚만 남았다.

그래도 아버지는 아끼는 컬렉션을 내놓지 않았다.

굿즈는 집 서재에 보관되었지만 나는 입실이 금지되었고, '문'에는 자물쇠가 걸렸다. 아버지가 희귀한 굿즈들을 팔아서 대출금 상환에 보태려고 하는 낌새는 없었다. 왜 고달픈 생활을 조금이라도 편하게 만들려고 하지 않을까. 왜 아내를 위해, 아들을 위해 그런 선택을 하지 않을까. 다 큰 성인이면서 먹을 수도 마실 수도 없는 장난감을 놓지 않는 아버지를 경멸했다. 물욕은 추하다. 물건에 집착하는 것은 천한 욕망에 지나지 않는다. 아버지처럼 되면 안 된다고 생각했고, 아버지와 비슷한 사람들은 다 미련해 보였다.

부모님은 아르바이트를 시작했다. 음식점 서빙, 청소부, 콜센터, 여러 직장을 전전했다. 가게를 접었으면서도 2층의 임대 아파트에서 이사하지 않은 이유는 언젠가 1층 매장이 비면 다시 가게를 내기 위해서라고 했지만 그렇게 몇 년을 흘려보냈는지 모른다. 이제 미용실로 바뀌었으니 더는 손쓸 수도 없다.

지금도 이해되지 않는다.

"사랑이 없는 짓을 했구나."

피규어를 판 나에게 아버지는 그렇게 말했다.

그 말은 내 귀를 꿰뚫고 머릿속 깊숙이 박혔다.

굿즈를 훔치는 생판 남은 용서해 주고, 가족을 위해서 판 아들은 나무란다. 정말로 사랑이 없는 사람은 누구인가.

열리지 않는 '문'은 단절을 의미한다.

아들을 믿지 않는다는 영원한 선 긋기.

아버지와는 대화가 없어졌다. 같은 집에 살면서도 서로 외면하는 나날이 이어졌다. 대학교 입학을 계기로 자취를 시작하면서 마침내 숨 막히는 생활에서 해방되었다. 명절에도 딱히 본가를 찾지 않는 내 머릿속에서는 아버지의 얼굴조차 희미해졌다.

몇 년 전부터 암을 앓아서 살날이 얼마 남지 않은 아버지는 지금도 컬렉션 방을 '성지'로 지키고 있다. 보물을 그야말로 썩히고 있다. 저세상에 껴안고 갈 수도 없는데. 부모님은 진작에 가게 재건을 포기했다. 비정규직으로 일하며 입에 풀칠할 뿐 다시 가게를 꾸리겠다는 바람은 이루어지지 않았다. 아픈 아버지는 일을 관두고 어머니의 아르바이트 수입에 기대 지냈다. 기분이 내키면 밤낮을 가리지 않고 산책을 나간다는데, 다리가 좋지 않아서 걸으려면 지팡이가 필요하다고 엄마에게 들었다. 절약한다고 스마트폰도 쓰지 않는다고 했다. 조금만 더 있으면 연금을 받을 수 있게 되는데 앞으로 어떻게 될지는 모르겠다.

적어도 살아 있는 동안에 엄마와 여행이라도 다녀왔으면 좋겠다. 그 죽고 못 사는 굿즈를 판 돈으로 가족에게 빚을 갚아야 하지 않나. 아버지가 죽으면 '문'의 잠금장치를 때려 부숴서라도 그것들을 돈으로 바꿀 것이다. 리셀러로서 갈고닦은 스킬을 발휘하면 고가에 매각할 수 있으리라는 자신이 있다. 그리고 매출액은 전부 엄마에게 줄 것이다. 그것이 내가 할 수 있는 효도였다.

　스마트폰 알림이 울려 졸음이 달아났다.

　옛날을 회상한 것일까, 반쯤 꿈을 꾸고 있었던 것일까, 머리맡에 놓인 스마트폰을 확인해 보니 앱에서 상품이 팔렸다. 좀처럼 사겠다는 사람이 나타나지 않아서 본가에 보낼지 말지 고민하던 물건이다. 반가운 일이지만 타이밍이 좋지 않다. 아침 일찍 카미이타바시로 돌아가서 바로 발송해야겠다.

　'★우수 판매자[24시간 이내 발송]'이라는 영예의 훈장을 박탈당할 수는 없다.

여론의 동향이 바뀌었다.

문제의 심각성을 많은 사람이 알게 되었다.

'자업자득. 불쌍하다는 생각이 전혀 안 든다.'

'살해당해도 싸다. 리셀링을 한 게 잘못이다.'

'리셀러 체포해라. 법을 다시 만들어야 한다.'

리셀링은 악질적인 행위라는 것.

리셀링에는 피해자가 있다는 것.

동지들의 비통한 목소리가, 고통이, 마음이, 드디어 닿았다.

나의 행동에는, 의미가 있었다. 변혁을 이끌어 냈다.

하지만….

'이번에도 리셀러가 다 사재기해 버렸어.'

'사건이 일어나도 되팔이는 안 사라지네.'

'오늘도 구매에 실패했습니다…. 슬프다.'

나는 오늘도, 듣는다.

동지들의 말이 이어진다. 끊임없이, 쉼 없이.

아직 끝이 아니다. 아직 아무것도 해결되지 않았다.

이 세상에서 리셀링이 사라지지 않는 한 평화와 안식은 찾아오

지 않는다.

'이놈도 죽여줘!'

나는 체포돼도 상관없다.
동지들이 구원받는다면.
모두의 행복이 지켜진다면.

남은 인생을, 전부 다 걸 수 있다.
리셀링에 손을 댄 자에게 천벌을.

제3장
리셀왕!

또 리셀러가 살해당했다.

두 명이 목숨을 빼앗겼다.

한 명은 40대 여성. 스에히로쵸 근처 아키하바라 뒷골목에서 피를 흘리다 사망한 상태로 발견되었다. 경찰 발표에 따르면 피해 자의 몸에는 여러 군데 흉기에 찔린 상처와 함께 지난번처럼 머리 를 구타당한 흔적이 남아 있었다고 한다. 메고 있던 배낭 안에는 사건 당일 발매된 인기 게임 카드가 비닐 포장도 뜯지 않은 미개 봉 상태로 네 상자나 들어 있었다. 리셀링 목적으로 구매한 것으 로 추정되었고, 물품을 도난당하지 않은 것도 첫 번째 사건과 같 아서 세간에서는 '리셀러 살인사건'의 두 번째 피해자로 여겨졌다.

　세 번째 피해자도 역시 리셀러였다. 60대 남성으로, 나카노역에서 도보 10분 정도인 고가 아래에서 엎드린 채 숨이 끊어져 있었다. 뒤에서 머리를 둔기로 구타당하고 복부를 찔린, 똑같은 범행 수법이었다. 잠든 노숙자로 보였는지 발견이 늦어졌다고 한다. 이상한 냄새가 나서 그제야 경찰에 신고가 들어갔고, 피해자의 시체는 부패가 상당히 진행된 상태였다고 하니, 시신이 발견됐을 때 얼마나 끔찍했을지 상상이 간다. 경찰이 현장을 검증할 때는 많은 구경꾼과 기자가 모여들었고, 그 광경을 인터넷 방송인들이 중계했다. 현장에 남은 검은 대형 토트백 세 개는 인기 애니메이션의 최신 캐릭터 굿즈로 가득했다.

　그들도 역시 첫 번째 피해자인 야마다 노리시게와 마찬가지로 악명 높은 리셀러였다고 한다. 여성 피해자는 매너가 나쁜 것으로 유명했다. 끼어들기를 밥 먹듯 하고, 구매 규칙을 무시한 채 대량으로 물건을 사들이거나 매장 직원에게 협박에 가까운 클레임을 걸기도 했다는데, 그 폐스럽기 짝이 없는 행동은 자주 인터넷을 떠들썩하게 했다. 남성 피해자도 고령자라고 얕보면 안 된다. 여기저기 찾아다니며 몇 시간이나 줄을 서 인기 굿즈를 사 모아서는, 서브 컬처 쇼핑센터로 유명한 나카노 브로드웨이의 매수 카운터로 가져갔다는 소문이 있다. 듣고 보니 어느 현장에 가든 차림새가 부랑자 같은 사람이 늘 섞여 있었다. 일부에는 존재가 알려져 있었던 것 같지만 그와 관련해서는 주목해야 할 점이 또 있다.

살해되기 전, SNS에 '살해 의뢰'로 보이는 글이 올라왔다는 것이다. 피해자를 찍은 사진과 함께, '이놈도 죽여줘!'라는 글이었다.

글을 올린 사람은 곧바로 계정을 삭제하고 달아났지만 캡처된 내용은 여전히 돌아다니고 있다. 범인이 정말로 해당 글을 보고 범행을 저질렀다면 글을 올린 사람은 살인 교사죄로 처벌받을 우려가 있었고, 무엇보다 실행범은 그 글을 의뢰로 받아들인 살인 청부업자나 다름없어서 세간에서는 센세이션을 일으켰다.

사회 전체에서 높아지는 불안과 긴장. 살인은 계속될 것이라고, 앞으로도 사망자가 나올 것이라고 누구나 그렇게 생각할 것이다. 동일범인지 모방범인지는 모르지만 누구 하나 검거되지 않아서 경찰을 향한 불신이 커지고 있다는 뉴스도 있었다. 언론이 그런 이슈를 만들려고 일부러 선동하는 것일지도 모르지만….

세간을 뒤흔드는 리셀러 '연쇄' 살인사건의 개막.

하지만 그건 둘째로 치자.

지금은 그런 걸 신경 쓸 때가 아니다.

나는 나대로 중대한 국면에 맞닥뜨렸다.

"안에 있는 거 다 알아!"

밖에서 목소리가 울렸다. "안에 있는 거 다 알아!"라고 손에 든 스마트폰이 되풀이했다.

"얌전히 나와!"

다른 사람이 밖에서 맞장구쳤다. "얌전히 나와!" 스마트폰에서 재생 중인 라이브 방송도 거듭 소리쳤다. 소리가 이중으로 울려서 정신이 없다.

"나와!!!"

커튼을 꼭 닫은 베란다 창문이 흔들릴 정도로 우렁찬 아우성에 나도 모르게 몸을 움츠렸다. 벌써 몇 번째인지 모르겠지만 심장에 나쁜 시위대의 함성은 도무지 익숙해지지 않는다. 농성 중인 범인을 상대하는 듯한 외침이 일반 시민인 나에게 끊임없이 던져졌다.

내가 사는 집은 완전히 포위되었다.

오늘 아침 일출과 함께 시작된 전쟁. 알람보다 일찍 연거푸 울리는 자전거 경적 소리에 눈을 떠 보니 집 앞에 사람들이 모여들고 있었다.

나는 본의 아니게 농성을 하게 됐다. 인터넷 방송에는 집 현관이 나오고 있었고, 사람들은 안쪽에서 문이 열리는 순간을 놓치지 않겠다는 듯 자리를 잡고 CCTV처럼 현관을 찍고 있었다. 움직임도 없는 섬뜩한 정지 화면은 눈곱만큼도 재미가 없었지만 동시 시청자 수는 현재 무려 9천 명을 넘겼고 계속 늘어만 갔다. 기이하다.

곧 세 시간째다.

밖은 변함없이 시끄럽다. 대각선 맞은편 주차장에 무수히 많은 자전거가 서 있었다. 초등학교 점심시간 같은 시끌벅적함은 사그라들 기색도 없이 점점 더 무르익어 갔다. 현관 앞에 진을 친 '인터넷 라이브 방송인'들을 필두로 모인 사람들은 어디서도 본 적 없는 어중이떠중이들이었다. 중고등학생으로 보이는 놈들이 대부분이었고, 가끔은 초등학생쯤으로 보이는 앳된 얼굴도 있었는데, 미성년자보다 아주 약간 더 나이가 들어 보이는 놈이 무리를 진두지휘하고 있었다. 거의 다 남자지만 마스크를 낀 여자도 섞여 있었다. 튀는 색의 가발을 쓰고 애니메이션 코스프레를 한 경우에는 성별조차 구별하기 어려웠다. 소리를 지르면서 나오라고 독촉하는 사람, 동조하며 말을 거드는 사람, 옆에서 고함만 치는 사람, 그저 웃고 떠드는 사람…. 모두가 흥분의 도가니 속에 있었다. 밖에서 들리는 소리에서도, 방송되는 화면 너머에서도 끝나지 않는 '축제'의 파도가 밀려왔다.

"갑니다! 으아아아아!"

갑자기 괴성이 들렸다. "으아아아아!" 하며 소리가 메아리치더니 카운트다운이 시작됐다.

"…3, 2, 1!"

"나는 리셀왕이 될 거야!"

괴성의 주인공이 목이 터져라 소리를 짜냈다.

"두둥 !!!"

이어서 큰 폭소가 터졌다. 무엇이 우스운 건지는 모르겠지만 그 기괴한 외침이 반복해서 들렸고, 그때마다 그들의 일치단결한 웃음소리도 커졌다.

내가 사는 집 앞에서 개최된 대규모 오프라인 모임.

악명 높은 '리셀왕'을 응징하자고 SNS에서 움직임이 일었음을 알아차렸을 때는 이미 한발 늦은 상태였다.

우웅!

웡, 위이잉!

강렬한 하울링이 메아리쳤다. 드높은 잔향이 귀에 엉겨 붙었다.

"아, 아아, 아."

전자적으로 증폭된 목소리.

"리셀왕에게 고한다. 리셀왕에게 고한다."

으하하 하는 소리가 겹쳐서 들렸다.

"쓸데없는 저항은 그만두고 사죄해라."

으하하. 으하으하. 리드미컬하게 맞장구치는 웃음소리.

"지금이라도 늦지 않았으니 되팔이 짓은 그만둬라!"

묵직한 목소리로 바뀌었다. 다른 사람과 교대한 모양이다.

"너희 부모 형제가 모두 울고 있다!"

과장된 언변을 늘어놓자 역시 주위에서 웃음이 터졌다.

새로 도입된 확성기라는 도구가 신선한 자극이 되어 더욱 활기를 북돋웠다.

"언제까지 저러고 있을 거야…."

나도 모르게 내뱉은 말은 바깥에 있는 놈들에게 닿지 못하고 방 안을 맴돌다 사라졌다.

시간이 없다.

시간을 확인할 때마다 허탈감과 초조함이 뒤엉켜 몰려왔다.

일정이 완전히 어그러졌다. 오늘은 인기 프라모델 시리즈 발매일이라 아침부터 아키하바라에서 줄을 설 생각이었다. 역 앞의 대형 쇼핑몰이면 줄도 어마어마하겠지만 재고 수도 상당할 터였다. 승리는 보장되어 있었다. 분명히 그랬다. 농성 때문에 출발 예정 시간은 진작에 지났다. 오전 중에 매진되고 말 것이다. 한시도 더 미룰 수 없다.

하지만 나는 소파에 드러누워서 눈을 감았다.

어떻게 할 수가 없었다. 놈들이 질릴 때까지 견디는 수밖에 없다.

그나저나 배가 고팠다. 아침부터 아무것도 먹지 못해서 덮밥이라도 먹으러 나가고 싶었지만 그런 소소한 바람조차 이룰 수 없는 지금의 상황이 한탄스러웠다. 냉장고 안에 뭐가 있는지 떠올려 보았다. 공교롭게도 비축된 식료품은 적었다. 컵메밀국수가 하나 있었지만 그건 달걀을 넣어 먹어야 진가를 발휘하는데 안타깝게도 달걀이 떨어졌다. 아무것도 할 수 없는 감금된 이 불합리한 상황에 화가 난다. 내가 왜, 어째서, 시간이 남아도는 꼬맹이들의 못된 장난에 휘말려야 한다는 말인가.

"오, 우아아아아아아!"

유독 큰 함성이 터졌다.

창밖을 내다보고 싶은 마음을 억누르며 스마트폰을 확인해 보니, 미동도 없던 화면에 현관 앞이 아닌 새로운 국면이 비치고 있었다.

"저스티스 키즈 등판!"

"등판!!"

놈들은 호명과 함께 박수갈채를 받으며 등장했다.

채팅 창은 '보스 등장!', '설욕전이다!', '초인종 눌러!', '꿈의 콜라보다. 전개 미쳤다!'라는 반응으로 엄청난 가속이 붙어서, 육안으로 쫓을 수 없는 속도까지는 아니었지만 현장 분위기가 후끈 달아올랐음을 알 수 있었다.

"이 자식들이…."

가슴에서 소용돌이치는 원망이 입에서 새어 나왔다.

이놈들 때문에 나는 지금 억울한 꼴을 당하고 있다.

그날 심야, 편의점에서 시비를 건 꼬맹이 넷은 구독자가 200만 명을 넘는 '저스티스 키즈' 채널의 주인이었고, 적으로 돌려서는 안 되는 놈들이었다. 멤버 전원이 열네 살로 같은 중학교에 다녔고, 다수의 사회 문제를 미성년자의 시선으로 다루고 파헤치는 채널을 만들어 영상을 올리고 있었다. 주변의 눈치를 보지 않는 솔직한 발언, 대담한 행동력, 그리고 강한 정의감을 보여 주는 이 우애 깊은 남자 중학생들은 성인 시청자들 사이에서도 큰 인기를 끌고 있다…라는 사실을 이번에 처음 알았다.

편의점에서 일어난 실랑이, 집 앞에서 벌어진 추격전, 역 앞에서의 훈계까지 전부 담은 영상이 '리셀러한테 엄청 혼났어요…ㅜ ㅜ'라는 제목으로 유튜브에 업로드되자 곧바로 반향이 일어 나에게 팬들의 비난이 퍼부어졌다. '애들 상대로 자기 정당화하면 부끄럽지도 않나?', '애들 무서웠겠다. 이 쓰레기는 사죄해야 한다', '순진무구한 미성년자들을 공갈한 죄로 체포해야 한다', 이런 의견들이 댓글 창과 SNS에 쇄도했다.

내 얼굴은 약한 모자이크 처리가 되어 있었고 목소리도 살짝 변조되어 있었지만 대중에 노출된 것은 확실했다. 조용히 살아온 리셀러 한 명이 사람들의 이목을 끌고 말았다. 중학생에게 리셀링을 옹호하는 설교를 늘어놓는 30대 남성. 시청자의 눈에는 그렇게 비쳤을 것이다. 부추긴 것은 놈들이다. 도발하고 쫓아다니며 몰아붙이는 비겁한 수법의 대체 어디가 '순진무구'라는 표현과 어울린다는 말인가. 진실을 만천하에 드러내서 결백을 증명하고 싶었지만 뜻대로 되지 않을 것임을 잘 안다. 오명을 쓴 자의 변명 따위는 아무도 들으려고 하지 않는다.

절실하게, 그날 밤의 대응이 후회된다. 해 봤자 중학생이라고 너무 얕잡아 봤다. 그런 꼬맹이들에게 이 정도의 영향력이 있을 줄은 상상도 못 했다. 시청하는 분야가 다르니 아무리 인기 유튜버여도 알 도리가 없었고, 하물며 카미이타바시에 그런 유튜버가 나타날 줄은 상상도 못 했지만 놀랄 일은 아니다. 놈들이 이 동네 주민이었을 뿐이다. 이 일대는 도쿄에서 손꼽히는 베드타운이라서 아이들이 많다. 게다가 영향력 차이는 있어도 요즘 시대에 미성년자 유튜버는 셀 수 없이 많다. 어느 동네에서든 비슷한 놈들을 마주쳤을 것이다.

영상 속에서 나는 마치 리셀러들의 대장, 악의 근원, 상징적 존재처럼 등장했다. 영상은 화제가 되어 퍼져 나갔고, 일부를 자른 숏폼 영상도 널리 퍼졌다. 화면 캡처를 이용한 악질적인 합성 사진까지 만연했다. 모자이크 처리된 얼굴 사진에 지명 수배 전단처럼 'Wanted!'를 합성한 이미지가 SNS에서 유행했다. 사법 당국이 정말로 지명 수배를 내렸다고 착각하는 글도 늘었고, 합성 사진의 범죄자 이미지가 발 빠르게 확산된 탓에 이 사람이 중국인들을 고용해서 조직적인 리셀링을 한다는 루머까지 생겨났다. 이윽고 나는 '리셀왕'이라고 불리기 시작했다. 리셀링으로 일본 경제를 파탄 내려는 유대인 비밀 결사 단체가 파견한 중추라는 둥, 지구 깊숙이 맨틀 부근에 사는 파충 인류가 인간으로 변신한 모습이라는 둥, 단순히 우주인이라는 둥, 동서고금의 온갖 음모론이 엮이고 불어날수록 나의 상황은 급격히 나빠졌다.

이제 제동이 걸리지 않는다. 이 소동을 멈출 방법이 떠오르지 않는다.

어느 날 갑자기 누구든 인터넷 속 장난감이 되는 시대.

다름 아닌 내가 요즘 가장 화제인 그 당사자가 되었다.

인터넷 뉴스에 일련의 소동이 보도되어 더 널리 알려졌다. '생긴 게 딱 범죄자 같다', '실루엣만 봐도 범죄 조직 두목처럼 생겼다'라는 댓글이 줄을 이었다. 다들 모자이크 너머를 상상하며 내 얼굴을 머릿속에 그리고 있었다. 이렇다 할 특징도 없이 무해함을 의인화한 것처럼 생겼는데, 무슨 '생긴 게 범죄자'인가. '리셀왕'이라고 불리니 '실루엣만 봐도' 그렇게 보이는 거 아닌가. 안에 입은 티셔츠가 주황색이었던 것도 독이 됐다. 예전에 필리핀에서 복역했을 때 입던 죄수복이라는 소문이 돌았다. 회색 체크무늬 셔츠의 단추를 잠갔으면 지극히 수수한 차림이라 아무 말도 나오지 않았을 텐데.

인터넷 뉴스의 확산 속도는 엄청나서 중학교 동창에게 전화까지 걸려 왔다. 페이스북 통화 기능을 통해 연락해 온 하타나카라는 놈은 첫 마디에 불쑥 "어이, 리셀왕!" 하고 인사하더니, 어처구니없게도 "인터넷 봤어. 너 유명하더라"라며 웃었다.

어떻게 나인 줄 알았냐고 묻자 녀석은, "바로 넌 줄 알겠던데!"라고 속이 시원할 정도로 확신을 갖고 대답했다. 명목뿐인 엷은 모자이크 처리는 지인에게는 효과가 없는 모양이다. 하타나카는 동창회 2차로 술집에 있는지 "네 얘기로 다들 떠들썩해!"라고 했는데, 정말로 뒤쪽이 소란스러웠다. 나는 동창회에 초대받지 못했다. 예의를 밥 말아 먹은 주정뱅이의 헛소리를 더 들어 주기 힘들어서 전화를 끊었는데 다음 날 저스티스 키즈 채널의 영상 댓글 창에 내가 사는 집 주소가 적혔다. 영상에 나온 현관 앞을 보고 누군가 알아냈든가 하타나카 같은 옛 친구가 퍼뜨렸든가, 둘 중 하나인데 확실한 증거는 없었고 어쨌거나 오늘 '리셀왕'이 거주하는 집에 '성난 민중'이 몰려오는 사태에까지 이르렀다.

"얌전히 나와!"

"나와!"

"사죄해라, 리셀왕!"

"사죄해라!"

확성기는 저스티스 키즈의 손에 넘어갔다. 네 명이 돌아가며 외칠 때마다 주변에서는 갈채가 쏟아졌다.

"보이핸!" "사법 최고!"

"아아, 길티시스 님, 사랑해요!"

보란 듯이 멤버들을 향해 외치는 팬들. 흡사 인기 가수가 야외 팬 미팅을 하는 모습 같다. 팀의 얼굴이자 리더 '보이지 않는 신의 핸드', 기획을 맡고 아이디어를 내는 브레인 '사법', 카메라 담당이면서 편집도 하는 '길티 크라이시스', 바람잡이 역할인 '켄쨩'으로 구성된 저스티스 키즈는 여전히 누가 누구인지 구분하기 어려웠다. 팬들에 따르면 '개성 넘치는 멤버들'이라고 하지만 내 눈에는 평범한 동네 아이들과 아무런 차이가 없었다.

"얌전히 나와!"

"나와!"

"사죄해라, 리셀왕!"

"사죄해라!"

끈질기게 반복한다. 농성해 봤자 교착 상태는 풀리지 않는다. 저스티스 키즈가 현장에 나섰으니 '축제' 인파가 언제 해산될지는 더 불투명해졌다. 밤새 죽치고 있는다 해도 이상하지 않다.

강경하게 정면 돌파를 할까도 상상해 봤다. …그건 아니다. 현관을 나서자마자 여지없이 포위당할 것이다. 대책 없는 개죽음은 피하고 싶다.

베란다도 도로와 인접해서 그쪽으로 탈출하기는 어렵다. 부엌에 작은 창문이 있지만 모든 관절을 빼도 통과할 수 없을 것 같았고, 애초에 관절을 뺄 수도 없었다. 현실적인 탈출 경로를 머릿속에 그리기가 몹시 어려웠다.

역시 현상 유지가 유일한 선택지일까. 아직까지 초인종을 누르거나 문을 두드리는 행동은 없으니 선을 넘지는 않을 거라 생각하고 싶지만… 집단 심리는 위험하기 때문에 흥분이 최고조에 달하면 무슨 짓을 저지를지 상상이 되지 않는다. 설령 베란다에서 창문을 깨고 진입한다 해도 이상하지 않았다. 개중에는 경찰에 체포당하는 것을 두려워하지 않고 과격한 행동으로 인지도를 높이려고 하는 놈들도 있을 것이다. 그렇다면 지구력 싸움은 내게 불리하게 흘러갈 수밖에 없는데, 그렇다고 해결책이 떠오르지도 않았다. 어떡하지. 어떡하지. 어떡하지, 어떡하지. 초조함만 늘어나서 호흡이 거칠어질 뿐이었다.

갑자기 집 안에 전자음이 울려 퍼졌다.

전신을 경직시키는 초인종 소리가 마침내 울렸다.

왔다. 결국 다음 단계로 넘어왔다.

나는 일단 집에 없는 척을 했다. 여기서 반응하면 불에 기름을 붓는 격이다. 나를 흔들려는 속셈이다. 지금 뛰쳐나가면 물어뜯기 딱 좋은 먹잇감이 된다. 견뎌라, 일단 넘겨라, 하고 나 자신에게 명령했다.

다시 초인종이 울렸다.

머릿속까지 윙윙 울렸다. 안 되겠다. 놈들은 포기하지 않을 것이다. 점점 더 박차를 가할 것이다. 진두지휘하는 저스티스 키즈에게 선동당해 감정이 격해진 미성년자가 현관의 잠금장치를 파괴한다. 굉음과 함께 둑이 무너지듯 방 안에 몰려드는 폭도들. 심지어 베란다로 진입한 별동대가 퇴로를 막는다. 원룸에 많은 인원이 들어차 북적거리는 와중에 섞여 들어온 살인범이 옴짝달싹 못 하는 내 옆구리를 향해 흉기를 내지른다. 격렬한 통증에 소리를 질러도 광분한 침입자들이 내는 소음 속으로 흩어져 사라질 뿐, 고통 속에서 내 의식은 서서히 멀어진다—. 그런 이미지가 즉각 머릿속에 떠올라서 나는, "아아아아아아아아아아!" 하고 절규했다.

곧바로 싱크대 서랍을 열고 식칼을 꺼냈다. 요리를 할 일이 없어서 대충 가져다 놓은 싸구려지만 이거라도 있어서 다행이다. 흉기의 무게에 손이 떨렸다. 아니다. 협박용이다. 사람을 찌르지는 않을 것이다. 눈앞까지 위협이 닥쳤으니 정당방위다. 초인종이 또 울린다!

현관으로 달려가려고 하다가 복도에서 허둥대고 말았다. 게걸음을 치게 되어 기세가 꺾인 나는 기합을 넣듯 현관문을 향해 고함을 질렀다.

"아아아아아아아아아아!"

이만큼 우렁찬 외침이면 문 너머의 존재를 충분히 압박할 수 있을 것 같았다.

잠깐의 침묵. 그 끝에 돌아온 것은 나지막하고 담담한 응답이었다.

"경찰입니다. 잠깐 대화 좀 할 수 있을까요?"

한 박자 늦게 제정신이 돌아왔다. 현관에 놓인 상자 안에 식칼을 숨기고 문을 열었다.

제복을 입은 경찰들이 서 있었다.

"근처 주민분한테서 신고가 들어와서요."

희끗한 스포츠머리를 한 중년 경찰과 키가 크고 호리호리한 젊은 경찰. 어깨와 가슴이 두툼한 중년 경찰은 열린 문을 등진 채 나를 마주 보고 섰다. 당장이라도 들어올 것 같은 자세에 나는 경계했다. 키가 큰 젊은 경찰이 뒤에서 방 안쪽을 들여다보았다.

"저건 무슨 모임이죠?" 중년 경찰이 물었다.

"그, 글쎄요. 모르겠는데요." 실처럼 가느다란 목소리로 대답했다.

"무슨 사고라도 쳤어요?"

"아무것도 안 했어요."

"아무것도 안 했으면 이렇게 되지는 않죠."

거짓말을 간파하려는 날카로운 눈빛. 마치 취조당하는 것 같다.

"리셀러예요?" 젊은 경찰이 물었다.

"네?"

"아니," 경찰은 뒤를 가리키며, "그래서 모였다고 하길래요"라고 했다.

놈들은 주차장 근처에 자리를 잡고 진지한 표정으로 이쪽을 엿보고 있었다. 그렇게나 시끄러웠는데 교실에 담임이 들어왔을 때처럼 모두 얌전하다.

"애들 말로는요," 중년 경찰이 말을 이었다. "여기에 리셀왕이 사는데 나쁜 짓을 할까 봐 걱정돼서 다 같이 왔다고 하더라고요."

"네에…"

놈들의 주장을 그대로 전해 들으니 말문이 막혔다.

"그래서 말씀을 여쭤러 왔습니다."

젊은 경찰이 다시 물었다. "선생님이 그 리셀러 맞습니까?"

"예에, 아니…"

나는 애매한 소리로 응답했다. 네, 라고 대답해도 여기서 체포되지는 않을 것이다. 하지만 공권력에서 뿜어져 나오는 압력에 겁을 먹고 말았다. 상자 안에 숨긴 식칼이 혹시 보일까 봐 서 있는 위치를 살짝 조정했다.

"그 리셀링이 말이죠," 중년 경찰이 씁쓸한 미소를 지으며 말을 받았다. "그게 최근에 여러모로 문제가 되고 있는데…"

문제? 무슨 말을 하려는 걸까.

"흉흉한 사건도 일어나고 있고요. 살해당하면 결국 다 끝이에요."

귀를 의심했다. 경찰이 그런 말을 해도 되나.

"…살해당하다니요, 무슨 그런."

최선을 다해 목소리를 짜냈다. "꼭 피해자가 잘못해서 살해당하는 거라는 말처럼 들리잖아요." 도저히 입을 다물고 있을 수 없었다.

중년 경찰은 "그렇게 말하지는 않았습니다"라고 둘러댔다.

"그럼 사, 사람을 죽이는 놈을 체포하세요…"

내가 물고 늘어지자 경찰 두 명은 난처하다는 듯 서로 시선을 주고받았다.

"아무튼 법에 위배되는 일은 안 했어요…"

범죄 행위에는 손을 대지 않았다. 사실이다. 하지만 말로 뱉자 심장이 빠르게 뛰면서 땀이 등을 타고 흘렀다. 이유 없는 꺼림칙함이 밀려들었다.

"그런 걸로 몰아붙이러 온 건 아닙니다." 중년 경찰이 달래듯 말했다. "애들이 모여서 시끄럽게 군다는 신고가 들어와서요. 잠깐 이야기를 들어 보고 싶었을 뿐입니다."

"이, 이쪽에도 엄청 민폐예요. 밖에 있는 사람들하고 나, 저… 저는 아무 상관도 없습니다."

말투를 얼마나 공손히 해야 할지 고민하면서도 나는, "그럼 저도 주민으로서 신고하겠습니다"라고 말하며 손을 치켜들었다.

"흐음." 곤란한 표정을 짓는 중년 경찰. 잠시 후, "아무튼 조심하십시오." 그렇게 말하고 문에서 몸을 뗐다.

"실례했습니다." 젊은 경찰은 가볍게 고개를 숙이고는 상사와 함께 모여 있는 아이들을 향해 갔다.

나는 문을 닫고 잠갔다. "자, 이동해 주세요", "길거리에 모여 있지 말고"라는 소리가 들렸지만 오히려 소란스러움은 더 커졌다. 아직은 분쟁이 조금 더 이어질 것 같다.

가벼운 현기증을 느끼며 방으로 돌아갔다.

허탈감을 씻을 수 없었다. 소파에 드러눕자 화가 부글부글 끓어올랐다. 이상한 소동에 휘말려서 경찰에 주의까지 받는 꼴이라니…. 동네 주민이 신고를 한 이상 경찰도 출동할 수밖에 없었을 거라고 추측되지만 소음의 원인은 '축제' 참가자들이지 내가 아니다. 나는 튄 불똥에 맞았을 뿐이다.

주변이 평상시의 정적을 되찾을 때까지는 30분 정도가 더 필요했다.

어린애들의 새된 목소리가 귓가에 남았다. 시간은 열두 시 반. 고요함이 어색하게 느껴지는 오후다. 배가 고팠던 것을 떠올렸다. 비축해 놓은 음식이 딱히 없음을 알면서도 한 가닥 희망을 걸며 냉장고 문을 열었다. 조미료 말고는 식재료가 전혀 없었다. 체념하고 '달걀 없이' 먹는 것으로 타협해 싱크대 옆에서 굴러다니는 컵 메밀국수를 집어 들었지만 바닥면에 인쇄된 날짜는 한참 옛날이었다. 보존 식품인 건면에 왜 유통 기한이 있을까. 무기한으로 보관할 수 있어야 하지 않나. 식품 업체에 불만을 품어 봤지만 그런다고 배가 차지는 않았다.

"아아아아…. 빌어먹을!"

소리를 지르고 싶은 충동을 가까스로 억눌렀다. 또 신고를 당하면 귀찮아진다. 하지만 분노는 사그라들지 않았다. 멍청한 놈들이 업무를 방해해서 귀중한 하루를 날려 버렸다. 오늘 매출 계획은 수포로 돌아갔다. 어떤 기분으로 밤까지 시간을 보내야 할까.

프라모델을 사고 싶었다.

사서 리셀링을 하고 싶었다.

나는 생각한다. 어디일까. 어디에 가면 아직 가능성이 있을까. 아키하바라는 말할 것도 없고 이케부쿠로나 신주쿠의 대형 판매점도 이미 싹 쓸어 갔을 것이다. 개인 사업장은 물건이 들어오는 개수가 한정적이어서 희망이 적었다. 개중에는 물건을 빼놨다가 단골에게 팔거나 가게가 매입한 물건을 중고 거래 앱으로 리셀링하는 악질적인 가게도 있으니 피하는 것이 상책이다. 멀리까지 가는 것도 꺼려진다. 이동 시간이 길어질수록 더 뒤처질 뿐이다. 어딘가에 알려지지 않은 명당이 있지 않을까. 머릿속 데이터를 뒤지다가,

"그래."

갑자기 생각이 번뜩였다.

토부네리마에 있는 쇼핑몰. 거기에 프라모델을 파는 장난감 매장이 있었다. 여기서 한 정거장만 가면 된다. 물건이 들어오는 수는 적지만 리셀러들이 잘 노리지 않는 곳이다. 재고가 남아 있을 가능성이 있다.

이대로 끝낼 수는 없다.

나는 발치에서 굴러다니는 셔츠를 주워 들고 지갑과 스마트폰

을 바지 뒷주머니에 좌우로 쑤셔 넣었다.

카미이타바시역 앞에는 오프라인 모임을 마치고 돌아가는 듯한 미성년자들이 보였다.

로터리에 뭉쳐 있는 모습이 멀리서도 보였다. 아직 미련이 남고 아쉬운지, 아이들은 축제 뒤풀이를 하듯 열심히 수다를 떨고 있었다. 물론 한 명 한 명 얼굴을 알지는 못한다. 하지만 분위기로 보아 외지인 같았다. 저 녀석들은 이 동네 주민이 아니다. 인터넷을 보고 찾아온 이방인임을 직감적으로 느꼈다.

전철을 포기하고 걸어서 이동했다.

선로를 따라 난 길을 걷는데, 바로 옆에서 차량이 지나가더니 이어서 반대편에서도 전철이 달려와 사라졌다. 굉음과 함께 상반신을 흔드는 먼지바람을 느끼며 이곳이 도심에서 멀리 떨어진 지역임을 실감했다.

자전거를 타고 달리는 소년들 때문에 몇 번이나 몸이 움츠러들었다.

아무튼 주변이 신경 쓰였다. 행인이 스마트폰으로 나를 찍고 있지 않은지 불안해서 견디기 힘들었고, 걸으면서 스마트폰을 만지는 사람들 전부를 그렇게 의심하자니 위장이 아팠다. 의심이 더 큰 의심을 불러오고 있는 것이 분명했지만, 오프라인 모임 참가자가 쫓아오지 않는다는 보장도 없어서 언제 누구에게 들킬지 알 수 없었다. 저스티스 키즈의 행방도 신경 쓰였다. 놈들은 내 맨얼굴을 안다. 다시 마주쳤다가는 또 채널에 강제 출연하게 될지도 모른다.

몇 번이나 뒤를 돌아보며 여러 번 걸음을 돌릴까 망설였지만 그때마다 자신을 다독였다.

오늘은 어떻게든 성과를 내고 싶다.

리셀러로서 업무를 완수하고 싶다.

위험하다고 집에 틀어박혀서는 무엇을 어쩌겠다는 말인가. 온종일 스마트폰을 들여다보고 있으면 정신이 멀쩡히 버티지 못할 것이다. 어제도, 그제도, 그 전날에도 그랬다. 아무 생각 없이 스마트폰을 만지작거리다 보니 날이 저물었다. 무엇을 했는지도 기억나지 않는다. 스마트폰은 원래 그렇다. 아침에 일어나서 손에 들면 한 시간이 금방 날아간다. 스마트폰은 인간의 수명을 앗아간다. 생활은 편리해졌지만 그 대가로 얼마나 큰 것을 빼앗겼는지 헤아려 보면 무시무시하다. 스티브 잡스는 현대인에게 '스마트폰 중독'이라는 병마를 선사했다. 이제 몇십억이나 되는 사람들이 삶의 방대한 시간을 오랜 세월에 걸쳐 갈취당할 것이다.

아니, 그런 것은 아무래도 상관없다. 지금 내가 처한 상황이 훨씬 큰 문제다. 저스티스 키즈 채널에 올라간 영상. 일반 시민을 '리셀왕'이라는 악인으로 둔갑시키는 유언비어. 세간의 풍조도 일조해서 이제 '리셀러=악'이라는 도식을 뒤집기는 어렵다.

왜 그렇게까지 혐오하는 것일까. 리셀러를 비난하는 자들은 대부분 리셀링과는 무관한 남일 텐데. 전 세계와 연결되는 SNS라는 도구를 손에 넣은 우리는 무언가를 자신의 일로 여기는 범위가 넓어지고 말았다. 자신의 생활과 관련 없는 곳에서 일어난 사건에도 일일이 감정을 쓰게 되었고, 한마디라도 말을 거들지 않고는 가만히 있을 수 없게 되었다. 매일같이 '비판해야 한다!'라는 사명감에 시달리며 분노를 돋운다. 인류에게 소셜 네트워크는 어울리지 않는다. 당장 당면한 개개인의 현실을 좀 더 차근차근 살아야 한다. 스마트폰은 갖다 버려야 한다!

이런 생각을 하면서도 나 자신이 지금 스마트폰을 보고 있음을 깨닫고 실소를 금치 못했다. 거의 불치병이라고 체념하며 SNS에서 '축제'가 향하는 끝을 확인했다. 해시태그로 검색해 보니 참가자들의 목소리가 줄줄이 나왔다.

'경찰이 출동해서 어이없이 해산!', '재밌었어요. 좋은 모임이었습니다!'

아무래도 다시 모이는 일 없이 끝낼 모양인가 보다. 태도는 못마땅했지만 그래도 경찰이 개입해 줘서 고마웠다. 내친김에 살인범을 검거해서 이 소란을 잠재워 주면 좋겠다. 축제가 더 길어졌으면 리셀러들을 살해한 범인이 찾아왔을지도 모른다. 내 망상이 현실이 될 우려가 있었다. 새끼손가락 부상을 잊어서는 안 된다. 나는 이미 한 차례 습격당했다. 언제든 목숨이 위태로워질지 모른다는 위기감을 안고 있어야 한다.

살해당한 리셀러 세 명을 떠올렸다. 그 불운이 가여웠다. 리셀러라는 존재를 향한 살의…. 하지만 죽여서 어쩌겠다는 것인가.

리셀러를 근절하는 것은 불가능하다. 인터넷으로 매입해서 인터넷으로 팔기만 하는 사람도 많다. 이 세상에서 완벽하게 도태시키기는 불가능하다.

확산을 억제하기 위한 일벌백계라는 가설은 그럴싸하다. 살해당할까 봐 두려워서 은퇴하는 리셀러도 어느 정도 있을 것이다. 그러나 그 수단으로서 살인은 수지타산이 맞지 않는다. 사람을 죽이면 본인의 인생도 캄캄해진다. 그렇게까지 큰일을 저지를 이점은 없다.

아무리 고민해 봐도 추론은 상상의 영역을 넘지 못해서 범행 동기나 사상 역시 추론에 머무를 뿐이었다. 20분 정도 걸으니 드디어 보였다. 커다란 주차장 옆으로 거대한 직육면체 건물이 나타났다. 내 유년기 무렵에 세워진 뒤 이름만 바꿔가며 계속 영업해 온 쇼핑몰이다.

안에 들어가 보니 가족 단위 손님으로 북적거렸다.

지극히 평화로운 고객층을 보고 안도를 느꼈다.

생각해 보니 아키하바라에 가서 어슬렁거렸으면 위험했을 것이다. 당분간 도심은 피해야 한다. 교외에 있는 쇼핑몰이면 습격당할 가능성은 훨씬 줄어들 것이다.

에스컬레이터를 타고 올라가자 가슴이 뛰었다. 오랫동안 맛보지 못한 이 감각… 생각해 보면 나는 리셀링에 너무나 익숙해졌다. 실적과 경험을 거듭 쌓으며 효율과 승률을 추구한 끝에 원하는 사냥감 대부분을 손에 넣을 수 있게 되었으나, 구매에 성공하는 것이 당연해지자 스릴은 서서히 옅어졌다. 오늘은 아니다. 예측 불가능했던 문제에 휘말리는 바람에 너무 늦어버렸고, 지금 가는 곳에 내가 사려는 물건이 있다는 확증도 없다. 하지만 내 머리로 고민한 끝에 이곳을 골랐다. 임기응변으로 내린 판단이 승리를 거머쥘 수 있을까. 맨몸으로 뛰어든 도박이라서 재미있다. 리셀링은 원래 약속되지 않은 미래를 향해 돌진하는 행위라는 게 새삼 느껴졌다.

타깃은 인기 로봇 애니메이션의 프라모델이다. 모형 완구는 상자의 부피가 커서 배송비는 꽤 많이 들지만 구매자가 비교적 금방 나타나고 포장하기 편하다는 이점이 있다. 팔다가 남아도 보관이 쉬워서 적극적으로 매입해야 할 상품이다. 한 상자당 이익이 기껏해야 몇천 엔 정도일지도 모르지만 아무것도 하지 않는 날이 계속되는 것은 견딜 수 없었다. 나는 현역 리셀러임을, 이렇게 매장에 찾아오면 실감할 수 있다. 승리를 거머쥐면 더더욱 그랬다. 드디어 해당 층이 보였다. 경쾌한 발걸음으로 진입하자 곧바로 장난감 매장이 보였다.

빠른 걸음으로 들어갔다.

매장 면적은 좁았고, 이 동네의 특성 때문인지 영유아용 완구가 대부분을 점했다. 찾아볼 필요도 없었다. 내가 사려고 한 상품은커녕 프라모델 코너에 눈에 띄는 물건은 아무것도 없었다. 십몇 년은 팔다가 남은 것 같은 모형 자동차와 전투기 키트가 체면 유지만을 위해 놓여 있었다.

아니, 잠깐. 낙담하기는 이르다. 오늘은 발매일이다. 계산대 앞에 특별 설치된 신상품 코너가 있을지도 모른다. 이런 생각이 들어 살펴봤지만 계산대 앞에 딱히 그런 코너는 없었다. 계산대 옆과 매장 앞쪽을 확인해 봐도 마찬가지였다. 찾아봐도 아무것도 보이지 않았다.

가슴속이 갑갑해졌다.

좁은 매장 안의 좁다란 통로를 천천히 돌면서 신중하게 진열대를 훑어보았다. 무언가 있을 것이다. 내가 사려고 했던 프라모델은 없더라도 이곳이 리셀러의 발길이 닿지 않은 미개척지라는 점에는 변함이 없으니, 희귀한 완구가 누구의 손길도 닿지 않은 채 잠들어 있을 가능성은 충분히 있다. 예를 들어 눈앞에 늘어선 이 특촬물 히어로나 괴수 피규어 같은 상품도 일시적인 품귀 현상으로 온라인상에서 거래 가격이 급등할 때가 있다. 나는 허리를 굽히고 하나하나 살펴보면서 스마트폰 중고 거래 앱으로 현재 시세를 확인했다.

간단한 작업이지만 시간이 걸렸다. 정가보다 저렴하게 나온 상품이 대부분이었고 희귀한 상품은 좀처럼 발굴되지 않았지만 그래도 나는 포기할 수 없었다. 사고 싶었다. 기껏 위험을 무릅쓰면서 밖에 나왔는데, 뭐든 좋으니 전리품을 얻고 싶었다. 신중하게 확인하다 보니 어느덧 진열대 끝에 다다랐다. 허리를 구부린 채로 있었던 탓에 통증만 얻었다. 아직 성과는 얻지 못했다.

뒤쪽 진열대로 이동해 보니 선명한 핑크색 공간이 펼쳐졌다.

파스텔 톤의 작은 동물 인형들과 인형의 집, 마법 소녀로 변신할 수 있는 요술봉, 옷 갈아입히기 인형 같은 여아용 완구는 의외로 풍부하게 갖춰져 있었다. 곧바로 시야가 흔들렸다. 늘 분야에 구애되지 않는 리셀링을 목표로 해 왔지만 여아용 완구에는 문외한이라서, 언뜻 보기만 해서는 프리미엄 상품인지 아닌지 가늠하기 어려웠다. 그렇다고 이대로 단념할 수는 없어서 일단 눈에 들어오는 인형에 얼굴을 가까이 댄 채 낯설고 부드러운 단어를 검색창에 입력하고 있는데, 바로 옆에서 기척이 느껴졌다.

여자아이가 나를 보고 있었다.

몸을 숙인 나와 똑같은 높이에서 얽힌 시선. 여자아이는 손가락을 입에 물고 땡그란 눈으로 나를 쳐다봤지만 내가 허리를 펴자 뒤돌아서 달려갔다. 아빠로 보이는 사람의 다리에 달라붙어서 손을 잡고 매장을 뒤로했다.

부끄러움이 밀려왔다.

하지만 물러설 수는 없었다. 수치심이 뭐 대수인가. 자신의 감정보다는 프로로서 결과를 내는 것이 우선이니, 무엇 하나라도 리셀링에 걸맞은 상품을 발굴해 내야 했다. 마음을 정돈하고 스마트폰을 다시 가슴께로 들어 올렸다. 시세 확인을 재개했다. 담담하게, 일희일비하지 않고, 끈질기게 찾았다.

"리셀러죠?"

뒤에서 들린 목소리에 심장이 떨어지는 듯했다.

나도 모르게 뒤를 돌아보았다.

오타쿠나 SNS 중독자와는 거리가 멀게 생긴 남자가 웃는 얼굴로 서 있었다.

"형씨, 리셀러 맞죠?"

곤두선 금발 끝이 구불구불한 투 블록. 새하얀 트레이닝복 한 세트가 근육질인 체구를 꼭 맞게 덮었고, 양쪽 팔꿈치까지 걷어 올린 소매 끝에서는 까무잡잡하고 굵은 팔이 나와 있었다. 가슴에는 크게 'KING'이라고 적혀 있었다.

그 팔이 쑥 하고 이쪽을 향해 뻗어 나왔다.

경계 태세를 갖췄다. 맞으면 바로 끝이다.

남자의 굵은 팔이 나의 가느다란 목에 감겼다.

"저기, 잠깐, 죄송합니다!"

나는 일단 사과부터 했으나 예상과는 달리 남자는 내 목을 조르지 않았다.

친근한 느낌으로 가볍게 어깨동무한 남자는 "우어어 신난다!" 하고 소리를 높였다.

"대박이다, 대박. 진짜 리셀러 맞죠?"

남자는 나와 얼굴을 나란히 한 채로 "만나서 진짜 반가워요!" 라며 눈을 빛냈다.

"무슨 일이야?"

진열대 모퉁이에서 모습을 드러낸 여자가 "아는 사람이야?" 하고 물으며 나를 살펴보았다.

"바보야, 너 몰라?"

남자는 흥분을 감추지 않았다. "요즘 화제인 리셀러잖아!"

"아, 그런 느낌이 있네. 유명인이구나."

밝은색 머리를 한쪽으로 넘긴 여자는 늘어진 니트 소재 후드 원피스 아래로 맨다리를 드러내고 있었다. 장소와 어울리지 않게 화장품 냄새가 진하게 풍겨 왔다.

"잠깐, 만요. 전 리셀러가 아니에요."

나는 뒤늦게 변명을 시도했지만 순식간에 표정이 진지해진 남자가, "뭐요?" 하고 쏘아붙이며 차갑게 쳐다보았다. 얻어맞을 것 같다. 이번에는 정말로!

"아니," 하지만 남자는 곧바로 웃는 얼굴을 되찾더니, "그럴 리가 없잖아요!" 하며 내 등을 때렸다. 충격으로 시야가 흔들렸다.

"리셀러가 아니면 왜 여기 있어요?"

"네?"

"장난감 매장이요. 다 큰 성인이 혼자 여기 있는 건 이상하잖아요?"

"아니, 그건…."

뒤에 선 여자를 보니 커다란 상자를 겨드랑이에 안고 있었다. 입체적인 도형을 끼워 넣으며 노는 단순한 학습 완구였다. 두 사람은 아이가 있는 부부 사이라는 사실을 알 수 있었다.

"스마트폰으로 뭔가 찾고 있었잖아요. 리셀러 맞죠?!"

"아니…."

"오늘은 어떤 걸 리셀링하려고요?!"

"그게…."

"리셀링은 돈이 꽤 된다면서요! 좋겠네요. 엄청 부러워요!"

"저기…."

쉴 새 없이 몰아붙이니 대답할 수가 없었다.

얼굴 가득한 미소에 악의나 적의는 없어 보였다. 마치 길거리에서 동경하는 스타를 마주친 것 같은 들뜬 표정. 트레이닝복에 적힌 'KING'이라는 글자가 너무 신경 쓰였다.

킹은 몸을 앞으로 내밀며, "얼마나 벌어요?!", "나한테도 리셀링 기술 좀 보여 줘요!", "리셀링으로 돈 버는 방법이 궁금해요!" 이렇게 계속해서 제멋대로 떠들어댔다.

당혹스러움만 커져 갔다. 이놈은 누구일까. 뭘 어쩌고 싶은 걸까. 토부네리마 쇼핑몰에는 오타쿠나 SNS 중독자가 없을 거라고 대수롭지 않게 여겼건만 예상치 못한 복병이 숨어 있었다.

"리셀왕과 연결 고리는 있어요?"

갑작스러운 말에 나는 숨이 막혔다.

"어? 어어?"

내가 동요하는 것을 눈치챘는지 킹은 빤히 쳐다보며, "알고 보니 리셀왕 본인인 거 아니에요?!"라고 말했다.

나는 눈꺼풀, 콧구멍, 입술, 전부 다 열렸다.

"맞네! 모자이크된 영상이랑 분위기가 닮았는데!"

"무슨 말씀인지 잘…."

"오! 목소리도 뭔가 비슷하다!"

"아니라니까요…"

톤을 낮춰서 말하려고 했지만 누가 들어도 연기하는 것 같았다.

"횡재다, 횡재. 리셀왕을 만나다니!"

킹은 내 해명은 들은 체도 않고 "와, 리셀왕!" 하며 단정 짓더니, "악수해 주세요, 리셀왕!" 하고 기세 좋게 오른손을 내밀었다.

"네? 아니," 나는 몸을 뒤로 물렸다. "그런 거 아니라고요…"

"뭐 어때요? 팬 서비스 좀 해 줘요!"

"아앗."

킹이 억지로 손을 잡아당겨서 나는 앞쪽으로 비틀거렸다. 어마어마한 악력으로 잡힌 손이 위아래로 흔들렸다. 킹의 손은 땀에 젖어 있었고 예사롭지 않은 열을 뿜어내고 있었다.

"감사합다. 감사합다. 정말 최고예요. 진짜 기쁩니다!"

해맑게 감사를 전하는 남자를 보며 이해가 되지 않았다. 동종업자도 아닌 것 같았다. 이렇게 큰 환희는 무엇 때문에 싹트는 것일까. 곱지 않은 시선을 받거나 원망받는 일은 자주 있었지만 동경하는 마음을 담아 반기는 사람은 처음이라, 어떻게 반응해야 할지 알 수 없었다.

"아, 사진 찍어요!"

킹은 재촉하듯 일행인 여자, 말하자면 퀸에게 스마트폰을 건넸다.

"안 돼요, 사진은 안 됩니다."

"괜찮아요. 인터넷에 안 올릴게요."

"그건 당연한 거고요. 아니, 찍지 말라니까요!"

카메라를 든 퀸이 있는 방향으로 두 손을 들어 몸을 가렸다.

"뭐 어때요? 기념으로 한 장 정도는 괜찮잖아요, 리셀왕!"

킹은 아첨하는 미소를 지으며 어깨를 바짝 붙인 채 떨어지지 않았다.

"아무튼! 리셀왕 아니라고요!"

강하게 부정했지만 "또 그러신다~." 킹은 듣지 않았다.

"정말 아니에요. 사람 잘못 봤어요!"

"이상하다~, 닮았는데~."

한창 실랑이를 벌이는데 싸구려 셔터 소리가 들렸다.

"좀 맹하게 나왔다."

퀸은 스마트폰으로 나를 비춘 채 말했다.

"저기요, 지워 주세요!"

항의했지만 "쪼잔하게 그러지 마요~." 헤드록을 걸고 놓아주지 않는 킹.

"그렇게 정체를 숨기는 이유는~ 리셀왕이라서죠?"

"아니라고 몇 번을 말해요?"

"그럼 비교해 봅니다?"

킹은 말하면서 스마트폰을 터치했다.

"아, 아니, 무슨."

잽싸게 화면을 들여다보며 유튜브 시청 내역을 뒤진다.

"저스티스 키즈 영상, 틀면 바로 판명 납니다?"

불길한 예감이 적중했다. 아무리 모자이크가 되어 있어도 눈앞의 당사자와 비교해 보면 동일 인물이라는 티가 날 것이다.

"이제 가야 해서, 이것 좀⋯."

떠나고 싶었지만 킹은 내 목에 왼팔을 단단히 감은 채 오른손으로 스마트폰 화면을 스크롤 했다. 나는 퀸을 쳐다봤지만 말릴 생각은 없어 보였고, 오히려 통로를 막듯이 서 있어서 도망칠 곳이 없었다.

이대로면 위험하다. 리셸왕이라는 사실이 들통날 것이다. 아니, 나는 리셸왕이 아닌데도 그렇게 될 것이다!

"거기서 뭐 해?"

그때 목소리가 들렸다.

또 다른 여자였다. 통로 너머에 있는 푸드 코트에서 손을 흔들고 있었다.

"얼른 와, 힘드니까!"

나에게 하는 말임을 한 박자 늦게 이해했다.

"엇, 뭐야. 아내분이랑 같이 있었어요?"

싱겁게도 킹은 바로 팔을 풀었다.

뭐가 뭔지 알 수 없는 상태에서 낯선 남녀로부터 해방된 나는 또다시 낯선 여자를 향해 가야 했다.

새로운 낯선 여자 옆에는 갓난아기가 누워 있는 남색 유모차가 있었다.

"저 사람들이 시비 거는 것 같던데, 괜찮아?"

여자는 가볍게 물었다. 묘하게 익숙한 느낌에 의아함을 느끼면서도 나는, "감사해요. 덕분에 살았습니다"라고 답하며 고개를 숙였다.

"니시다, 맞지?"

"네?"

"나 모르겠어?"

"어…."

여자를 정면에서 찬찬히 쳐다보았다. 눈꼬리가 처진 화장기 없는 야윈 얼굴. 머리카락은 동그랗게 말아 정수리 쪽에 올려 묶었다. 검은 카디건에 카고 바지, 운동화 밑창은 눈에 띄게 지저분했다.

어디서 만난 적이 있었나 곰곰이 생각해 보는데 여자가 말했다.

"초등학교 때 같은 반이었잖아."

비음이 강한 그 높은 목소리에 지난날의 기억이 되살아났다.

"…아. 설마, 사도카와?"

"정답~. 근데 너무 늦게 알아차리는 거 아니야?"

불만스러운 웃음을 띤 사도카와 마이카는 "조금 더 안쪽으로 갈까?"라고 말하며 유모차를 밀었다.

함께 푸드 코트 안쪽 구석에 있는 테이블로 이동했다. 급수대 기둥에 가려져 장난감 매장에서는 사각이었다. 나를 배려한 모양이다.

사도카와는 스마트폰을 테이블 위에 엎어 놓았다.

"니시다, 분위기가 예전이랑 똑같다."

나를 들여다보는 사도카와의 눈에서 피곤한 기색이 엿보였다.

"그래? 원래 별로 특징이 없으니까. 살은 약간 쪘어."

나는 시선을 내리고 대답했다. 그녀의 손에는 반지가 없었다. 싱글 맘인가 보다.

"아니야. 멀리서도 알아보겠던걸."

그녀는 이어서, "아이는 몇 살이야?"라고 물었다.

"응? 아이 없는데. 왜?"

"그야 아까 애들 장난감을 보고 있길래."

역시 성인 남자가 혼자 장난감 매장에 있으면 일반인들 눈에는 부자연스러워 보이나 보다. 오타쿠나 리셀러와는 무관한 삶이 눈에 그려진다.

"아이는 무슨 결혼도 안 했어."

의도하지 않았건만 말투가 자학적이었다.

"그렇구나."

사도카와는 의외라는 듯 눈을 동그랗게 뜨고, "일은 무슨 일 해?" 하고 물었다.

"아아, 으음…"

리셀링이라는 단어가 목구멍에 걸려서, "소매업. 혼자 작게 하고 있어서 대단한 건 아니야"라고 에둘러 대답했다. 거짓말은 하지 않았다. 교묘한 단어 선택으로 슬쩍 빠져나왔다.

"그래? 가게 운영하는 거야? 사장님이라는 말이야?"

질문은 끝나지 않는다. 떠보는 듯한 시선 속에 검은 속셈이 엿보였다.

"아니라니까. 딱히 재미있는 얘기도 아니야."

대충 얼버무리자 사도카와는 "아" 하며 어깨를 움츠렸다. 생각보다 말투가 셌나.

"미안해, 갑자기 물어봐서."

사도카와는 양손을 내저으며, "같은 학교 나온 친구가 요즘 뭐 하고 지내는지 그냥 좀 궁금했어"라고 말하며 눈썹 끝을 내리고 미소 지었다.

나는 턱에 손을 가져가서 입을 가렸다. 아무렇지 않게 '같은 학교 나온 친구'라고 불리게 돼서 낯간지러웠다.

"…아무래도 궁금해지지."

이번에는 부드러운 어조로 동의했다.

"다들 어디서 뭐 하며 지내는지 모르겠다."

이어서 사도카와는, "요즘도 연락하는 애들 있어?"라고 물었다.

"아니. 나는 전혀."

"그치? 나도 그래. 본가를 떠난 애들도 많고 아이가 생기면 시간도 없으니까."

사도카와는 어쩐지 체념한 듯한 미소를 지었다.

표정에 힘이 없고 낯빛에도 그늘이 보였다. 예전에는 생기가 넘쳤었다. 아침에 교실에 들어올 때마다 "안녕~" 하며 활짝 웃는 그녀 주변에는 형광등보다 밝은 빛이 가득했다. 사도카와가 등교해야 반에 활기가 돌아서 그녀는 반의 분위기 메이커라고 해도 과언이 아니었다. 빨간 책가방이 누구보다 잘 어울렸다.

기억이 하나 떠올랐다.

일주일마다 돌아오는 청소 당번 때 나는 사도카와와 한 조가 되어 학교 뒷마당을 담당했다. 여름 방학이 다가오는 7월의 시작. 일조량이 많고 쓸쓸한 분위기가 감도는 좁은 구역이라 커다란 빗자루로 가볍게 쓸면 충분했다. 남은 시간에는 화단에 물을 주었다. 사도카와는 급수대에 연결한 호스 끝을 손가락으로 눌러서 능숙하게 물을 뿌렸다. 나는 뒤에서 호스를 붙잡는 역할을 했다. 평화로운 시간이었다. 매미가 조심스레 울었다. 전교생이 청소에 열중하는 시간에 인적 없는 뒷마당은 소란스러움에서 벗어나 있어서 우리 두 사람은 따뜻한 고요에 싸여 있었다.

"으아아아아아아아아아아아아아아아아앙!"

갑자기 유모차 안에서 아이가 울음을 터뜨렸다.

귀청을 찢는 듯한 절규가 푸드 코트 안에 울려 퍼졌다. 주위를 둘러보았지만 이쪽을 신경 쓰는 사람은 없었다. 테이블 좌석에는 가족 단위 손님이 늘어난 상태였다.

"힘들겠네."

나는 갓난아기를 보며 말했다. 그것밖에는 할 말이 떠오르지 않았다.

"그렇지, 뭐. 항상 이래."

사도카와는 일어서서 아이를 가슴에 안았다.

"으아아아아아아아아아아아아아아아아앙!"

"역시 육아는 힘들어?"

재차 던진 평범한 질문에도 사도카와는 "응. 힘들어"라고 대답하며 고개를 끄덕였다.

"잠도 못 자지, 눈을 뗄 수도 없지, 삶이 전부 아이를 중심으로 돌아가서 내 시간은 전혀 없지, 미용실도 못 가서 머리도 엉망이야."

부끄럽다는 듯한 손으로 이마를 만진다. 물이 빠진 갈색 머리는 뿌리 부분이 검어진 지 오래인 듯 보였다.

"으아아아아아아아아아아아아아아아아앙!"

기묘한 감각에 휩싸였다. 기억 속 그녀는 초등학생이라서 앞에 있는 사도카와가 말하는 육아의 피로가 제대로 머릿속에 그려지지 않았다.

"그래, 힘들겠다."

말해 봤지만 실감은 나지 않았고 나는 비슷한 경험을 해 본 적도 없었다.

"부모님 도움을 받아서 어찌어찌해 나가고 있어. 평일에는 일해야 하거든."

"일을 해? 너무 힘들겠다."

"그래 봤자 파트타임이야. 풀타임 정규직으로 일하진 못할 것 같아."

"으아아아아아아아아아아아아아아아앙!"

아이는 얼굴을 구기며 더 격렬하게 새된 목소리를 높였다. 화형이라도 당하나 싶은 고통스러운 절규에 동요하지 않고 사도카와는 말없이 아이를 흔들었다.

"정말, 뭐라고 할까…. 힘들겠다."

부족한 내 어휘력이 원망스러웠다. 나는 스마트폰을 보며 그 순간을 대충 얼버무리기로 했다.

뉴스 사이트에 나열된 헤드라인을 보면서 뇌리에 떠오른 것은 다른 게 아니라 학교 복도에서 '타키만'이나 '즈마'와 장난치며 떠들던 장면, 운동장에서 점심시간이 끝날 때까지 '욧치'를 비롯한 친구들과 피구를 하며 놀던 장면, 여름 방학에 '카와야스'와 전철을 타고 구립 수영장에 가던 장면, 그런 단편적인 장면들이어서 스마트폰 화면이 그다지 눈에 들어오지는 않았다. 절친까지는 아니어도 그 시절에는 반드시 친구와 함께였다. 중학교와 고등학교를 거치며 이제는 본명마저 희미해져 버린 옛 친구들과 함께 지내던 시절이었다.

기억이 더 되살아났다.

딱 한 번 사도카와와 함께 하교한 적이 있었다. 교차로를 앞에 두고 신호를 기다리며 나란히 서 있었다. 사도카와는 평소에는 친한 여자애들과 함께 집에 가는데 오늘은 혼자 가게 됐다며 그렇게 된 이유를 이야기했다. 나도 오늘은 우연히 혼자 집에 가게 됐다고 대답했다. 신호가 바뀌어서 횡단보도를 건넜다. 같이 걷다가 사도카와가 갑자기 내 앞을 막아섰다. 내 눈을 빤히 쳐다봤다.

"뭐, 뭐야?"

당황한 나를 앞에 두고 사도카와는, "너, 나 좋아해?"라고 물으며 검지로 내 코끝을 눌렀다.

다리가 휘청이고 몸이 뒤로 젖혀지면서 책가방의 무게로 인해 몇 발짝 뒷걸음질 쳤다. 대답하지 못하자 그녀는 달려서 모퉁이 뒤로 사라졌다. 코끝에 남은 차가운 손가락의 감촉과 귓속이 뜨거워지는 '너'라는 말의 울림—.

스마트폰을 향해 떨어뜨렸던 고개를 퍼뜩 들었다.

이마에 땀이 배었다. 코끝은 차갑고 귓속은 뜨겁다. 서른셋의 육체에 되살아난 그 감각은 내 심장 박동을 빠르게 앞당겼다.

"니시다는 대단하구나."

사도카와가 갑자기 말했다.

그 시절이 아닌, 눈앞에 있는 서른셋의 그녀였다.

"대단하다니, 뭐, 뭐가…?"

아무렇지 않은 척하고 싶은데, 잘되고 있는 걸까. 머릿속 혼돈을 들키지 않으려고 서둘러 이마에 맺힌 땀을 닦았다.

"혼자서도 열심히 일하잖아. 아무나 할 수 있는 일이 아니야."

사도카와가 존경이 담긴 눈빛을 던졌다. 사도카와의 품 안에서 갓난아기가 눈을 감고 입술을 오물거렸다.

사도카와는 거듭 말했다. "나는 나한테 관대하거든. 고등학교도 꼴통 학교밖에 못 갔고, 사회인이 돼서도 죽는소리만 했고, 그냥

다 잘 안 풀렸어. 그래서 네가 대단해 보여."

귓가에서 너, 나 좋아해? 하고 말이 울렸다.

"아니, 그런 칭찬받을 만한 일은 아니야."

나는 개인 리셀러다. 혼자 쓸 생활비를 버는 것만으로도 벅차다. 그것조차도 아슬아슬한 위치다.

"그래도 회사에 기대지 않고 일하는 거잖아. 대단해. 각오가 남다른 느낌이야. 나는 못 해. 싫어하는 직원이 있어도, 인간관계 때문에 고민돼도, 지금 하는 파트타임 일을 관둘 배짱은 없어. 아아, 여기 붙어 있는 수밖에 없겠구나, 그런 생각을 하면 가끔 비참해져."

얼굴에 그늘이 졌다.

벽에 등을 기댄 사도카와의 침울한 모습에 나는 가슴이 아팠다.

"미안해. 오랜만에 만나서 푸념만 하네."

사도카와는 웃음기를 머금은 목소리로 말했지만 웃지는 않았다. 분하다. 변해 버렸다. 주변에 웃음을 흩뿌리고 다니던, 다른 사람을 웃게 해 주던 그녀가 푸드 코트 구석에 놓인 마른 관엽식물처럼 시들어 있었다.

"…푸념해도 괜찮아."

그렇게 말하자 그녀가 다시 나를 쳐다보았다. 나는 고개를 끄덕였다. "누구든 자기가 하는 일에 불만은 있어."

"하지만 한심하잖아." 사도카와는 울먹였다. "다 큰 어른이. 시급이나 받으며 일하고."

"나도 정직원 시절에는 스트레스 엄청 받았어."

"그랬어?"

"응. 그래서 회사를 관뒀어."

유모차에서 시선을 느꼈다. 구슬 같은 두 눈이 나를 빤히 쳐다보았다. 마치 새 아버지에 걸맞은 사람인지 관찰하듯이.

"대학교 졸업하고 제조 회사에 들어가서 관리부에 배속됐어."

자연스레 이야기가 흘러나왔다. "정신없이 쫓기면서 일, 일, 야근, 야근, 점심시간도 반납, 반납. 눈앞에 닥친 업무를 해치우면 급한 일이 또 생기고, 상사는 퇴근 시간 직전에 이거 부탁해, 라면서 잡무를 떠넘기고. 내 밑으로 들어온 어린 애들한테 넘기자니 관계가 어색해서 내가 하는 수밖에 없고…."

말하다 보니 입안에서 쓸쓸함이 퍼졌다. 앉은 책상에서 보이던 사무실 풍경은 흐릿한 회색으로 기억난다. 업무 내용도 대부분 잊어 버렸다. 얻은 것은 아무것도 없는, 8년간의 공허한 나날.

"집에 돌아와도 잠만 자고 혼자 살면 평일에는 쓰레기도 못 버려. 세탁기도 못 돌리고. 주말은 조금 자다가 집안일 하면 끝나. 아무것도 못 하고 아무 데도 못 가. 그러다가 아프고 한계가 오니까 사직서를 내는 것 말고는 선택지가 없었어."

지난 이야기를 술술 늘어놓는 나 자신에게 놀라움을 감출 수 없었다.

"그렇게까지 한계에 몰려 있었구나." 조용히 귀를 기울이던 사도카와가 말했다.

"응. 한계에 몰려 있었지. 더는 무리였어."

"니시다도 힘들었겠다." 사도카와는 이해한다는 듯 말했다. 내가 일본 전역에서 비난받는 리셀러라는 것, 심지어 왕 취급을 받는다는 것도 모르고.

"그래도 다행이야." 사도카와는 활짝 웃었다. "지금은 괜찮아 보여서."

"그렇게 보여?"

"응."

"뭐, 그럴지도 모르지."

어차피 다 지나간 과거다. 그 열악한 직장에서 도망쳐 나왔다. 평범한 사회인들이 달리는 길에서 벗어나 '치트키'로 자유를 손에 얻었다. 성공한 축에 속하게 됐다, 그렇다고 생각했다.

"하지만…"

거기까지만 말하고 나는 말문이 막혔다.

"…하지만?" 사도카와가 내 표정을 살폈다.

분수에 맞지 않는 존경의 눈빛을 받는 대신 솔직한 심정을 털어놓고 싶었다. 그런 생각이 들었다. 어서 말하지 않으면 늦어 버린다. 그녀에게 거짓말쟁이가 되고 말 것이다.

"…" 하지만 입이 떨어지지 않았다. 어떻게 말을 꺼내야 할까.

"아까 들었는데," 사도카와가 조심스럽게 말을 이었다. "리셀링이 어쩌고 하던데…"

장난감 매장에서의 대화. 킹의 환희에 찬 목소리가 그녀에게도 들렸나 보다.

"맞아."

더는 견딜 수 없어서 말했다.

"나는 리셀러야."

사도카와에게 정체를 밝혔다.

"리셀러…." 사도카와 반응은 애매했다.

"뉴스에서 들은 적 없어?"

"있어. 최근에 엄청 화제지?"

"이제 말해서 미안."

그렇게 말하며 고개를 숙였다.

잘한 거라고 스스로를 타일렀다. 거짓말은 시간이 흐르면 돌이킬 수 없게 된다. 나는 사도카와의 신뢰를 잃고 싶지 않았다.

"에이, 사과할 필요 없어~." 그녀는 분노나 불쾌감을 드러내는 대신 "알려줘서 고마워"라고 대답했다.

고마워.

오랜만에 듣는 말이다. 편의점이나 식당 종업원, 거래 상대에게 받는 평가를 제외하면 오랫동안 감사의 말을 듣지 못했다. 가슴속이 묵직하게 따뜻해졌다.

"리셀러를, 어떻게 생각해?" 나는 두려움을 품으면서도 물었다. "내가 리셀러라고 하니까, 그… 혐오스러워?"

"아니야~."

사도카와가 이를 보이며 웃자, 엄마를 따라 아이도 웃었다. 나도 입꼬리가 올라갔다.

"나는 아무 생각도 안 들어. 이러쿵저러쿵 말하는 건 봤는데, TV는 원래 과장한다고 할까? 엄청 선동하잖아."

"그래. 맞아. 결론부터 짓고 과격한 말을 늘어놔야 시청률이 오르니까. 그러니까 편파적 보도가 안 없어지지."

"니시다는 괜찮아? 불쾌한 일 당하거나 그러지는 않아?"

"그렇지, 뭐."

"설마!" 그녀는 두 손을 모으고, "아까 그 사람이 시비 걸던 게?!" 하고 놀랐다.

"왜 그랬는지는 잘 모르겠지만 네 덕에 살았어."

아이들이 벌인 '축제' 이야기는 덮어놓았다. 너무 한심해서 이야기하고 싶지 않았다. 어차피 사도카와는 인터넷상의 사건은 잘 모르는 것 같으니 굳이 설명할 필요도 없다.

"나는 괜찮아. 니시다가 나쁜 사람이 아닌 거 알아."

"…고마워."

이번에는 내가 감사의 말을 할 차례였다. 그녀의 다정함에 서서히 스며들어 갔다.

"그럼 니시다는 회사를 관두고 리셀러가 된 거야?"

"맞아."

"어떻게 하면 리셀러가 될 수 있어?"

사도카와는 리셀링에 관심이 가는 듯했다. 그런 관심은 접어 뒀으면 싶었다. 세간의 비난은 거세고 일이 그리 호락호락하지도 않다고 말하려다가 삼켰다.

"내가 리셀러가 된 건…."

대신 내가 리셀러가 된 과정을 이야기하기로 했다.

"서른을 넘었을 때 절실히 깨달았어. 나한테는 회사 다니는 게 안 맞아. 이 세상에는 회사라는 조직에 적응할 수 없는 사람, 동료들과 원활히 소통할 수 없는 사람도 존재한다고 생각해. 아무리 아등바등해 봤자야. 이직해도 똑같이 괴로울 게 뻔해. 하지만 일하지 않으면, 돈이 없으면 살 수 없으니까 우선은 본가에 있던 물건을 중고 거래 앱으로 팔았어."

"음, 옷 같은 거?"

"옷은 저렴한 것만 입어서 예전에 갖고 놀던 장난감 같은 걸 팔았어."

어린 시절에 부모님이 사준 변신 히어로 완구, PVC 피규어, 과자에 들어 있던 스티커, 한때 붐을 일으켰던 게임 카드 등등. 친구들과 교류하려면 필수로 갖고 있어야 했던, 이제는 제 역할을 마친 완구들은 시간이 흘러 시장에서 가치가 높아진 상태였다.

"우아, 오래됐어도 갖고 싶어 하는 사람이 있구나."

"당시에는 어린아이였던 어른이 이제 돈이 생기니까 옛날 물건을 수집하는 마니아가 되는 거야."

먼지투성이인 잡동사니가 인터넷에서 고가에 팔렸다. 이 세상에는 늘 있다. 나이를 먹고도 물욕에 휘둘리는, 아버지 같은 사람이.

"중고 거래 사이트를 보다 보니까 개인끼리 거래가 많이 되더라. 오래된 물건만이 아니었어. 새로 발매된 인기 상품이 정가의 두 배, 세 배로 불티나게 팔리더라고. 다른 사람이 사고 싶어 하는 물건을 매입해서 팔면 차익이 생겨. 그걸 생업으로 하는 사람이 있다는 것도 알게 됐어. 그게 리셀러였어."

컵에 든 물을 한 모금 마셔서 목을 적셨다.

"일단 집에 틀어박혀서 팔릴 만한 상품을 인터넷으로 조사했어. 그리고 주말 아침 일찍 나가서 몇 시간이나 줄을 섰어. 그렇게 조금씩 돈을 벌기 시작했어. 어느 정도 안정되기 전까지는 모아 놓은 돈을 썼고 일이 마음처럼 풀리지 않은 적도 많았어. 예상이 빗나가서 큰 손해를 보기도 하고 악성 재고를 떠안기도 하고…. 그래도 나는 마음을 정했어. 리셀링에는 귀찮은 인간관계가 없어. 대인 스트레스에서 해방돼. 살기 위한 탈출이었고 나는 나 나름대로 생존하기 위해서, 계속해서, 계속해서 싸워 왔어!"

말이 멈추지 않았다.

사도카와는 이따금 고개를 끄덕이면서 말없이 들었다.

"나는 싸우고 있어!" 말하면서 이해가 됐다.

그렇다. 나는 싸우고 있다. 살기 위해 싸우고 있다.

"리셀링은 악이 아니야. 사는 사람이 있으니까 성립되는 비즈니스고 수요가 있으니까 공급할 뿐이야. 사기나 도둑질하고는 전혀 달라. 법을 어기지도 않았어. 그런데 악인으로 낙인찍혀서 사람들 스트레스 해소용 샌드백이 돼 버렸어… 난 억울한 피해자야! 이 일본이라는 가난한 나라에서, 이미 오래전에 길에서 벗어난 나 같은 이단자가, 그래도 어떻게든 안정적으로 살아가기 위한 '치트키'야 리셀링은! 정해진 틀 안에 있는 행복한 놈들은 그걸 이해 못 해! 약자를 이해하려는 노력을 안 할 거면, 제발, 그냥 내버려 뒀으면 좋겠어…."

목이 메어서 말이 잘 나오지 않았다. "뒤에서 조용히 살 테니까, 리셀링 정도는…. 남의 일이니까 그냥 가만히 뒀으면 좋겠어…." 갑자기 정체를 알 수 없는 감정이 속에서 끓어오르는 것을 알아차리고 당황했다. "…미안해. 갑자기 이상한 소리를 해서." 나는 두 손으로 얼굴을 덮고 고개를 푹 숙였다.

너무 많이 떠들었다. 아까부터 무슨 말을 한 걸까 나는. 한번 불이 붙으면 멈출 수가 없다. 생각을 뛰어넘어서 말이 흘러나온다. 전신이 불타듯 뜨거웠다.

"아니야. 괜찮아."

하지만 사도카와의 목소리에는 흔들림이 없었다. 나는 고개를 들고 손가락 사이로 내다보았다.

"푸념해도 된다고 말한 건 너잖아?"

사도카와는 안심하라는 듯 미소 지었다.

나는 "그랬지"라고 중얼거리고 두 손을 얼굴에서 뗐다.

아무에게도 말하지 못한 속마음을 누군가에게 이야기하고 싶었나 보다.

예전에 동경하던 동창을 만나서 쌓여 있던 감정이 한꺼번에 터져 나왔다. 그걸 사도카와가 받아 주었다. 오늘, 이날의 우연한 재회가 나는 고마웠다.

"그래서, 말인데…."

"이런, 이제 가야겠다!"

사도카와는 테이블에 놓인 스마트폰을 집어 들고 바지 주머니에 깊숙이 찔러 넣었다. "미안해. 집안일을 해야 해서." 자리에서 일어나 유모차를 잡았다.

"어, 그래. 그렇구나."

갑작스러워서 말문이 막혔다.

"…저기, 사도카와."

연락처를 교환하자고 하는 정도에서 그쳐야 할까 아니면 한 발짝 더 나아가서 시간이 되면 또 만나자고 약속까지 잡아야 할까.

고민에 빠진 나를 두고 사도카와는, "오랜만에 만나서 반가웠어~" 하고 한 손을 흔들며 테이블을 떠났다.

—너, 나 좋아해?

귓가에서 목소리가 울렸다. 나는 유모차를 밀며 푸드 코트를 떠나는 그녀를 조용히 보냈다.

힘이 턱 풀릴 정도로 금세 나는 혼자가 되었다.

앉은 채로 잠시 있었다.

머리가 멍했다. 남아 있는 것은 열에 달뜨고 난 이후의 공허한 감각뿐.

벌써 20년도 더 된 이야기다. 첫사랑, 이라고 부를 수 있을지도 확실치 않은 그리움이 솟아올라서 마음이 어지러운 것은 사실이었다. 묶여 있던 오래된 기억이 이렇게 연달아 풀려나올 줄은 상상도 못 한 일이라 현실을 인식하는 데에 지장이 갔다. 머릿속에서 재생되는 풍경이 지금 보이는 광경과 겹치며 시야가 흐려졌다…. 위험하다. 집으로 돌아갈 자신이 없다. 잠시 마음을 정돈할 시간이 필요했다.

사도카와 마이카. 그녀의 얼굴에 배어 있던 피로와 나이의 흔적에 연민을 느꼈다.

무엇이 그녀에게서 태양을 앗아 갔을까?

지나간 세월일까. 무책임하게 아이를 만들고 내뺀 쓰레기 같은 놈일까. 이 재회가 인연이라면 돈으로 도움을 주지는 못해도 정기적으로 이야기를 들어 주고 스트레스 해소를 돕는 것 정도는 할 수 있지 않을까. 그러다 보면 그녀가 과거의 반짝임을 되찾지 않을까.

하지만 이런 관계가 교제로까지 발전한다고 생각하면 망설임을 느낄 수밖에 없다. 지금 나는 '리셀왕'으로 공격받는 위치다. 같이 있으면 그녀까지 휘말리게 될 것이다. 그녀가 데려온 아이에게도 위험이 미칠지 모른다.

재회한 타이밍이 원망스러웠다. 지금은 안 된다. 사도카와가 고백해 오더라도 단호하게 거절하는 수밖에 없다.

애끓는 심정으로 맹세한 순간 배에서 꼬르륵 소리가 났다.

아침부터 아무것도 먹지 못했다. 푸드 코트를 죽 둘러본 뒤 우동으로 정하고 자리에서 일어났다.

주문 직전에 마음이 흔들리는 바람에 라멘을 선택했는데 역시 우동을 고를 걸 그랬다는 후회가 들었다. 그래도 막상 라멘을 받아 보니 불맛을 입힌 간장 향이 콧속을 간질여서 식욕이 올라왔다. 후추를 대량으로 뿌리고 자리에 돌아와서 기세 좋게 면을 빨아들이고 국물까지 싹 먹어 치웠다.

배가 차자 졸음이 몰려왔다.

딱딱한 등받이에 허리를 묻었다. 이제야 조금 편안하다. 숨을 깊이 내쉬면서 조금 더 쉬다 가자, 식후 디저트라도 먹을까 생각하며 아이스크림 가게의 알록달록한 간판을 보는데 비명이 들렸다.

가족 단위 손님들의 정다운 대화 소리가 멎고 푸드 코트 전체에 긴장감이 번졌다.

다들 자리에 앉은 채로 같은 방향을 바라보고 있었다.

시선이 쏟아지는 곳은 기둥으로 가려진… 아마 장난감 매장 같다.

통로에 종업원이 모여들었고 사람들도 주변을 둥글게 에워쌌다. 경비원도 보였지만 그 자리에 못 박힌 듯 서서 움직이지 않았다.

무슨 일이 일어난 것은 분명했다.

나는 스마트폰으로 SNS 앱을 켰다. 현장에 다가갈 용기가 없었다. 바로 앞에서 펼쳐지는 현실에서 눈을 돌리고 인터넷부터 확인하는 자신이 우습게 느껴졌지만 금방 찾을 수 있었다.

#토부네리마에서 리셀왕을 만났다! 격한 감동!

생동감이 느껴지는 흐릿한 투샷과 함께 쇼핑몰 외관, 장난감 매장 간판, 주차장에 서 있는 투박한 자전거 사진이 첨부돼 있었다.

올리지 않겠다고 했으면서….

이미 여러 계정에 공유되었고 장소 특정도 끝난 상태였다. '진짠가? 아까까지 근처에 있었는데', '리셀왕 집 앞에서 오프라인 모임 참가한 사람들은 모여라' 같은 간담이 서늘해지는 글이 눈에 띄었지만 그중에서도 시선을 끈 것은, '정의 집행. 간다. 생방송에서 천벌', 이런 간소한 글이었다.

심장 뛰는 소리가 들렸다. 확인하지 않을 수 없었다. 나는 일어나서 구경꾼들 뒤쪽으로 다가갔다.

"미션 컴플리이이이이이이이트!"

그 우렁찬 외침은 파문이 되어 주변을 에워싼 이들을 흔들었다.

구경꾼들이 뒤로 물러나서 시야가 트였다.

앞쪽에 남은 것은 얼굴이 파랗게 질린 종업원들.

그리고 장난감 매장 한쪽 구석에 서 있는 한 남자.

"리셀왕을 물리쳤다아아아아아아아!"

남자의 오른쪽 뺨이 붉게 젖어 있었다.

"리셀왕 토벌 성공했어요!"

치켜든 태블릿 PC를 향해 높낮이가 큰 억양으로 말했다.

벗겨진 머리, 촌스러운 안경, 영문 프린팅이 들어간 낡은 티셔츠는 멀리서 봐도 색이 바래 보였다. 세련미는 어디서도 느껴지지 않았다. 남자는 마치 SNS와는 무관한 세상에서 손에 든 기계에 조종당해 여기에 온 듯이 보였다.

"이제 저는 체포될 거예요. 체포요. 어쩔 수 없죠. 어쩔 수 없는 일이에요."

남자는 티셔츠 소매로 얼굴을 닦았다. 뺨을 적신 붉은 액체가 남자의 눈언저리까지 번졌다.

입에서 타액이 흘러나와 허둥지둥 삼켰다. 다리의 떨림이 멈추지 않았다. 어리석었다. 토부네리마 쇼핑몰은 안전 구역이 아니었다.

"근데, 근데 여러분, 누군가는 할 테니까, 누군가는 해야 하는 일을, 내가 했을 뿐이에요. …그러니 체포돼도 후회하지 않아요!"

발음이 나쁘고 발성은 불명확하다. 말하는 게 익숙하지 않아 보인다. 몇 번이나 넘어질 듯 비틀거리고, 말을 더듬고, 같은 이야기를 반복했다.

"하지만 일본은 평화를!"

남자는 도취 상태였다.

"되찾았습니다아아아아아!"

치켜든 다른 쪽 손이 번쩍였다. 칼이 들려 있었다.

독선적인 광기를 마주하고 소름이 끼쳤다. 흡사 구세주나 히어로, 주인공이 됐다는 듯한 황홀함을 담은 그 눈은 어디에도 초점을 맞추지 않았다.

"아, 종업원이신 분, 괜찮아요. 도망치지 않아도 돼요. 타깃은 리셀왕뿐이었으니까 안심, 안심하세요! 안심해!"

종업원들은 이리저리 흩어져서 거리를 두고 남자를 에워쌀 뿐이었다. 비정상적인 상황 속에서 물로 희석한 것 같은 몽환적인 배경 음악이 흐르고 있었다.

당장 여기서 벗어나라, 눈에 띄면 죽는다, 뇌가 시그널을 보냈지만 다리가 말을 듣지 않았다. 섣부르게 움직이면 공격당할 것이다. 그러니 이 순간을 잘 넘겨야 한다. 아무튼 잘 넘겨야 한다.

"늦네요, 경찰."

남자가 주변을 둘러보았다. 눈이 마주쳐서 온몸에 핏기가 가셨지만 남자는 금방 시선을 거뒀다. 나를 알아보지 못한 모양이다.

"시간이 있으니 리셀왕의 최후를 실황 중계하겠습니다."

그러더니 남자는 바닥에 웅크려 앉아서,

"어때요? 이게, 여러분, 이게, 이놈이, 온갖 악의 근원, 세기의 악당이에요. 하지만 이제 괜찮아요…. 봐요, 여기, 멋지게 쩍, 갈라져 있죠?"

나는 숨을 죽이고 오른쪽으로 돌아 들어갔다. 선반에 가려져 있던 것이 드러났다. 사람이 누워 있었다. 얼굴을 위로 향한 채 쓰러진 그 사람을 가랑이 사이에 두고 선 남자가 상반신을 숙여서 아래를 태블릿 PC 카메라로 비췄다.

"아직 상처가 움찔거리면서 움직이네요… 보여요? 여기, 피도 아직 안 멈췄어요. 더 위에서 찍어야 잘 보이려나. 어디 보자…."

남자는 다시 허리를 세우고 쓰러져 있는 몸을 따라 칼을 움직이며 이를 쫓듯 태블릿 PC를 비췄다.

"댓글 창 난리 났네! 반응이 엄청난데, 뭐야, 뭐야? 왜…."

눈을 가늘게 뜨고 화면에 얼굴을 갖다 붙이는 건가 싶다가 크게 웃음을 터뜨리더니, 다음 순간 "그럴 리가 없잖아아아아아아!" 하고 소리를 질렀다.

"당연히 본인이지이이이! 복제 인간도 대역도 아니야아아아아! 내 위업을 질투하지 마— 이 안티들아!"

쿵, 쿵, 쿵, 쿵.

계속해서 발로 바닥을 구르는 모습에 주변을 두르고 있던 사람들이 일제히 도망쳤다. 교대하듯이 경찰들이 달려왔다. 경찰 네 명이 남자를 둘러쌌다. 남자는 저항 없이 칼을 내려놓고 한순간에 제압당했다. 경찰 한 명이 바닥에 떨어진 태블릿을 주워 들었다. 그것을 마지막으로 방송도 중단됐을 것이다.

결박에서 풀려난 나는 걸음을 돌려서 자리를 떠났다.

목격자 조사로 구속되면 귀찮아진다. 나는 주차장으로 이어지는 출입구로 향했다. 가는 길에 외부 계단이 있었던 것 같다. 문제없이 나갈 수 있을 것이다. 그렇게 현장에서 도주하는 범인처럼 꺼림칙함을 느끼면서 그 자리에서 벗어나는 것만 생각했다.

방금 본 무시무시한 사실을 받아들일 수 없었다.

들것에 실린 피해자는 나와는 전혀 닮지 않은 얼굴의 남자였다. 다만 내가 입은 것과 비슷한 회색 체크무늬 셔츠를 걸치고 있었다.

심장 박동이 잦아들지 않는다.

일단 쇼핑몰에서 거리를 두려고 역으로 달려왔다. 집으로 돌아갈 생각이었지만 순간적으로 반대 방향 열차를 탔다. 카미이타바시는 아직 위험할 것 같았다.

나리마스를 지나서 그다음 역인 와코시역에서 내렸다. 도쿄를 벗어나서 사이타마로 도망친 꼴이다. 역에서 가까운 PC방에 들어가 시트가 깔린 개인실에 누웠지만 도무지 진정이 되지 않았다. 마음을 달래려고 드링크 바에서 커피를 타 들고 만화책 선반을 살펴봤지만 손이 가지 않아서 방으로 돌아왔다.

사방을 에워싼 벽이 비좁아 갑갑한 것과는 달리 천장은 뚫려 있었고, 어슴푸레한 빛이 들어와 불안을 자극했다. 어딘가에서 비만한 사람들 특유의 코골이가 짤막짤막하게 들려와서 방이 흔들리는 것 같았지만 사실은 내 몸이 흔들리는 것이었다.

뇌리에 새겨져서 떨어지지 않는다. 사람 위에 올라타서 칼을 치켜들던 피투성이 남자. 그 아래에 누운 참혹한 육체. 어떤 상태일까. 의식이 있는 것 같지는 않았다. 설마 죽었을까… 이가 딱딱거리며 부딪치는 것을 제어하기 힘들어서 나는 억지로 입을 열었다. 목이 말랐지만 김이 피어오르는 커피를 마실 마음은 들지 않았다.

설치된 컴퓨터 모니터가 희미하게 방을 밝혔다.

키보드에 손을 올렸다가 스마트폰을 꺼냈다. 범죄자도 아닌데 PC방에 괜히 검색 기록을 남기고 싶지 않다고 생각하는 것이 부자연스럽기는 했지만 그만큼 나는 예민한 상태였다.

SNS를 확인했다. 역시 반응이 뜨겁다. 범인이 잡혔다는 속보는 이미 뉴스 사이트에 올라와 있었고, 폭행 및 살인 미수 혐의로 체포된 남자는 52세라고 했다. 칼에 찔린 피해자는 병원으로 이송되어 치료를 받고 있다. 그 이상은 실려 있지 않아서 예상대로 억측과 루머가 난무했다. '리셀러 살인사건의 네 번째 피해자', '드디어 연쇄 살인마가 체포됐구나', '리셀왕이 죽었다', '현장에 있었는데 즉사했습니다' 같은 신빙성 떨어지는 말들이 줄을 이었다.

영상 하나가 돌아다녔다.

마음을 굳게 먹고 재생했지만 영상을 찍은 위치가 멀고 흔들려서 몹시 불명확했다.

하지만 현장에서 촬영된 영상이 분명하다는 것을 그 자리에 있던 나는 알 수 있었다.

"리셀왕을 물리쳤다아아아아아아아!"

영상 안에서 갑자기 크게 소리치는 바람에 "으앗" 하며 상체를 일으켰다. 영상은 거기서 끝났다. 촬영자가 그 자리를 떴나 보다. 다른 영상을 찾아봤지만 전부 AI로 만든 관련 없는 CG투성이 영상이었다.

'리셀왕을 물리쳤다아아아아아아아!'

계속해서 머릿속에서 메아리쳤다. …안 되겠다. 맨정신으로 있을 수가 없다. 도저히 제정신을 유지할 수가 없다. 그놈은 리셀왕을 노리고 있었다. 다시 말해 나를 노리고 있었다. 칼에 찔린 피해자가 누구인지는 모르지만 그놈이 사람을 잘못 보고 공격했음은 어렵지 않게 짐작된다. 지금쯤 집중 치료를 받으며 생사의 기로를 헤매는 사람은 원래 나였을지도 모른다. 아니, 나였을 확률이 훨씬 높았다. 사도카와를 만나 푸드 코트로 가지 않고 미련을 못 버린 채 장난감 매장에 머물러 있었다면 어떻게 됐을지, 상상만 해도 온몸의 털이 곤두섰다.

새삼스레 그녀에게 감사의 마음을 전하고 싶었다. 사도카와는 나에게 생명의 은인, 구세주다. 그 처참한 사건이 일어나기 전, 사도카와 옛정을 되새기던 잠깐의 시간을 곱씹다 보니 전신을 좀먹던 공포가 약간 누그러들고 하복부에서 강한 혈류가 느껴졌다. 쪼그라들어 있던 고무풍선이 부풀듯 그 참모습이 드러나 우뚝 솟았다. 나는 이끌리듯 오른손을 가져갔다. 눈을 감자 사도카와가 있었다. 어린 시절도 아니고 지금의 야윈 얼굴도 아닌, 미래의 그녀가 미소를 지었다. 금세 열이 끓어올랐다. 맨손으로 받아 낼 수는 없어서 비치된 갑 티슈를 발견하고 끌어당겼지만 타이밍이 늦었다. 갑 티슈 입구에 쏟아부은 것 같은 형태로 내보내 버렸다.

다행히 시트에 튀지는 않았지만 비품을 훼손해서 마음이 불편했다. 갑 티슈를 발치에 있는 쓰레기통에 통째로 넣었다. 냄새도 금방 신경 쓰이지 않게 되었다.

　미지근한 커피를 목구멍에 흘려 넣고 몸을 누였다. 사건의 충격으로 생긴 흥분을 어느 정도 달래는 데 성공했다. 약간 피곤했지만 허탈감에 들볶이지는 않았다. 오히려 한없이 소중한 느낌에 감싸였다. 생리 현상을 어쩔 수 없이 처리하는 것과는 완전히 다르다. 성인용 영상에도 기대지 않고 그저 머릿속에 그린 사도카와 마이카에 대한 순수한 마음만을 원동력으로 절정까지 이르렀다.

　사도카와는 연모의 대상이다.

　옛날에도 지금도 변함없다고, 당당하게 가슴을 폈다.

　그 뒤엔 시간을 때우기 위해 잠깐 눈을 붙이려 노력했다. 하지만 또다시 피를 뒤집어쓴 남자가 뇌리에 떠올랐다. 불안을 떨쳐내기 위해서 사도카와를 상상했다. 잠시 후 여주인공은 또다시 52세 남자와 교대했다. 정신이 이상해질 것 같았다. 당분간은 끌려다닐 것 같아서 각오를 다지고는 해가 지기를 기다렸다가 PC방을 나섰다.

　드디어 카미이다바시로 귀환했다.

　역 앞은 북적거렸지만 SNS 중독자처럼 보이는 미성년자는 보이지 않았다.

　집으로 돌아가기 전에 역 반대편으로 가 보았다. 언제 올지 모를 비상시에 대비할 필요성을 통감했다. 특히 식료품 비축이 급선무다. 빈 위장이 수축하는 통증에는 저항할 수 없다.

　대형 마트는 북적거렸다. 손님들은 제각기 신선식품을 담은 바구니를 손에 들고 당연하다는 듯 일상을 꾸려 나가고 있었다. 여기에는 평범한 사람들뿐이고 리셀러도, 리셀러를 혐오하는 사람도 없다고 생각하니 약간 안도가 들어 숨이 새어 나왔다.

나는 마트 안을 돌며 라면, 즉석 밥, 레토르트 식품, 냉동식품을 장바구니에 가득 채우고 마지막으로 달걀 한 팩과 야채주스를 집어서 계산대로 향했다. 계산대 네 곳 모두 비슷하게 줄이 늘어서 있었다. 그래 봤자 다섯 명 정도다. 오른쪽 두 번째 줄의 맨 끝으로 가서 걸음을 멈췄다. 지금까지 서 본 그 어떤 대기 줄보다도 짧아서 귀엽다는 생각에 마음이 누그러들었지만 동시에 치열하고 가혹한 현장이 그리워졌다. 어서 날개를 펴고 리셀러로 활약하고 싶다.

두 손에 라지 사이즈 비닐 봉투를 들고 서둘러 집으로 돌아갔다.

정말 긴 하루였다. 집에 가서 샤워한 후에 심신을 푹 쉬게 하고 싶다. 재기를 꾀하는 것은 조금 나중으로 미루자. 즉흥적으로 움직이지 않고 동향을 살피면서 신중하게 일을 추진하면 활로가 보일 것이다. 이런 날도 있는 법이다. 가볍게 생각하려고 애쓰면서 빌라 앞으로 다가갔을 때 이변을 알아차렸다.

사람들이 모여 있었다. 그 수는 대충 다섯, 아니, 여섯. 허둥지둥 몸을 숨기려고 했지만 숨을 만한 곳이 없어서 오도 가도 못하고 있었다. 한 사람이 나를 발견했는지 재빠르게 다가왔다. 도망치고 싶어도 양손에 든 묵직한 봉투 때문에 다리가 꼬였다.

상대방의 정체를 확인하고서 긴장이 더 커졌다.

어째서? 왜? 의문이 머리를 스치는 찰나, "일단 가!" 나는 뻗어 나온 손에 밀려 일단 후퇴할 수밖에 없었다.

짐도 무거운 데다가 뒷걸음질까지 친 탓에 균형을 잃고 비틀거렸지만 넘어지지 않고 근처 골목으로 꺾어 들어갔다. 빌라에서 완전히 사각인 곳에 다다르자, "니시다 씨죠?" 하고 경찰이 물었다. 아침에 찾아온 키가 크고 젊은 경찰이었다.

"위험하니까 일단 여기서 대기해 주세요."

말투가 너무 단호해서 그저 조용히 따르는 수밖에 없었다.

젊은 경찰은 무선으로 무어라 대화를 시작했다. 위험하다니, 무슨 뜻일까. 대체 무슨 일이 일어나고 있는 것일까. 모처럼 정상으로 돌아온 심박수가 또다시 올라갔다.

차가 천천히 다가왔다.

경찰차였다. 눈앞에서 정차했다.

"동승해 주시겠습니까?"

압박감을 느끼지는 않았다. 내 동의를 얻으려는 기색이 느껴졌다.

이른바 '임의 동행'이라는 것일까. 거절할 말이 떠오르지 않아서 시키는 대로 뒷좌석에 올라탔다. 처음으로 경찰차를 탔다. 숨이 거칠어진다. 경찰서로 연행되는 걸까. 체포되는 걸까. 이해되지 않는다. 드디어 평온한 시간으로 돌아갈 수 있을 줄 알았는데 오늘 하루는 아직도 끝나지 않았다.

운전석에 앉은 경찰은 아무 말 없이 정면만 보며 꿈쩍하지 않았다. 젊은 경찰도 밖에 선 채였다. 잠시 후 반대편 문이 열리더니 누군가가 "안녕하십니까" 하며 얼굴을 집어넣었다. 이쪽도 한나절만이다. 나이가 많은 쪽 경찰관이었다.

"죄송합니다. 무슨 일이 생길지 몰라서 저희가 보호하기로 했습니다." 차에 타며 말하는 중년 경찰. 차 안이 더더욱 어두워졌다.

"보호, 라면…?"

"이타바시 경찰서 생활안전과 곤도라고 합니다." 질문에 답하는 대신 그렇게 자신을 소개한 곤도는, "토부네리마 사건, 알아요?"라고 불쑥 물었다. 앞으로 기운 커다란 몸집이 가차 없이 압박해 들어왔다.

"…인터넷 뉴스로 봤어요."

현장에 있었다는 이야기는 덮어 놓았다. CCTV를 조사하면 경찰이 알아낼지도 모르지만 현시점에서 거짓말은 하지 않았다. 완전히 무관하다고 주장하기로 마음먹었다.

"자세한 건 담당자가 조사하고 있는데요," 운을 뗀 곤도는, "리셀왕을 죽이려고 했다던데요" 하고 나를 빤히 쳐다보며 말했다. 나는 눈을 피하지 않으려고 애쓰며 이어지는 말을 기다렸다.

"그리고 낮에 본 애들이 말하지 않았습니까."

"…뭐라고요?"

"그쪽이 리셀왕이라고요." 주름에 묻힌 두 눈에 힘이 들어갔다. 자백을 촉구하는 듯한 노련한 눈빛.

"아니, 잠깐만요."

내가 먼저 나서서 해명했다.

"저…, 저는 리셀왕이 아닙니다. 사람들이 멋대로 그런, 그런 호칭을 붙여서 저도 당황스러워요."

"그런 거 같더라고요. '유투부'라던가…?" 곤도는 익숙하지 않은 단어라는 듯이 발음했지만 조사는 제대로 한 모양이다. "방금 그쪽 집 앞에 있던 애들한테 들었어요. 쟈스티스 어쩌고 하는 영상도 봤고요."

"아직도 모여 있나요?"

방금 본 무리가 그 아이들이었을까. 이제 정말 해방된 줄 알았는데 역시 미성년자들은 시간이 남아돌아서 끈덕지다.

"토부네리마 소식을 듣고 걱정돼서 다시 왔대요. 마침 저희도 같은 이유로 찾아온 거라서 그 애들 얘기도 들어 봤습니다."

"그 애들 어떻게 좀 할 수 없을까요?"

"지금 설득하고 있으니까 기다려 봐요."

몇 명의 경찰이 동원된 걸까. 일이 점점 커지고 있다.

"시도는 해 보는데요, 걔들 쫓아내 봤자 다른 애들이 올 것 같은데요. 쟈스티스 영상이 있으니까."

"그것 좀 제발 지웠으면 좋겠어요. 주소까지 노출되고. 범죄 아닙니까?"

"글쎄요. 민사로 가면 어쩌면요. 변호사한테 물어봐요."

"변호사…."

당찮은 소리다. 재판은 시간과 비용이 들고 상대는 미성년자다. 헛수고로 끝날 가능성이 크다.

"다만 이번 경우는," 곤도는 뒤통수를 긁적이며, "상황이 좋지 않으니까 저희도 쟈스티스하고 얘기해 볼게요"라고 말했다.

"잘 좀 부탁드립니다. 제발요!"

"네네."

"영상 지우게 해 주세요!"

"약속은 못 드려요."

"제발 어떻게든 해 주세요. 피해가 커요!"

그 이상은 말해 봐도 무반응이었다. 곤도는 자그마한 메모장에 짧은 연필로 뭘 적는가 싶더니, "혹시 여자 친구는 있어요?" 뜻밖의 질문을 던졌다.

"어… 네?"

"이것 참 죄송하네요. 당분간 피신해 지내실 만한 곳이 있나 해서 확인차 물어봤습니다."

이어서 곤도는 본가도 좋고 친구 집도 괜찮아요, 하며 떠보는 듯이 말했다.

"피신이요? 그게 무슨 말이죠?"

"일단 몸을 숨기고 나서 이사를 검토하시는 게…"

"제가 왜 그래야 하는데요?!"

부당한 요구에 화가 났다. 마치 왕따가 일어났을 때 괴롭힌 아이를 처벌하는 대신 괴롭힘당한 아이에게 전학을 권고하는 셈이 아닌가.

"신변의 안전을 최우선으로 해야 하지 않을까요."

나는 반박할 수 없었다.

쇼핑몰에서의 참담한 광경이 머리를 스쳤다.

"저희도 일단 순찰은 합니다. 하지만 집 주소가 알려져 있으니 누가 나쁜 마음을 먹고 찾아오지 않을 거라는 보장은 없어요."

오늘 아침에 한 망상까지 되살아났다. 우르르 몰려드는 무리에 섞여 있던 살인범…. 그렇다. 살해 의도를 지닌 자가 언제 찾아와도 이상하지 않다. 단어 선택을 조심스럽게 했지만 곤도가 하고 싶은 말은 딱 하나였다.

똑똑.

젊은 경찰이 밖에서 들여다보았다. 측면 유리창이 열렸다.

"곤도 씨, 아이들 귀가 확인했습니다."

"그래, 수고했다."

나는 가슴을 쓸어내렸다. 드디어 집에 들어갈 수 있겠다.

"아무튼 좀 이례적이기는 한데," 곤도가 나를 똑바로 응시하며 말했다. "혹시 지금 피신하실 거면 바래다 드리겠습니다."

"네, 네? 지금요?"

"어디 갈 만한 곳 없어요?"

"갈 만한 데가 어떻게 갑자기…."

고등학교를 나온 지 14년. 대학교를 나온 지 10년. 회사를 관둔 지 곧 3년. 이제 와서 묵을 수 있는 친구네 집은 생각나지 않는다. 결국 본가에 기댈 수밖에 없는 인간이었다.

하지만 쉽게 몸을 의탁할 수는 없었다.

그 집에는 '문'이 있다. 그 너머에 아버지가 있는….

"바래다 드리는 건 오늘만 가능해요."

그 말을 듣자 불안해졌다. 생각해 보면 오늘 밤도 안전하다는 보장은 없다. 이 기회를 놓치면 안 된다고 머릿속에서 경종이 울렸다.

휴대폰 번호와 본가 주소 등을 곤도에게 알려준 뒤 젊은 경찰의 경호를 받으며 일단 빌라로 돌아갔다.

묵직한 비닐 봉투를 내려놓자 팩 안에서 달걀 하나가 깨져 내용물이 흐르고 있었다.

나는 달걀을 냉장고에 넣으며 새삼 생각했다.

여기에 있다가는 죽는다.

최소한의 짐만 배낭에 구겨 넣고 집을 뒤로했다. 문 앞에서 기다리고 있던 젊은 경찰과 함께 경찰차로 향했다. 제삼자가 보기에는 연행 중인 것과 별 차이가 없을 것이다. 다시 뒷좌석에 올라타자 곤도는 나와 운전자를 남겨 둔 채 차 밖으로 나갔다.

잠깐의 인내면 된다. 곧 돌아올 수 있을 거라고 가슴속으로 되뇌며 나는 본가로 호송될 각오를 다졌다.

출발 직전 창문 너머에서 곤도는 이렇게 말했다.

"이참에 리셀링 다시 생각해 봐요."

찹쌀떡처럼 얼굴뿐인 여자 캐릭터가 두 개.

"이번 영상에서는 토부네리마 사변을 천천히 설명해 줄게."

"이 영상을 보면 토부네리마 사변을 자세히 알게 될 거야."

화면 양쪽에 배치된 캐릭터 일러스트가 말을 시작했다. 독특한 기계 음성의 두 캐릭터가 대화를 나누는 방식으로 제작된 영상은 업로드된 지 얼마 되지 않았는데도 무시무시한 조회 수를 기록하고 있었다.

"이타바시구 토부네리마에 있는 쇼핑몰 장난감 매장에서 남자가 칼로 난도질당하는 사건이 발생했어. 범인은 52세. '잽싸게 돌격 마사오' 채널의 '마사오'. 본명은 타이모토 마사오라는 무직 남자야."

"그 나이에 무직은 너무했네."

"경찰 조사에서는 리셀러에게 천벌을 내리는 걸 자신의 사명으로 생각했다고 진술했어."

"전형적인 범죄자가 할 만한 말이네."

"리셀왕을 살해하는 영상을 찍으면 주목받아서 유명해질 수 있을 거라고도 생각했대."

"무명 유튜버가 인생 역전을 꿈꿨나 보네."

"그런데 피해자는 리셀왕은커녕 리셀러도 아니었어."

"사람 잘못 봤어요~ 하면 다 용서해 줘야 해?"

"다행히 피해자는 죽지 않았대."

"다행이네. 죄 없는 사람이 죽으면 안 되지."

"범인은 피해자가 입고 있던 옷 때문에 리셀왕으로 착각한 모양이야. 그럼 어디 한번 사진을 볼까?"

사진 세 장이 화면에 떴다. 저스티스 키즈가 올린 영상을 캡처한 가슴까지 나오는 내 모자이크 사진, 장난감 매장에서 킹과 찍은 흔들린 투샷, 그리고 칼에 찔린 피해자를 구급대원이 실어 나르는 사진. 모두 흐릿하기는 했지만 나와 피해자는 분명 다른 사람으로 보였다. 착각의 여지가 없었다.

"완전히 똑같네. 이건 착각할 만하지. 누가 일부러 파 놓은 함정인가 싶을 정도야."

"맞아. 범인한테 동정심이 들기도 해."

하지만 영상을 올린 사람의 의견은 나와 달랐다. 당사자인 내 입장에서는 착각의 여지가 없다고 느껴졌지만, 나와 분위기가 비슷한 사람은 이 세상에 차고 넘쳤다. 특징 없는 외모에 모자이크 처리까지 했으니 실루엣과 복장만 비슷하면 너 나 할 것 없이 리셀왕으로 보일 것이다.

"참고로 다른 세 건의 리셀러 살인사건은 자신이 저지르지 않았다고 주장하고 있어."

"사실이면 모방범인가 보네. 그럼 연쇄 살인범은 어떻게 됐어?"

"아직 검거되지 않았어. 경찰이 수사 중이니까 속보를 기다려야지."

"경찰 체면도 말이 아니네."

"살인마가 바깥을 돌아다니는 상황인데 이런 칼부림이 생중계

된 건 센세이셔널했어. 지금 도쿄 전역에서 일어나고 있는 많은 사건은 이 토부네—"

"당신에게 딱 맞는 사람이 기다리고 있습니다."

영상 중간에 광고가 끼어들었다.

매칭 앱 광고가 흘러나왔다. 아무리 무료 시청이라고 해도 그렇지, 툭하면 끼어드는 광고에 질린다. 진정한 사랑이 어쩌고저쩌고, 진지한 만남이 어쩌고저쩌고, 그럴싸한 말을 늘어놓지만 그래 봤자 꿍꿍이로 가득 찬 이용자들이 모이는 장소에 지나지 않는다. 시대의 변천과 함께 거부감이 옅어졌을 뿐이다. 신원을 숨긴 타인과 관계를 맺는 것은 생각할 수 없는 일이다.

"—리마 사변이 발단이 돼서 불이 붙었어."

"도쿄 치안이 계속 나빠지기만 해서 큰일이네."

"지금도 가전제품 매장, 장난감 매장, 의류 브랜드 매장 같은 곳들에서 리셀러를 대상으로 폭력 사건이 일어나고 있는데, 리셀왕을 노린 범행도 많다는 말이 나와."

"리셀러 살인사건 모방범의 모방범인 셈이네."

"리셀왕을 물리치자고 다들 의욕을 내고 있어."

"근데 리셀왕이 대체 뭐야?"

"리셀왕은 전국에 퍼져 있는 거대 리셀러 조직의 보스인 셈이야."

"범죄 조직의 왕인 거—"

"사랑할 준비는 돼 있으세요?"

또 매칭 앱 광고다. 이용자 맞춤 광고를 내보내야 효과가 있을 텐데 왜 이렇게나 불필요한 정보를 끈덕지게 들이미는 것일까. 광고는 꽤 길었다. 지금 바로 사랑을 찾기는 개뿔. 한정된 인생의 유한한 시간을 광고 시청으로 빼앗기는 것이 서러웠다.

드디어 매칭 앱 광고가 끝나서 영상으로 돌아가나 싶었는데 연달아 이직 서비스 광고가 흘러나왔다. 흥미를 잃은 나는 영상을 아예 꺼 버렸다. 계속 봐도 어차피 이미 다 아는 내용일 테니까.

침대에 드러누운 채 아랫배에서 한숨을 끌어올려 뱉었다.

일요일 아침. 본가에 있는 내 방.

창밖으로 평온한 하늘이 살짝 보였다.

'토부네리마 사변'이라고 불리게 된 그 소동이 있은 지 2주. 본가에서 지내기 시작한 나는 거의 집에만 틀어박혀 지내는 나날을 보내고 있다. 엄마는 아무렇지 않게 받아 주었고, 아버지와는 한 번도 대면하지 않았다. 그저 무위도식하는 수밖에 없는 내가 할 수 있는 일이라고는 스마트폰을 이용한 정보 수집뿐이었지만, 방금 시청한 '천천히 설명해 줄게' 영상도 변변치 않은 내용이었다. 관련 영상 목록은 '악질 리셀러에게 질문했다가 경찰서에 다녀왔습니다'나 '되팔이 박멸 활동 42일째!' 같은 비슷비슷한 섬네일이 휩쓸고 있었다. 경솔함이 경솔함을 부르는 악순환은 멈추지 않았다. 사변 이후 과격한 영상이 우후죽순으로 올라왔고, 여럿이서 리셀러를 찾아다니며 난장을 치는 영상이 연달아 올라왔다. 하나같이 인기를 끌었다.

물리적 폭력은 휘두르지 않았다. 보통 리셀러 한 명을 붙잡아 두고 집단으로 도발하고 야유하고 조롱하면서 반응을 담는 구성이다. 타깃들 중에는 격분해서 덤벼드는 사람도 있는데 그럴 때 정당방위로 되갚는 영상이 조회 수가 높았다. 리셀링은 법의 심판을 받지 않는다. 인터넷 방송인들 또한 법에 위배되지 않는 한 모든 수단을 써서 리셀러를 조롱했다. 일단 수상하다 싶으면 바로 카메라를 들이댔다. '유죄 추정의 원칙'에 따라 원죄나 누명은 개의치 않고 올릴 수만 있으면 그만이라는 듯 막무가내로 영상을 찍었다. 누구든 스마트폰 하나만 있으면 '정의로운 사람'이 될 수 있는 기회가 주어졌다. 사람이 사람을 심판하는 영상은 대중의 관심을 끄는 콘텐츠가 되기에 충분했고, 시청자들은 밤에 거실에서 한 손에는 캔 맥주를 들고 '되팔이들 꼴좋다ㅋㅋㅋ' 같은 댓글을 달았다. 이제 리셀러는 모든 인간의 증오를 한 몸에 받는 샌드백이나 다름없게 되었다.

나는 영상 앱을 껐다.

시간을 확인해 보니 열 시 반이었다. 아직 예정 시간까지 30분 남았다. 나는 뉴스 사이트에 접속했다.

헤드라인을 훑어보다가 대충 눈에 띄는 기사를 클릭했다.

리셀러, 또 습격받아...
피해자는 SNS에서 '도발'

도쿄의 한 장난감 매장에서 자신을 '리셀 황제'라고 칭하는 고등학생(이하 A군)이 인터넷 방송인들에게 습격당하는 사건이 일어났습니다.

A군은 리셀러를 향한 사회적 비난에 반발하여 SNS상에서 인터넷 방송인들을 도발하는 발언을 반복해 왔습니다. '리셀러가 우습냐?', '나 화나면 가만 안 둔다', '도망치지도 숨지도 않아', '죽일 수 있으면 죽여 봐' 등의 폭력을 부추기는 게시글은 리셀러들 사이에서는 적지 않은 지지를 얻기도 했습니다. 이에 흥분한 인터넷 방송인들은 과거 게시물을 통해 유추한 개인 정보를 바탕으로 A군이 단골 장난감 매장을 찾는 순간을 노려 A군을 습격했습니다. 촬영된 영상에서 A군은 "리셀링은 용돈벌이였다", "리셀링해서 번 돈으로 카드를 강화하고 싶었다"라며 리셀링한 사실을 인정하고 사과했지만 미성년자를 습격한 인터넷 방송인들에게도 비판이 쏟아지고 있습니다(해당 영상은 삭제 조치됨).

인터넷 방송인과 리셀러, '공방' 격화...
매장과 기업 "대책 마련 시급하다"

연일 리셀러에 관한 보도가 끊이지 않는다. 올해 4월 들어 리셀링에 관여한 것으로 보이는 세 명이 연달아 살해당한 이후, 살인 미수를 비롯해 리셀러를 겨냥한 폭행 사건도 여러 건 발생했다. 폭행 사건은 대부분 소매 전문 매장에서 일어난 것으로 보고되었는데, 다수가 인터넷 방송인과 리셀러 사이에서 생긴 말다툼이 발단이었다고 한다.

매장 매니저인 K씨의 이야기를 들어 보았다.

"고객의 안전을 지키기 위해 경비 인력을 늘렸습니다. 문제가 생기면 경찰에도 신고하지만 매장 고객들은 불안해하시니까 근본적인 해결은 안 되는 상황입니다."

지극히 혼란스러운 가운데 매장과 기업 모두가 대응책 마련에 힘쓰고 있다. 구체적으로는 상품의 증산 추진, 100% 예약 판매제, 주문을 받아 생산하는 방식 도입 등이 꼽힌다. 하지만 어느 것도 사태를 수습할 만큼의 효과를 기대할 수는 없다.

이미 사전 추첨제나 인터넷 예약으로 판매 방식을 전환한 매장도 다수 있지만, 현장 판매를 유지하는 곳도 적지 않기 때문에 매장 앞에서는 매일같이 언쟁이 끊이지 않는다.

K씨는 다음과 같이 말한다.

"모든 상품을 온라인 판매로 전환하는 건 현실적으로 불가능합니다. 저희처럼 신주쿠나 시부야 같은 핵심 지역에 위치한 대형 매장일수록 현장 판매가 매출에 큰 영향을 미친다는 사실을 부인할 수는 없습니다."

한편, 경제 평론가 사카마키 노보루 씨는 다음과 같은 견해를 냈다.

"대형 판매점이 리셀러의 표적이 되는 인기 상품을 계속해서 현장 판매하는 것은 계산 하에 그렇게 하는 것입니다. 매장에서 충돌이 일어나면 보도가 나가는데, 홍보 효과가 꽤 큽니다. '이 매장에서 인기 상품을 팔고 있다'라는 인식을 심어 주는 셈입니다. 기업이 관리하는 대형 매장뿐만 아니라 영세 매장에도 절호의 기회입니다. 전형적인 노이즈 마케팅으로 볼 수 있습니다."

대책 마련에 있어서 매장과 기업을 설득하는 것도 만만치 않은 현실이다.

일할 의욕이 없는 청년들이 계속해서 리셀링으로 눈을 돌리고 있다. 리셀러 증가로 인한 품귀 현상은 2차 유통 가격의 급등을 초래한다. 사는 욕망과 파는 욕망의 시너지가 멈출 줄 모르고 커지며 일본 경제를 뒤흔들고 있다.

중국인 유학생 폭행당해, 리셀러로 오인했나...
일본과 중국 간 '국제 문제'로 비화 조짐

사회적 관심이 쏠린 리셀러 문제가 마침내 이웃인 중국과의 국제 문제로 비화될 국면에 이르렀다.

리셀러를 향한 공격이 거센 요즘, 오해로 인해 리셀러가 아닌 일반 손님이 폭행당하는 경우가 생기고 있다. 이번에 피해를 입은 것은 도쿄에 위치한 한 사립 대학교에 다니는 R씨. 중국 유학생인 그녀는 일본 애니메이션을 무척 좋아하는 이른바 '오타쿠'다. 그런 R씨가 며칠 전 이케부쿠로에 위치한 애니메이션 굿즈 매장에서 남성 두 명에게 폭행당하는 사건이 일어났다.

"리셀러로 오해받았어요."

R씨의 말에 따르면 남성들은 R씨를 리셀러로 몰아세우며 머리채를 잡아당겼다. 일본어에 익숙하지 않은 R씨가 대화를 시도했지만 오해는 풀리지 않았다고 한다.

외국인에 대한 반감과 맞물려 '외국인=리셀러'로 보는 젊은 층이 적지 않다. 매장을 찾는 외국인 대부분이 리셀링을 목적으로 하는 것은 사실이지만, 이런 일반화된 시선은 외국인 차별을 조장하고 R씨의 경우처럼 억울한 피해자를 만들 수 있다. R씨 사건은 중국 SNS에서도 논란을 부르고 있어 국제 문제의 불씨가 될 우려가 있다.

연이어 기사를 읽다가 어이가 없어졌다.

여기저기 과장과 비약투성이다. 리셀러 문제를 명분으로 사람들이 선동당하고 있다.

어쩌다 이렇게 됐을까….

아무튼 나는 리셀러 살인사건의 범인이 체포되기만을 기다리고 있다.

모든 사태의 원흉은 연쇄 살인범이다. 검거되지 않으면 사태는 수습되지 않을 것이다. 이제나저제나 범인 체포 속보를 애타게 기다리며 이렇게 뉴스 사이트를 확인하지만 오늘도 속보는 올라오지 않았다.

그때 눈에 들어온 헤드라인 때문에 기분이 급격히 가라앉았다.

아직도 있구나….

여전히 그 기사가 메인 페이지에 자리잡고 있었다.

화제의 주인공 '리셀왕', 밝혀지는 그 민낯...
본인이 직접 동창에게 변명했다

이제는 더 누를 마음이 들지 않을 정도로 지겹도록 반복해서 읽은 이 기사에는 그날 푸드 코트에서 내가 사도카와에게 한 말들이 실려 있다.

사도카와가 나를 팔았다. 충격적이었다.

사도카와가 스마트폰을 뒤집어서 테이블에 올려놓은 까닭은 녹음을 위해서였던 것 같다. 언제 찍었는지 기사에는 턱밑까지 나온 내 사진도 실려 있었다.

리셀왕이 늘어놓은, 그야말로 일대 연설.

리셀링을 긍정하는 그 강론은 사람들의 분노를 더욱 부추겼다. 며칠 전 '축제'를 정점으로 서서히 가라앉을 줄 알았던 비난은 다시 열기를 띠었고, 리셀왕은 또다시 인터넷상에서 악명을 드높였다.

아이러니하다. 리셀링을 생업으로 하는 사람이 독점 상품으로 팔리다니. 수비가 너무 허술했다. 사도카와에게 마음을 내준 나 자신이 무척 수치스러웠다. 과거에 품은 연모의 감정에 눈이 어두워졌다. 역시 인간관계에 기대를 두면 안 된다고, 어차피 타인은 다 적이라고, 그렇게 몇 번이나 스스로를 타일러 봤지만 그녀의 배신에 대한 증오는 이루 다 말할 수 없었다.

심지어 사도카와는 싱글 맘조차 아니었다.

페이스북을 확인해 보니 남편과 아이, 셋이서 찍은 최신 게시물이 있었다. 게다가 '결혼기념일! 오랜만에 둘이서 데이트'라는 게시물에는 도쿄 야경이 한눈에 내려다보이는 레스토랑에서 남편과 나란히 테이블에 앉은 사도카와의 웃는 얼굴이 있었다. 지친기색은 전혀 보이지 않았다. 냉정하게 생각해서 사도카와는 자신이 싱글 맘이라고 말한 적이 없었고, 내가 멋대로 착각했으니 내게도 반성할 점은 있다. 하지만 반지를 빼고 있던 사도카와의 잘못이 더 크다. 약지에 반짝이는 것이 없으면 어쩔 수 없이 오해가 생기기 마련인데, 그마저도 내가 마음을 열게 하려는 계략이었다면 그야말로 악마가 따로 없다. 괴로움이 묻어나던 가냘픈 말투도, 빛을 잃고 지친 표정도 전부 연기였을지 모른다. 우연히 마주친 옛 동창의 속마음을 파고들어서 방심하게 만든 다음 실언을 끌어내다니, 너무나 비인도적이고 사악한 소행 아닌가. 추억속 첫사랑 상대가 '이 녀석을 팔면 돈벌이가 되겠다'라는 생각을했을 만큼 리셀왕은 거물급 현상범이었던 것이다. 나라는 인간은한없이 밑바닥으로 추락하고 말았다.

10분 전을 알리는 알람이 울렸다.

허둥지둥 침대 프레임에 걸터앉아서 스마트폰을 들여다보았다.

과거의 여자에 연연하고 있을 때가 아니다. 일할 시간이다. 화면에 나타난 것은 인기 의류 브랜드의 온라인 스토어 페이지. 피신

중인 몸을 이끌고 리셀링용 상품 매입에 참전하기로 했다. 집 주소, 성명, 메일 주소, 휴대폰 번호, 신용 카드 정보를 전부 등록해 놓은 계정으로 미리 로그인해 두었다.

생각을 전환하니 고양감이 솟아올랐다. 스마트폰을 쥔 손이 뜨거운 것일까, 아니면 손에 쥔 스마트폰이 뜨거운 것일까. 나는 기대와 긴장에 몸을 맡겼다.

판매가 시작되는 열한 시까지 이제 1분도 남지 않았다.

손가락을 위아래로 움직여 가며 몇 초에 한 번씩 페이지를 새로 고침 했다.

화면의 전환이 서서히 둔해진다. 급증하는 접속량에 서버가 무거워졌다는 증거였다. 리셀러들도 호시탐탐 노리며 대기하고 있을 것이다.

정각!

일순간 화면이 하얘졌다가 신상품이 쭉 떴다. 마음을 진정시키며 화면을 스크롤 했다. 이미지 트레이닝한 대로 손가락을 움직였다. 내 목표인 파카를 발견하고 곧바로 터치했다. 컬러는 제일 무난한 검은색. 사이즈는 인기 있는 M을 노린다. 장바구니에 담고 결제 화면으로 넘어가려고 했지만 로봇이 아님을 인증하라는 창이 앞을 가로막았다. 신호등 사진을 전부 고르자 다음은 오토바이 사진을 선택하란다. 운 좋게 두 번의 시도 만에 로봇이 아니라는 걸 증명할 수 있었고, 다소 버벅거리며 화면이 바뀌었다. 바로 결제가 진행되는 건 아니다. 반투명한 대기 커서가 빙글빙글 돌기 시작했다. 접속 과다로 서버에 과부하가 걸려서 마냥 '처리 중'인 상태에 사람들은 하나같이 조급함을 느낄 것이다. 그럴수록 나는 냉정을 유지했다. 초조해해서는 안 된다. 상품 페이지로 돌아가 보거나 브라우저를 새로 고침 하는 등의 쓸데없는 액션은 금기다. 그저 마음을 비우고 기다리는 것이 좋다.

3분. 5분. 6분.

7분. 8분. 9분.

9분 40초. 10분.

10분 30초. 10분 50초.

11분. 11분 15초, 11분 25초.

11분 30초. 11분 36초. 11분 42초….

드디어 화면이 바뀐다.

결제가 진행된다. 값을 결제한다. '구매 완료'가 뜬다.

"아싸!"

무사히 샀다. 승리는 내 손에. 소요 시간은 겨우 13분 정도에 지나지 않았지만 영원처럼 길게 느껴졌다.

상품 페이지를 확인해 보니 매진이라고 떴다. 역시 격전이었나 보다. 근소한 차이로 간신히 승리했다. 3만 엔이나 하는 파카지만 구매를 원하는 사람은 재고 수량의 몇십 배나 되므로 5만 5천 엔에 내놓기로 했다. 수수료와 배송비를 제하면 1만 8천 엔 정도의 이익이 예상된다. 침대 위에 앉아서 손가락을 움직이기만 했는데 이만한 돈이 벌리니 리셀링을 그만둘 수가 없다.

마음이 느슨해지는 것을 느끼면서도 여운에 빠져 있을 여유는 없었다.

곧장 중고 거래 앱을 켜고 상품 등록 작업을 진행했다.

후, 하고 한숨이 새어 나왔다.

무탈하게 끝났다. 이제 구매자를 기다리기만 하면 된다.

지금부터 골든 타임이 시작된다. 온라인에서 벌어진 공식 경기에서 패배한 자들이 전국 각지에서 모여든다. 그들은 물욕이 최대로 커진 폭발 직전의 괴물이다. 돈을 낼 준비는 됐건만 원하는 물건을 손에 넣지 못하고 방황하는 망자들이 중고 거래 앱을 켠다. 사고 싶은 파카가 있는지 검색한다. 곧바로 내가 등록한 상품을 발견한다.

'뭐야, 리셀링이야?'라고 생각하면서도 가슴 속 비대해진 물욕을 억누를 수는 없다. '지금 사지 않으면 가격이 더 뛰지 않을까?', '지금 사지 않으면 다른 놈한테 뺏기지 않을까?', 이성 따위 집어 던지고 리셀링 상품 앞에 무릎을 꿇는다. 그런 황금 같은 순간이 도래한다.

경쾌한 전자음이 울렸다.

생각한 대로다. 벌써 팔렸다. 스마트폰을 확인해 보니 댓글이 하나 있었다.

'네고 가능한가요?'

팔린 것이 아니었다. 당연히 무시한다. 이런 한심한 놈을 상대하지 않더라도 구매자는 금방 나타난다.

또 댓글이 달렸다. 다른 계정이다.

'실물 사진 보여 주세요.'

무시한다. 물건이 아직 손에 있지 않은 상태에서 상품 사진을 올리는 것은 앱 이용 규칙에 어긋나기 때문에 일부러 사진을 요구하는 놈들이 있다. 상대할 가치도 없는 장난질이다. 이런 놈들은 어차피 구입할 마음도 없다.

스마트폰을 내려놓고 방에서 나갔다.

화장실에서 볼일을 마치고 돌아왔는데도 아직 팔리지 않았다. 그 대신 새로운 댓글이 달렸다.

'이거 리셀링 상품입니다. 다들 사지 마세요.'

곧바로 댓글을 삭제하고 계정도 차단했다.

상품이 팔린 것은 한 시간 뒤였다.

생각보다 시간이 오래 걸렸다. 예전 같았으면 이 정도로 희소성 있는 상품은 몇 분 안에 팔렸을 텐데, 대중 매체와 SNS에서 연일 벌어지는 네거티브 캠페인 탓에 '리셀링 상품은 사기 싫다'라는 심층 심리가 사람들 사이에서 강해지기 시작했는지도 모른다. 대단한 영업 방해다.

어차피 일시적인 현상에 지나지 않는다. 시간이 조금 늦춰지기는 했어도 어쨌거나 상품은 팔렸다. 오늘도 결론은 단순하다. 이틀 동안 풀타임으로 일해야 벌어들일 수익을 약간의 노동만으로 손에 넣었다. 상품은 도착하자마자 그대로 흘려보낸다. 대단한 품과 노력이 들지 않는다.

이것이 리셀링의 힘이다.

선악으로 논하는 것 자체가 난센스다. 손쉽게 이익을 낼 가능성을 그냥 넘길 수 없다. 그래서 한다. 아무리 궁지에 몰려도 계속할 수밖에 없다.

하지만 이상한 마음이 들었다.

승리가 확정됐는데도 어쩐지 마음이 공허했다. 가슴속에서 답답하게 꿈틀거리는 무언가가 있었다.

하긴 그럴 만도 하다. 온라인으로 매입해서 온라인으로 리셀링. 인터넷상에서 모든 것을 끝내 버리니 일을 했다는 실감이 나지 않았다.

상품을 사러 가고 싶었다. 현장의, 오프라인 매장의 공기를 마시고 싶었다. 많은 사람이 줄을 서고, 경쟁자가 눈에 보이고, 그 속에서 승자와 패자가 갈리는 그 열광의 도가니ㅡ. 보람이 있었다. 현장에는 진짜가 있었다. 손에 든 상품은 확실히 무게가 있었다. 그렇기 때문에 나는 리셀링에 몰두할 수 있었다.

온라인 리셀링에는 현실적인 어려움이 있음을 부정할 수 없다. 오늘은 운이 따라 줬지만 항상 성과가 날 것이라고 확신하기는 어렵다. 온라인 판매는 경쟁률이 높기도 하고, 전문적으로 프로그래밍된 봇 등을 도입한 '기계화된 리셀러'도 있어서, 아무리 경험 많은 리셀러여도 늘 이길 수는 없다. 적잖은 무력감에 휩싸였다. AI에 일을 빼앗기는 장인의 심정이다. 온라인 리셀링만으로 먹고살 자신은 없었다.

그런 걸 떠나서도, 낡은 사고방식이기는 하지만 내 발로 직접 가서 내 시간을 쓰고 내 손으로 만진 것을 사고팔기 때문에 기쁨을 느낄 수 있었다. 더군다나 나는 도쿄에 거주해서 오프라인 매장 접근성이 좋다는 압도적인 이점에 의존해 왔다.

하지만 상황이 이를 허락하지 않는다.

한정판 상품이나 인기 굿즈를 판매하는 도쿄 내 매장 여기저기서 안티들과 인터넷 방송인들이 눈에 불을 켜고 있다. 매주 토요일이나 일요일에는 '이번 주 리셀왕 출몰 예상 매장' 같은 글이 SNS에 올라왔고, 리셀왕의 목을 칠 사람은 바로 나라는 듯 '헌터'들이 경쟁적으로 현장에 몰려들었다. 리셀러를 대상으로 하는 폭행 사건도 빈발하고 있어서, 감히 내가 보란 듯이 현장에 얼굴을 내밀 수는 없었다. 이번에는 정말 토부네리마 사변 같은 참극이 나에게 일어날지도 모른다.

하지만 현장에 가고 싶다.

현장에 너무나 가고 싶다.

갈망은 나날이 늘어 갔다. 프로 연주자는 하루라도 악기를 연주하지 않으면 감을 되찾기까지 사흘이 걸린다고 한다. 이 공백기가 두렵다. 이대로라면 본가에 얹혀사는 백수나 다름없고, 이러다가는 리셀러 일을 아예 못 하게 될 것이다.

나는 끝인 걸까, 이대로… 대낮인데도 사춘기 시절의 밤처럼 캄캄한 불안에 휩싸였다.

아니, 끝을 맞이하고 싶지 않다.

나는 스마트폰으로 메일을 하나 열었다.

거기에 적힌 '당첨'이라는 글자를 한동안 바라보다가 닫았다. 며칠째 이런 행동을 반복하고 있다. 아직 마음이 흔들려서 결심이 서지 않는다.

다음 달에 열리는 WCF, '월드 캐릭터 페스티벌' 입장권에 당첨됐다는 안내 메일.

월드 캐릭터 페스티벌은 국내외에서 인기를 자랑하는 애니메이션, 게임, 만화 등 요즘 가장 유행하는 콘텐츠를 소개하는 큰 행사다. 주목받는 시리즈의 신작 발표나 인기 크리에이터 토크쇼 등이 열리는데, 뭐니 뭐니 해도 행사의 꽃은 굿즈 판매다. 한정판 상품들이 깔리고, 그중에는 행사장에서만 파는 특별 한정판도 있다.

모든 오타쿠 콘텐츠를 망라한 일본 최대 행사이며, 바꿔 말하면 가장 큰 리셀링 상품 시장이기도 했다. 몇천 명, 몇만 명의 리셀러가 대거 모여들 것이다. 내가 입장권 사전 추첨에 응모한 것은 3개월 전. 그 당시에는 리셀러를 둘러싼 일련의 사건이 일어날 줄은 상상도 못 했다. 그리고 당첨. 이런 타이밍에 운 좋은 일이 벌어지다니, 지독한 아이러니다.

받은 번호도 좋다. 입장 시간별로 그룹이 나누어져 있는데, 가장 이른 '9시~9시 30분 그룹'에 속했다. 작년에는 낙첨, 재작년에는 당첨은 됐지만 번호 운이 나빠서 참석을 보류했다.

이번에는 다르다. 맨 처음 행사장에 들어갈 수 있으니 적어도 첫 목표로 삼은 부스에서는 어떤 굿즈든지 골라잡을 수 있다.

리셀러로 복귀하는 무대로서는 더없이 훌륭한 대형 행사. 성과는 보장된 것이나 다름없었다.

가고 싶다. 가야 한다.

하지만 갈 수 있을 리가 없다.

갔다가는 최고의 사냥감이 될 것이다. 만약 행사장 안에서 정체를 들키기라도 한다면 '리셀왕의 강림'으로 난리가 날 것이다. 불구덩이에 뛰어드는 불나방은 되고 싶지 않으니 이번만은 참석을 삼가야 한다.

하지만 당첨 메일을 도무지 삭제할 수 없었다.

미련이 남았다. 실력을 유감없이 발휘할 수 있는 행사를 앞에 두고 손가락만 빨면서 집에 틀어박혀 있어야 한다니, 굴욕적이었다. 행사 개최까지 앞으로 3주. 그 안에 사태가 수습된다면…. 한 줄기 희망을 품고 하루하루를 보냈다.

아래층에서 초인종 소리가 울렸다.

잠시 후, 현관 앞에서 엄마가 배달원을 상대하는 대화 소리가 들렸다.

어떤 택배인지 짚이는 데가 있었다. 며칠 전 온라인으로 매입한 희귀 서적이다. 전문 헌책방에 가져가 봐도 큰 마진은 남지 않겠지만 중고 거래 앱으로 잘만 하면 용돈벌이 정도는 될 것이다. 비용 대비 효율은 좋지 않지만 아무것도 하지 않는 것보다는 낫다. 이제 와서 서적류에까지 손대게 된 것에 헛웃음이 나왔다. 택배를 받으러 방을 나서려는데 쿵 하는 소리가 들렸다.

"뭐야, 무슨 일이야?!"

당황해서 계단을 뛰어 내려갔다.

현관에는 상자가 있었고 그 옆에 쭈그리고 앉은 엄마의 등이 보였다.

"…가, …리가…."

"뭐? 리가?"

"허리…, 허리가…."

떨리는 손을 뒤로 가져가는 엄마.

"걸을 수 있겠어? 일단 소파로 가자."

"안 돼. 이대로…."

엄마는 웅크린 채 움직이려고 하지 않았다.

일단 상자를 옆으로 치웠다. 대단히 무겁지는 않았지만 그래도 종이책 열 권 정도라 꽤 무게가 있었다. 이제 와서 뜻밖의 사고가 일어나고 말았다.

엄마는 낮은 목소리로 신음했다.

어떻게 해야 할까. 판단이 서지 않아 망설이며 우두커니 서 있는데, "구…, 급…, 차…." 엄마의 지시대로 나는 구급차를 불렀다. 구급대원이 전화 너머에서 지금 바로 가겠다고 말했다.

"어떡할까, 내가 도와줄까? 아버지는?"

"산…, 책…."

부재중인가 보다. 현관에 지팡이도 보이지 않았다. 어차피 수발을 부탁하기는 어려울 것이다.

구급차를 기다리는 동안 엄마의 굽은 등을 바라보았다.

부모가 늙어간다는 것을 의식하게 되었다. 아버지와 엄마는 예순을 넘었다. 그리고 나도 역시 나이를 먹어 가고 있다. 리셀링 사업이 암초에 걸린 지금은 10년, 아니, 5년 뒤의 미래조차 상상되지 않는다. 하루 벌어 하루 먹고사는 삶을 반복하며 착실히 늙어갈 뿐, 무엇을 위해 살고 있는지도 모르겠다.

사이렌 소리가 가까워졌다.

집 앞에서 소리가 그쳤다. 현관문을 열고 내려다보니 남색 옷을 입은 남자들이 구급차 뒤쪽에서 들것을 내렸다. 이제부터는 전문가에게 맡기면 된다. 현관에 나타난 구급대원은 엄마를 등에 업고 좁은 외부 계단을 능숙하게 내려가서 들것에 실었다.

엄마가 따라오지 않아도 된다고 해서 나는 구급차를 배웅했다.

내 방으로 돌아왔다. 커튼을 닫고 구석에 쭈그려 앉았다.

방이 갑갑하게 느껴졌다. 본가의 빈방을 창고로 써서 효율을 끌어올렸다고 생각했는데 재고를 담은 상자는 줄어들지 않는다. 자산이라고 여겼던 장기 보관 상품들도 고민거리다. 헐값에 팔아치우기를 망설이는 사이에 사겠다는 사람조차 나타나지 않게 되었고, 그렇다고 차마 버릴 수도 없어서 쌓이기만 했다. 상자에 마음까지 짓눌리는 느낌이다. 채무와 함께 자고 깨는 환경은 생각 이상으로 멘탈을 갉아먹었다.

저녁쯤, 엄마가 집에 돌아왔다.

급성 요통. 큰일로 번지지는 않았지만 한동안은 안정을 취해야 한다고 했다.

"가급적 택배가 오지 않게 해 줘."

그 말을 나는 순순히 받아들였다.

저녁을 먹을 마음이 들지 않아서 방으로 돌아갔다. 잠시 후 아버지가 집에 돌아오는 소리가 들렸다. 부모님은 무어라 대화하는 듯했지만 자세히 들리지는 않았다. 스마트폰이 없는 아버지는 아무런 연락을 받지 못했을 것이다. 구급차 소동을 이제야 알았을 것이다.

본가에 있는 동안은 온라인 리셀링도 삼가야겠다.

오전에 구입한 파카로 끝이다. 기이한 사회 현상이 잠잠해지지 않는 한 현 상황에 순응해야 한다.

평온한 미래를 기도하며 하루가 끝났다.

그저 시간이 흐르기를 기다리는 수밖에 없다. 그렇게 결론을 내리고 재빨리 잠자리에 들었다.

이런 시간에 잠이 오지는 않겠지만 자는 것 말고는 할 일이 없었다.

갑갑한 방의 암흑이 무겁게 전신을 짓눌렀다.

나는 오늘도 스마트폰을 들여다본다.

낮에는 침대가 아니라 공부 책상 앞에 앉는다. 지난주와 비교해 보면 생활이 크게 개선된 셈이다. 체력이 떨어지지 않도록 해야 한다. 언젠가 찾아올, 현역으로 복귀할 날을 위해서….

스마트폰에 비치는 것은 카미이타바시 빌라 앞 거리였다.

의지가 넘치는 인터넷 방송인들이 연일 카메라를 고정해 놓고 라이브 방송을 이어갔다.

번갈아 가며 다양한 사람들이 찾아왔다. 방송은 흡사 일상의 단면을 잡아내는 다큐멘터리 프로 같았다. 오후 다섯 시를 넘겨 하굣길에 들르는 아이들도 늘었다. 보통 길가에 쪼그려 앉아 있거나 주차장을 뛰어다녔고, 아무것도 하지 않고서 붙박여 있는 사람도 많았다. 소리는 들리지 않아도 화면상에서는 즐거워 보였다.

가만히 있지 못하고 주변을 왔다 갔다 하는 여자가 있었다. 가방에 더해 쇼핑백까지 들고 있었다. 화면에서 벗어났다가도 이내 다시 돌아오고, 심심한 듯 주위를 둘러보다가 또다시 어딘가로 걸어가 사라졌다. 땅바닥에 앉은 여고생들이 등을 가리키며 킥킥 웃었다.

그리고 화면 끝, 전봇대 옆에 서 있는 어른이 눈을 번뜩였다. 기자 같았다. 주차장 구석에도 동종업자로 보이는 사람이 있었다. 사도카와의 밀고 기사가 나온 뒤로 걸핏하면 이렇게 수상한 남자들이 카미이타바시 집 앞에서 잠복을 한다. 한적한 주택가에 어울리지 않는 수상한 사람들이 화젯거리를 찾아 집 주변을 돌아다녔다. 설마 기자까지 나를 노릴 줄이야…. 인터넷 방송인과 안티들을 넘어 경계해야 할 대상이 또 늘었다. 나는 일반인이다. 아이돌이 열애를 한 것도, 배우가 불륜을 한 것도, 가수가 금지 약물을 사용한 것도 아니다. 리셀러라는 그늘 속 존재가 파파라치의 먹잇감이 되다니, 아직도 현실 같지가 않다.

대학생으로 보이는 새로운 남자가 나타났다. 스마트폰 카메라를 켜는 모습을 인터넷 방송 카메라가 잡는다. 아마 그도 인터넷 방송인일 것이다. 빌라 쪽을 가리키며 과장된 몸짓을 반복한다. 노리는 사람은 거기 없는데, 고생한다.

전봇대 옆에 있던 기자가 움직였다.

대학생으로 보이는 그 남자에게 다가가 뭐라고 말을 건다. 뭘 하는 것인지 눈에 뻔히 보인다. 기자는 인터뷰를 하고 있었다. 이런 광경을 이번 주에만 몇 번을 목격했는지 모른다.

'기획 연재, 리셀왕 구역 리포트', 이런 제목의 인터넷 기사가 화제였다. 아마 저 기자 놈이 쓰는 기사 같다. 부재중인 나 대신 집 앞에서 만난 인터넷 방송인을 인터뷰해서 기사로 내자, 해당 기사를 본 인터넷 방송인들이 집 앞에 찾아오는 악순환이 생겼다. 인터넷 방송인이기만 하면 유명세와 상관없이 인터뷰한다. 그래서 자꾸 모여드는 것이다.

기자가 없을 때는 한자리에 모인 인터넷 방송인들이 '콜라보'를 한다. 라이브 방송에서 서로를 소개하고 "함께 리셀왕을 무너뜨리자!" 같은 말을 늘어놓으며 결속을 다지기도 한다. 결국 빌라 앞은 한 건 하고 싶은 영세 인터넷 방송인들의 집합소가 되었고, 인터넷에 중독된 미성년자들을 포함해 밤낮을 가리지 않고 젊은

이들이 모이는 만남의 장이 되었다. 기사 제목처럼, 리셀왕 구역
—.

쇼핑백을 든 여자가 빌라 앞으로 돌아왔다.

다른 여자와 함께였다. 첫 대면인지 둘이 공손하게 인사를 나누는 모습이 보였다. 쇼핑백을 건네자 받아 든 사람이 봉투를 건넸다. 서로 내용물을 확인했다. 익숙한 광경이었다. 다름 아닌 리셀링 거래다.

'리셀왕의 가호를 입었다!', '리셀러를 위한 최강의 파워 스폿!', 카미이타바시 집 앞은 출처도 분명치 않은 이런 인터넷 미신을 믿은 무수한 리셀러들이 성지 순례를 하는 장소가 되었다. 먼저 기운을 받으러 온 리셀러들이 '리셀왕 구역에서 등록한 상품은 금방 팔린다', '실제로 리셀왕 구역에서 팔았습니다' 같은 수상쩍은 입소문을 퍼뜨려 내가 사는 집 앞은 '리셀링 명당'이 되었고, 거래 상대를 집 앞으로 불러서 직접 물건을 건네는 직거래까지 성행하게 되었다. 구매자 쪽에서도 어차피 리셀링 상품이니까 이왕이면…, 하며 리셀왕 구역에서 거래하기를 희망하는 케이스가 있다고 한다. 어떤 심리인지 도무지 이해되지 않지만 방금 거래를 마친 여자 둘도 빌라를 배경으로 사진을 찍기 시작했다. 신나게 사진 촬영을 한다. 포토 존이라고 생각하는 걸까. 내가 사는 임대 주택일 뿐인데.

이 기이한 흐름은 한동안 계속될 것 같다.

경찰이 일제 단속을 한 지 얼마 되지도 않았다. 얼마 전 SNS에

'제2회 리셀왕 집 앞 오프라인 모임 참가자 모집' 공지가 뜨더니, '축제의 열기는 더욱 뜨거워진다!', '함께 리셀왕을 처단하자!', 이런 대담한 글에 영향을 받은 성급한 놈들이 공지된 일자보다 일찍 쳐들어왔고, 주민 통행에 방해가 될 정도로 몰리자 경찰은 열몇 명의 경찰을 동원했다. 단속이라고는 하나 명백한 위법은 없어서 미성년자들을 상대로 나이를 확인한 뒤 귀가시키는 것이 전부였지만, 이러한 지역 경찰의 노력으로 카미이타바시 빌라 앞 도로와 리셀왕 구역은 평화를 되찾은 것처럼 보였다. 하지만 일제 단속 현장을 TV 방송국이 보도하는 바람에 더 많은 사람이 리셀왕 구역의 존재를 알게 되었고, 리셀왕 구역은 이튿날 바로 활기를 되찾아 싱겁게 부흥을 맞이했다.

갑자기 화면이 격렬하게 움직였다.

어느새 나타난 남자 두 명이 옥신각신한다. 둘 다 검은 옷을 입었고 얼굴도 제대로 보이지 않았지만 서로 몸을 밀치며 엎치락뒤치락했다. 뒤에 있던 아이들이 손뼉을 치며 환호해서 갑자기 활기가 돌았다. 모르긴 해도 리셀러와 안티 간의 다툼일 것이 뻔하다. 리셀러와 리셀러를 단죄하고 싶어 하는 안티까지 끌어당기는 이곳은 앞으로 말다툼, 폭행이 만연할 것이다. 그러다 또다시 경찰이 움직이는 사태가 일어나면 그 현장을 TV 방송국이 보도할 것이다. 그런 식으로 논란은 되풀이될 것이다. 끝없는 논란의 중심에는 '리셀왕'이 있다. 이렇게까지 세간의 이목이 쏠리는 리셀왕은 실재하지 않는다. 비대해진 루머가 나를 덮쳐 눌렀다. 이제 끝이다. 내가 뭘 어쨌다는 말인가. 나 말고도 동종업자는 많지 않나. 그렇게 리셀링이 싫으면 법으로 막으라고!

머릿속으로 아무리 변명을 늘어놓아도 사태는 해결되지 않고 화면 너머의 승강이질조차 수습될 기미는 보이지 않았다. 둘 다 싸움에 익숙하지 않은 것은 한눈에 알 수 있었다. 누구 하나 상대를 굴복시키기 위한 완력이 없었다. 그들 사이를 가로지른 것이 소형견을 산책시키는 아주머니였다. 드잡이하는 두 사람에게 개가 흥미를 보이며 멈춰 섰지만 재빨리 목줄을 당겨 사이를 뚫고 지나갔다. 못 본 척 무시하며 지나가는 동네 주민들을 많이 볼 수 있었다.

본가에서 보름 넘게 피신 생활을 했지만 상황은 나아지지 않았다.

집에 돌아갈 날이 멀어지는 듯해서 점점 무력감에 시달렸다. 외출은 삼가게 됐다. 리셀링 상품을 매입하러 오프라인 매장에 가는 것은 꿈도 못 꿨다. 그야말로 꼼짝도 할 수 없었다.

교착 상태가 길어질수록 정신적으로 궁지에 몰렸다.

은퇴가 가까워짐을 알리는 카운트다운이 불길한 발소리처럼 머릿속에서 울려 퍼졌다.

이대로면 장사를 할 수 없다. 할 일이 없었다. 돈을 벌 수 있는 기회를 그저 흘려보내면서 허무한 나날을 보내자니 견디기 힘들었다.

모든 것은 리셀러 살인사건 때문에 시작됐다.

살인마가 잡히지 않는 한 진척도 없다.

범인은 어떤 놈일까. 어디에 있을까. 이 도쿄에서 오늘도, 지금도, 평범한 일상을 보내고 있을까. 사람을 죽이고도 아무렇지 않게 살고 있을까. 아니면 타인의 목숨을 빼앗은 죄의 무게에 괴로워하고 있을까. 그마저도 아니면 경찰의 추적에서 벗어나려고 외국으로 도망을 시도하거나 지하로 숨었을까.

살인이라니, 도가 지나쳤다.

리셀링은 살해당할 만한 죄일까. 리셀러는 사람들 틈에 섞여서 조용히 살아왔다. 부와 명예, 성공도 바랄 수 없다. 하지만 살아갈 권리는 있다. 생명이 있는 존재다. 이 세상은 내가 태어나기 전부터 이미 정해져 있었다. 유복한 가정에서 태어난 사람, 축복받은 외모, 체격, 운동 신경을 가진 사람, 명문대 학벌을 얻을 수 있을 만큼 뛰어난 두뇌를 가진 사람, 보기 드문 재능을 타고 태어난 사람⋯. 시작 지점부터 승리를 보장받은 사람이 있는가 하면, 다른 한편에는 평범한 일조차 제대로 할 수 없는 사회 부적응자도 존재한다. 그래서 나처럼 이도 저도 아닌 사람은 사회의 오류를 비집고 들어가 '치트키'를 쓸 수밖에 없다.

"밥 다 됐어."

아래층에서 엄마가 부르는 소리가 들렸다.

저녁 식사가 준비됐다. 아직 오후 다섯 시 반이라 배는 고프지 않았다.

나는 혼자 살 때와 환경이 다른 것은 어쩔 수 없다고 생각하며 아래로 내려갔다. 거실 문을 천천히 열어 보니 테이블에 아버지는 없었고 엄마 혼자 허리를 손으로 짚으며 상을 차리고 있을 뿐이었다.

"…아버지는?"

앉으면서 확인했다. "나중에 먹겠대"라고 엄마가 대답했다.

어제도, 그제도, 그 전날에도 마찬가지였지만 마음이 놓여 한숨을 쉬었다. 역시 먼저 먹는 것이 낫다. 배가 고파지기를 기다리다가 아버지와 식탁에서 마주치고 싶지는 않았다.

흰쌀밥에 된장국, 연어구이, 청경채 나물, 호박 조림, 먹기 전부터 건강함이 느껴지는 음식들을 엄마와 둘이 마주 앉아서 묵묵히 입에 넣었다. 대화는 없었다. 나는 '먹는 데 집중하고 있다'라는 기운이 뿜어져 나오는 이미지를 머릿속에 그리며 젓가락과 입을 움직였다. 정적 너머로 TV 소리만 들렸다. 지상파 방송이 아날로그에서 디지털로 전환됐을 때 상자형 TV를 버리고 장만한, 어느덧 세월이 느껴지는 슬림형 TV가 거실에서 뉴스 소리를 웅얼웅얼 내보내고 있었다.

"이렇듯 오늘도 도쿄 곳곳에서 리셀러가 목격되어…" 여자 아나운서는 진지한 표정을 짓고 있었다.

엄마 눈치를 보니 엄마는 TV에 시선을 고정하고 있었다.

"다이칸야마의 인기 의류점 '펑키 맥시멈', 신주쿠의 대형 가전매장 '일렉덴키', 그리고 히비야에서는…" 마치 곰 출몰 정보를 전하듯 방송사 보도국은 리셀러를 추적했다. 과연 누구에게, 어떤 도움이 되는지는 모르겠지만 카메라 앞에서 벌어진 난투극까지 송출됐다. 일상다반사로 변해 버린 리셀링을 둘러싼 갈등이 수습되지 않고 있는 것은 이런 보도 때문이기도 하다고 생각한다.

"와, 리셀러 사건이 정말 많네요." 남자 아나운서도 심각한 목소리를 냈다.

놀랍게도 최근 리셀러가 폭발적으로 증가했다. 특히 리셀링을 처음 시작한 중고등학생이 많았다. 방송만 보고 리셀링을 '누구나 손쉽게 할 수 있는 용돈벌이' 정도로 이해했다면 그야말로 무지몽매하다는 증거다. 살해당할지도 모르는데 뛰어들다니, 용기가 가상하다. 리셀러가 증가하는 현상 역시 리셀왕의 소행으로 여겨졌다. 리셀왕이 조직의 세력을 키우고 있다고 했다. 리셀왕은 늘 그렇게 미움을 받는다.

"다음 코너입니다. 야노 씨."

속 시끄러운 보도가 드디어 끝났다. 젓가락이 멈춰 있었음을 깨닫고 나물을 집었다.

"네, 오늘 소개할 것은!" 지금까지의 어두운 뉴스를 모두 날려 버리겠다는 듯 갑자기 밝은 목소리가 들렸다. "요즘 큰 인기를 끄는 채소 가게 사장님이십니다!" 경쾌한 배경 음악과 함께 편안한 화면이 흘러나왔다.

"어머."

엄마가 입을 열었다.

"그 집 아들이네."

깔끔한 매장이 비쳤다.

"여기 이타바시구 나리마스에 있는 이 채소 가게 사장님은…."

리포터가 다가간 곳에는 나무 상자에 가지런히 늘어선 알록달록한 채소들이 있었다. 천장의 동그란 조명 빛을 받으며 채소들이 광택을 빛냈다.

여자 리포터는 덧니를 드러내고 미소 지으며 토마토, 가지, 피망을 칭찬하더니 매장 안쪽에 서 있던 남자에게 마이크를 들이밀었다.

"세련된 신세대 채소 가게를 운영하는 미남 사장님께 이야기를 들어 보겠습니다!"

화면에 비친 사람은 건강하게 그을린 모르는 남자였다.

그러나 아래에 뜬 자막에 숨을 삼켰다. 대표이사 하타나카 다이스케. 중학교 동창. 내가 리셋왕으로 불리기 시작했을 때 전화를 걸어 온 그놈이다. 녀석은 전신에 자신감이 넘쳐흐른다.

"너랑 친했잖아."

기분 탓인지 엄마의 목소리가 들뜬 듯이 들렸다. 나는 "어어, 뭐어"라고 애매한 소리를 냈다. 전국 농가를 돌며 두 눈으로 직접 밭을 보고 계약을 맺기 때문에 가장 맛있는 채소를 판매할 수 있다고 내레이션이 강조했다. 세련됐다, 스타일리시하다, 센스가 빛난다, 젊은 여성들에게 인기가 많다, 멀리서도 팬이 찾아온다 등등, 리포터는 끊임없이 칭찬의 말을 늘어놓았다.

"물가가 올라서 채소 가격이 급등했지만 손님들의 장바구니 사정에 도움이 될 수 있도록 늘 신경 쓰고 있습니다." 하얀 치아를 드러내며 웃는 하타나카를 보자 기억이 되살아났다. 중학생 때 놀러 간 녀석의 가게는 빈말로도 깨끗하다고 하기 어려웠다. 빛바랜 포렴은 찢어져 있었고, 소쿠리는 구멍 나 있었고, 진열된 채소는 시들시들했다.

"저희가 이렇게 맛있는 채소를 판매할 수 있는 것도 다 농가 분들이 정성을 다해서 키워 주신 덕분이니까 감사의 마음을 잊지 않으려고 노력합니다." 한마디 한마디가 명쾌해서 성실함이 느껴지는, 힘 있는 목소리였다. 술에 취해서 전화를 걸어왔던 때와는 완전히 딴판이다. 주름은 늘어난 데다 얼굴에는 기름이 번들거리고, 근육질이 됐지만, 화면에 비친 온화한 얼굴에는 소년 같은 느낌이 남아 있었다.

"그리고 이거!" 리포터가 매장 밖으로 나가자 뒤를 쫓는 카메라. "채소 가게 옆이 놀랍게도 카페입니다!"

자그마한 통나무집. '산지 직송', '채소'라는 글자가 입간판에 적혀 있었다. 채소 가게에서 파는 채소를 활용한 음식이나 수제 스무디를 맛볼 수 있다고 한다. 맞다. 또 생각났다. 가게 옆에 헛간이 있었고 녹슨 경트럭이 서 있었다. 거기를 부수고 증축했나. 전혀 못 알아보게 돼서 용케 이렇게 탈바꿈했구나 싶었다. 녀석이 대학에 진학하지 않고 채소 가게를 이어받은 것은 페이스북을 통해 알고 있었다. 인생을 헛되이 쓴다고 생각했다. 가업이라는 속박에 묶인 게 안타까웠다. 언젠가 반드시 망하는 것이 개인 사업자의 숙명인 것은 역 앞 상점가의 셔터가 내려간 가게들만 보아도 명백했고, 특히 채소 가게는 온라인 상점 배달 서비스까지 등장한 요즘 시대에 살아남을 가능성은 없었다. 이놈은 끝났구나, 하며 동정심을 느꼈다. 그랬는데….

"카페는 사모님이 점장으로 일하고 계십니다!"

어린아이를 품에 안고 앞치마를 두른 여자가 쑥스러워하며 여러 번 고개 숙여 인사했다. 메뉴 소개가 이어졌고 리포터는 실제로 음식을 먹어 보기도 했다.

"대단하다."

엄마가 작게 중얼거렸다. 그 말이 가슴을 찔렀다. 그럴 의도가 아니었다고 해도 비교당한 기분이 들었다.

나는 엄마의 기색을 살폈다. 가족이 경영하는 카페의 문을 닫아야 했던 엄마는 지금 무슨 생각을 하고 있을까.

"이 청경채, 저 가게에서 샀어."

엄마는 테이블에 있는 작은 그릇을 가리켰다.

청경채 나물. 아무 특징 없는 맛. 특색 없는 맛. 채소 가게에서 채소는 뒷전이었던 것이 분명하다.

"힘든 순간도 많지만 가족끼리 서로 의지하고 있습니다." 하타나카가 아내와 나란히 섰다. 아이가 무어라 웅얼거리자 부모가 동시에 미소 지었다. 타인의 행복을 바라보며 위장이 짓눌리는 기분이었다. 화면은 다시 스튜디오로 돌아왔다.

"와, 리셀러하고는 딴판이네요!" 남자 아나운서가 말하자 옆에 있던 여자 아나운서가 살며시 웃었다.

어디가 딴판이라는 말인가. 물건을 매입하고 판다. 결국에는 똑같다. 받은 인상만 늘어놓으면 다인가.

"늘 도전하는 모습이 멋있네요."

"맞습니다. 채소 가게도 얼마든지 새로운 걸 만들어 낼 수 있어요."

"반면에 리셀러는 뭐랄까, 아무것도 만들어 내지 못하는 것 같아요."

또 웃음거리가 되는 리셀러. 정말 끈질기다.

"가게가 계속 있었으면,"

엄마가 중얼거렸다. "너도 일할 수 있었을 텐데."

무슨 말인지 이해하기까지 시간이 걸렸다. TV 내용 때문에 감정이 올라왔는지 엄마는 '카페 코스믹 패밀리어' 이야기를 꺼냈다.

"그랬으면 시급도 줄 수 있었을 거고, 가게를 물려줄 수도…."

"안 해." 나는 말을 끊었다. "그리고 그 영화 안 좋아해."

"한번 봐 보면 좋을 수도 있잖아."

"안 봐. 관심 없어."

나는 지금껏 《코스믹 레거시》를 시청할 기회가 없었다. 몇십 년 동안 이어진 긴 시리즈물인데, 우리 세대에 붐을 일으킨 영화는 아니라서 딱히 가까이하고 싶지 않았다. 아버지가 좋아하는 영화일 뿐이다. 나와는 무관하다.

"알았어."

엄마는 된장국을 홀짝였다. 그 이상 대화는 없었다. TV 소리가 성가셨다.

"잘 먹었습니다."

나는 밥을 반쯤 남기고 자리에서 일어났다.

"잠깐 나갔다 올게."

식기를 치울지 고민하다가 그대로 두었다.

"지금? 어디 가는데?"

"몰라."

술을 마실 생각으로 지갑만 챙겨서 집을 나섰다.

이 집에는 술이 없다. 가게를 정리할 때 부모님은 술병을 싹 치우고는 그 길로 술을 끊었다. 내가 술을 마시게 된 것도 혼자 살기 시작한 이후부터였다.

푹푹 찌는 바깥공기가 피부에 엉겨 붙었다.

하늘에 해가 살짝 남아 있는 거리로 걸어 나갔다. 1층 미용실에는 손님이 한 명 있었다. 직원 두 명이 붙어서 염색약을 바르고 있었다. 그대로 지나서 상점가로 향했다. 어느 집에서 담배 냄새, 섬유 유연제 냄새가 났고, 저녁밥 냄새까지 섞여 있었다.

혼란스러워서 머리가 제대로 돌아가지 않는다.

사도카와도 그렇고, 하타나카도 그렇고, 내가 알 필요 없는 근황이었다. 지금의 나와는 상관없는, 더는 교류할 일이 없는 사람들이 사소한 계기로 내 안을 깊숙이 파고든다. 너무 거슬리고 귀찮다.

상점가 길을 걸었다.

자전거가 화살처럼 끊임없이 지나갔다. 파친코 매장의 현란한 색조에 현기증을 느끼며 진로를 반대 방향으로 틀었다. 역 앞을 지나면 멀리 돌아가게 되지만 서두를 필요는 없다. 오히려 시간이 남아돈다. 기분 전환을 하고 싶었건만 머리에 떠오르는 것은 그 반짝거리는 채소 가게였다. 프로그램 구성에도 화가 났다. 요즘 세간에서 이미지가 최악인 리셀러 소식 다음으로 신선하고 건강한 소매업자 특집을 편성한 것은 분명 정교한 연출일 것이다. 어두운 뒷골목에 사는 리셀러 대 밝은 세상에 사는 잘생긴 채소 가게 사장. 참으로 쉽게 이해되는 대립 구도다. 거기다 내 지인이라니, 마치 정확히 나를 겨냥한 것 같은 정신 공격⋯. 아니, 지나친 생각이다. TV 방송국이 리셀왕의 신원을 알아냈을 리가 없다. 하지만 이제는 뭐가 뭔지 모르겠다. 나는 리셀왕일지도 모른다. 내가 리셀왕이란 걸 인정해야 마음이 편해질지도 모른다. 지금까지 자각은 없었지만 내 정체는 리셀왕. 아시아 전역을 쥐고 흔드는 거대 리셀러 조직의 보스. 리셀링이라면 무슨 짓이든 해 온 세기의 악당⋯?

한심한 생각을 떨쳐내듯 걷는 속도를 높였다. 그럴 리가 없다. 마침내 나까지 이상한 생각에 빠져들어 간다. 무의식적으로 통학로를 더듬어 갔다. 길을 끼고 초등학교와 중학교, 옆에는 사립 고등학교 건물. 학교가 밀집돼 있다. 모교인 초등학교 운동장에는 아이들이 남아서 신나게 축구를 하고 있었다. 중학교 쪽은 어째서인지 사람이 없다. 시험 기간인가. 아무도 없는 운동장 위를 조명이 형형히 비출 뿐이었다.

중학교 뒤에 있는 공원으로 걸어가 벤치에 앉았다.

하교하는 아이들이 지나갔다. 해는 완전히 저물었다. 강한 바람이 나무를 흔들었고, 나뭇잎이 수런거리는 소리가 나를 비웃는 듯했다. 까마귀가 무리 지어 낮게 선회하자 우중충한 분위기가 감돌았다.

집으로 돌아가는 학생들이 부러웠다.

아무것도 생각하지 않고 내일이 오는 것을 받아들이던 시절이 나에게도 있었다. 이제는 어린아이가 아니지만 동시에 어린아이를 둔 부모도 아니어서, 그렇다면 나는 대체 어떤 시간의 흐름을 살고 있는 걸까 하는 의문이 들어 왠지 모르게 두려웠다. 동창들은 대부분 결혼해서 아이를 낳고, 기르고, 나이가 드는 사이클 속에 있다. 나는 어떤가. 반려자는커녕 이성 교제조차 상상할 수 없다. 외모의 문제가 아니다. 리셀링 수익으로는 내 한 몸 먹여 살리기도 빠듯하다. 몇 년에 걸쳐 노하우를 축적해 기술과 경험이 쌓였지만 승진도, 수입 증가도 바랄 수 없는 데다가, 리셀왕이라는 오명을 벗지 못하는 한 점차 쇠퇴해 가는 결말이 불가피했다….

주변은 캄캄했다.

가슴 근처에서 스마트폰 화면을 켰다. 성냥팔이 소녀처럼 손바닥에 켜진 빛에서 온기를 느꼈다. 밖에 나왔어도 해야 할 일은 변함없다. SNS에서 리셀왕을 검색한다. 여전히 글이 산더미처럼 쌓여 있다. 차례대로, 자세히, 하나하나 읽어 나간다. 지금 인터넷에서는 리셀왕의 정체를 밝히려는 본격적인 움직임이 일어나고 있다. 나와는 한참 거리가 있는 나이, 거주지, 경력이 어째서인지 전부 진실로 받아들여지고 있었다.

실시간 목격 정보 역시 여기저기서 올라왔다.

정오쯤에 올라온 게시물.

'리셀왕이 센터 거리를 걷고 있어!'

사진에 찍힌 것은 회색 체크무늬 셔츠를 입은 남자.

오전 열한 시쯤 올라온 게시물.

'텐진에 있는 의류 매장…. 리셀왕 발견.'

사진에 찍힌 것은 회색 플란넬 셔츠를 입은 남자.

거의 같은 시간.

'속보! 우메다 전자 제품 매장에 리셀왕 등장~.'

사진에 찍힌 것은 회색 타탄체크 셔츠를 입은 남자.

그보다 약 10분 전.

'카드 판매점에서 줄 서 있는데 리셀왕과 조우. 위치는 아키하바라.'

사진에 찍힌 것은 회색 줄무늬 셔츠를 입은 남자.

업로드한 계정이 각각 다른 것은 물론이고 몰래 찍힌 사진 속이들도 각기 다른 사람이었다. 내 모습은 어디에도 찍혀있지 않았다. 전국 각지에서 리셀왕을 목격했다는 증언이 끊이지 않았지만 만약 그것이 전부 사실이었다면 리셀왕은 일본 곳곳을 어마어마 한 속도로 이동하고 있는 셈이었다. 게다가 내가 가진 체크 셔츠 와는 명백히 디자인이 다른데도 왠지 모르게 리셀왕으로 보이는 모양이다.

그런 모순에도 개의치 않고 많은 사람이 리셀왕으로 여겨졌고 목격 증언을 타당하게 만들기 위해 '쌍둥이설', '대역설', '11인설' 등이 등장했다. 외국 연구소에서 극비리에 복제 인간이 생산되었 는데 본체는 미국 국방부의 엄중한 관리 하에 있다는 오컬트스 러운 설명을 늘어놓는 익명의 블로그까지 있었다. 리셀왕의 신원 을 둘러싼 논의는 가속화되었다. 유대인 비밀 결사 단체에서 파견 됐다는 둥, 파충 인류라는 둥, 외계인이라는 둥, 음모론에 가까운 루머는 초기부터 있었지만 조금 전 발견한 글에는, '리셀왕은 미 래에서 온 사람이다. 시간 여행을 해서 과거와 현재와 미래를 오 가며 리셀링을 하고 있다', 이런 내용이 적혀 있었다.

게시물에 댓글이 달려 있다.

'정확하다. 리셀왕은 우주의 수만큼 다원적으로 존재한다. 하나 의 상품이 리셀링 되면 현실은 분기하고 새로운 리셀왕이 태어난 다.'

읽으면서 머리가 아파진다. 이제는 장난과 진심의 경계가 사라 져서 가짜 뉴스는 더 자극적인 가짜 뉴스에 잡아먹혔고, 취사선 택이 이루어지지 않은 채 커다란 도가니 속에서 섞여 방대한 데 이터로 이루어진 하나의 초거대 가짜 뉴스 집합체로 수렴되어 갔다. 시공을 뛰어넘고, 영원히 살 수 있고, 리셀링으로 세계 경제 질서를 파멸로 이끄는 거대한 악의 화신―. 사실은 이타바시구 거주 / 33세 / 성인 남성인 나였지만, 인터넷이 만들어 낸 소문은 이미 신화의 영역으로 넘어가 있었다.

사람들이 대부분 가짜 정보임을, 거짓말임을 알면서도 재미로 짓궂은 장난에 동참하는 것이라고 믿고 싶다.

하지만 다양한 주장 속에서도 특히 화제를 모으고 있는 것은 '리셀왕 여자설'이었다.

오늘도 비슷한 글이 많이 보였다.

저스티스 키즈의 영상에서도, 사도카와가 밀고한 내용에서도 리셀왕이 남성이라는 점은 의심의 여지가 없었다. 그런데 천하의 악당이 그렇게 쉽게 정체를 드러냈을 리가 없으니 이런 정보 자체가 리셀왕이 조작한 것이라는 주장이 출발점이었다. 여느 때와 마찬가지로 SNS에서는 기탄없는 논쟁이 펼쳐졌고, 그중 한 가설이 크게 지지를 얻었다. 리셀왕은 절세의 미녀라는 것. 망상을 뛰어넘어 거의 희망 사항에 가까운 그 가설이 '숨겨진 진실'로 변신해 네티즌의 마음을 사로잡았다. '여자설'에 불이 붙은 데에는 2차 창작이 유행하기 시작했다는 점도 크게 작용했다. 여자가 된 리셀왕 일러스트나 AI로 만든 사진이 홍수처럼 쏟아져 나왔다.

그리고 지금, '여자설'을 뒷받침하는 '결정적 증거'가 절찬리에 확산 중이다.

내가 사는 집 현관 앞을 지나가는 젊은 여자 사진.

보자마자 알았다. 옆 호실인 102호에 사는 직장인 여자다. 내가 사는 101호를 지나치는 중이었을 텐데, 대각선 뒤쪽에서 촬영된 사진에서는 101호로 들어가려고 하는 것처럼 보이기도 했다. 멀리서 촬영돼서 자세히는 보이지 않았다. 여자인 것은 확실했지만 특징이 없는 뒷모습이었다. 그래서 여자라는 점만 강조됐다. '리셀왕의 애인'이라고 주장하는 사람도 있었지만 '이 여자가 바로 리셀왕'이라는 의견에 더 힘이 실렸다.

"뭐야, 진짜…."

나도 모르게 중얼거렸다. 이 기세면 리셀왕 여자설이 주류가 될 듯했다. 생각해 보니, 외계인이나 미래에서 온 사람이라는 이야기가 너무 얼토당토않아서 여자설이 오히려 그럴듯하게 느껴졌다. 매우 황당무계하면서도 의외성이 있어서 좋은 소재였을 것이다.

오히려 다행일 수 있다. 리셀왕이 여자라는 소문이 퍼지면 공격의 화살이 내게서 멀어질지도 모른다. 역시 사람들은 진실 따위에는 전혀 관심이 없는 것인가, 라고 생각하는 중에 누군가가 댓글로 달아 놓은 영상 링크가 눈에 들어왔다.

영상의 주인은 저스티스 키즈. 이 녀석들이 또….

'급하게 영상 찍었습니다. 설명하겠습니다.'

방금 업로드된 모양이다.

재생을 누르려는데 손가락 끝이 경직됐다.

어차피 불미스러운 내용 아닐까…?

시청하기가 망설여진다. 하지만 늦게 확인하는 것이 더 위험하다고 각오를 다지며 재생을 눌렀다.

영상이 시작된다.

중학생 네 명이 하얀 벽을 배경으로 나란히 서 있었다. 누군가의 집 거실인 듯했다.

"네, 안녕하세요. 저스티스 키즈입니다."

"옙." "하이."

분위기가 몹시 가라앉아 있다. 센터인 '보이지 않는 신의 핸드'도, 왼쪽에 있는 '사법'도, 뒤쪽에 있는 '길티 크라이시스'도, 오른쪽에 있는 '켄짱'도 하나같이 얌전한 표정이었다.

"우선 리셀왕 영상을 삭제한 이유를 말씀드릴게요."

인사는 건성으로 하고 리더인 '보이지 않는 신의 핸드'가 바로 본론으로 들어갔다.

"얼마 전에도 설명했지만 그건 경찰이 영상을 삭제해 달라고 부탁해서 삭제한 거예요. 가짜 정보나 거짓말이어서가 아니고요."

나는 곧바로 영상을 일시 정지하고 채널 영상 목록을 스크롤했다. 보이지 않는다. 내가 노출된 영상은 정말로 삭제된 상태였다. 갑작스러운 요행에 가슴 설레어 하면서도 뒷 내용을 확인하려고 최신 영상으로 돌아갔다.

"그리고 말이죠,"

못마땅한 표정으로 '보이지 않는 신의 핸드'가 말을 이었다.

"안티가 댓글로 '가짜니까 삭제한 거지', '이 정도로 경찰이 움직였을 리가 없어'라고 적은 거 봤는데, 일단 팬 여러분께는 진실을 확실히 전하고 싶어서 지금 이렇게 카메라를 켰어요."

이타바시 경찰서의 곤도가 진짜로 움직인 것은 의외였지만 효과가 있었나 보다. 내가 살해당하면 경찰도 책임 문제를 피할 수 없어서였을까. 아무튼 다행이다. 그 빌어먹을 영상이 삭제됐다. 서서히 실감이 났다. 제삼자가 복사해서 올린 영상은 여전히 돌아다니지만 원본이 삭제된 것은 실로 반가운 일이다.

"영상은 지웠지만 리셀왕이 남자인 건 확실해요. 우리가 실제로 편의점에 쳐들어가서 봤으니까. 멤버 전원이 봤고 정말 어디에나 있을 것 같이 생긴 아저씨지만 절대로, 절대로! 여자는 아니에요. 속지 마세요."

아저씨라는 말에 기분이 좋지는 않았지만 드디어 상황 파악이 됐다.

지난 며칠간 '리셀왕 여자설'이 힘을 받자 저스티스 키즈가 궁지에 내몰린 모양이다. 나를 찍은 영상이 가짜라고 의심받아서 논란이 생겼는데, 비슷한 타이밍에 해당 영상을 삭제하는 바람에 더 큰 의심을 사게 된 것 같았다.

"애초에 이상하잖아요!"

뒤쪽에 있는 '길티 크라이시스'가 언성을 높였다.

"우리가 영상을 올려서 그 아저씨가 리셀왕이라고 불리기 시작했다고요."

녀석은 해명 영상이라는 컨셉 자체에 분노를 드러냈다. 카메라 담당이지만 어지간히도 항의하고 싶었나 보다. 중학생의 해명은 논리적이었다. 하지만 이미 논란이 된 녀석들의 말은 아무리 일리가 있고 옳아도 쉽게 받아들여지지 않을 것이다. 그런 풍조가 있다.

"뭐…, 아무튼."

좌측에 있는 남자애가 입을 열었다. 기획을 담당하는 브레인 '사법'이다.

"지금처럼 안티들이 아무렇게나 떠들어 대게 놔둘 수는 없어서요. 우리가 거짓말쟁이가 아니라는 걸… 조만간 증명할게요."

센 어조로 말했지만 아직 변성기가 오지 않았는지 톤이 높았다.

"아무튼 이것만은 확실해요."

팀의 얼굴인 '보이지 않는 신의 핸드'가 다시 발언권을 넘겨받았다.

"리셀왕의 정체를 밝힐 사람은 우리 저스티스 키즈뿐입니다!"

이런 선언과 함께 영상은 마무리됐다. 바람잡이 역할인 '켄쨩'은 아무 말도 하지 않았다.

불온한 여운이 남아서 일말의 불안을 느꼈다.

녀석들은 내 진짜 얼굴을 아는 몇 안 되는 위험 인자다. 무슨 짓을 저지를지 모른다. 물론 허세일 수도 있다. 설치는 안티에 지금 잔뜩 약이 올랐으니 모자이크 없이 영상을 다시 업로드하는 대담한 행동을 저지르지 않는다는 보장은 없지만, 그런 짓을 하면 계정이 정지될지도 모른다. 잃을 것이 없는 무명 스트리머면 몰라도 구독자 200만 명을 잃는 건 타격이 너무 크다. 실제로 이 중학생들은 지금 자신들의 행동을 자체적으로 검열하면서 다음 행동을 고민하고 있다.

어찌 됐건 다들 무의미한 인터넷상의 싸움은 그만했으면 좋겠다.

나는 리셀왕도 아니고 리셀왕은 애초에 존재하지 않으니까.

"어."

스마트폰 화면이 까매졌다.

배터리가 나갔다. 시무룩한 내 얼굴이 화면에 반사되었고 얇은 금속판은 공허한 무게만을 손바닥에 남겼다.

순간 몸이 떨렸다. 나는 빛을 잃고 어두운 숲의 암흑 속으로 가라앉는다.

한계였다. 마음이 저 밑바닥을 향해 무너진다.

나는 인터넷을 차단하기로 마음을 정했다.

온종일 스마트폰에 매달려 정보, 정보, 정보에 휘둘리고 있다. 어서 디지털 디톡스를 하지 않으면 미칠지도 모른다. 이 시점에서 배터리가 나간 것은 중독에서 벗어날 절호의 기회다. 일주일까지는 무리여도 며칠은 버텨 보자.

가로등에 빨려 들어가듯 자리에서 일어섰다.

역 앞을 향해서 걸음을 뗐다.

상점가는 밤거리로 변했다. 몹시 활기를 띤다.

가게 안을 들여다보지만 어디를 가도 북적거려서 들어가기 어려웠다. 쭈뼛거리며 결정하지 못하는 사이에 어느새 큰길가로 돌아와 있었다. 나는 우왕좌왕하다가 목마름이 극한에 달해 편의점에서 캔 콜라를 사서 반 정도를 단숨에 들이켰다. 순간 과연 나는 정말로 술을 마시고 싶은 건가 싶어서 마음이 가라앉았다. 계속 걸어 다녀서 땀도 났다. 집에 가서 샤워하고 싶었지만 곁길 너머에도 가게 간판이 보여서 가 보기로 했다. 자리가 비어 있을지도 모른다는 예상은 맞았지만 그 한국식 주점에는 손님이 한 명도 없었고, 가게 주인으로 보이는 여자가 찌푸린 얼굴로 TV를 보고 있었다. 이것은 이것대로 장벽이 높다. 얌전히 본가로 돌아가려고 하다가 문득 걸음을 멈췄다.

한국식 주점의 옆 옆, 언뜻 폐가처럼 보이는 그 모습. 유리문 너머로 보니 창고처럼 상자가 쌓여 있었고 파란 방수포로 대충 덮여 있었다.

폐업한 장난감 가게였다.

무뚝뚝한 노부부가 운영하던 것이 기억났다. 비바람에 쓸려 차양 막에 적혀 있던 가게 이름은 사라졌고, 어둑한 가게 앞은 물론 가게 안쪽에도 빛이 들지 않았다.

예전에 아버지 손에 이끌려 들어간 적이 있다. 한 번 아니면 두 번. 세 번은 아니었을 것이다. 아버지는 《코스믹 레거시》 전투기 모형을 샀고 내게도 뭔가를 사 줬지만 뭐였는지는 생각나지 않는다. 특촬물 히어로의 변신 완구였거나, 로봇 애니메이션의 합금 로봇이었던 것 같다. 리셀러가 되기 전 팔아 치운 물건들 중에 있었을지도 모른다. 어릴 때부터 별로 물건에 관심이 없었다. 물욕이라는 것이 없었다.

출입문 오른쪽, 통유리창 앞에 프라모델이 쌓여 있었다. 상자 측면이 전부 창백해 보였다. 햇빛을 잔뜩 받아서 색이 바랬다.

위에서 두 번째, 저것은.

"슈바비안 할 제로식 커스텀…."

20년도 더 전에 방영된 TV 애니메이션의 조립식 프라모델 키트인데, 시청률이 저조해서 중간에 종영하는 바람에 생산만 되고 방송에는 등장하지 못한 기체의 모형이었다. 생산 수가 적어서 실제 판매된 수도 상당히 적었다. 그래서 가격이 급등했고, 당시 소매가가 1,500엔이었는데 현재는 프리미엄이 붙어 10만 엔은 족히 넘는다. 다만 '하자 없는 상품'일 경우에만 그렇다. 상자 색이 바랜 걸 보니 보관 상태가 명백히 나빠서 참으로 아쉽지만, 그래도 5만이나 6만은 거뜬할 것이다. 현재 시세를 알아보려고 스마트폰을 꺼냈다가 조용한 화면을 보고 떠올렸다. 배터리 잔량 0. 나는 스마트폰 디톡스 중이었다. 숙연하게 주머니에 도로 넣었다. 약물 중독과 마찬가지다. 처음에는 괴롭지만 익숙해지면 별것 아니게 된다.

나는 유리문에 붙어서 눈에 힘을 주었다. 안쪽 암흑 속에도 크고 작은 상자들이 놓여 있었다. 희귀한 물건이 많이 잠들어 있을 것이 분명하다.

내가 팔게 해줘….

어린 시절과는 달리 리셀러가 된 지금은 폐업한 장난감 가게가 보물 창고로 보였다. 안에 들어갈 수 없는 것이 안타까웠다. 전에는 언제든지 들어갈 수 있었는데. 경쟁자도 없었는데.

아무리 들여다봐도 인기척은 전무했다. 사후 관리조차 되지 않았다. 아마 주인 노부부가 세상을 떠나서 유족이 상속받았지만, 철거 비용을 들이기가 망설여져서 방치해 놓았을 것이다. 비슷한 사례를 여기저기서 자주 듣는다.

상속자들은 모른다. 여기가 보물 창고인 것을.

카미이타바시 상점가 셔터에 붙은 '재개발 중'이라는 글자를 떠올렸다. 이곳도 재개발 바람이 불어오면 가게는 자연스럽게 철거될 테지만 물건은 전부 쓰레기로 처분될 것이다. 제발 리셀링하게 해 줘. 내 손에 들어오면 돈으로 바꿀 수 있는데. 가치를 모르는 상속자들이 희소한 상품을 썩히고 있어서 진심으로 한탄스러웠다.

나 역시 언젠가 보물을 상속받을 것이다. 아버지가 죽으면 바로 컬렉션을 팔 것이다. 절대 무가치하게 썩히지 않을 것이다.

차마 발이 떨어지지 않았지만 그곳을 뒤로했다.

큰길로 나가려는데 자전거가 앞을 지나가서 부딪칠 뻔했다.

"어, 위험…"

사과도 없이 떠나는 남자의 등을 눈으로 쫓았다. 등에 인쇄된 화려한 로고를 보고 바로 알아보았다. 판매 수가 극단적으로 적었던 아이템. 발매된 지 3년이 지나서도 2차 유통 가치가 꾸준히 상승하는 코치 재킷을 걸치고 있었다. 그런 물건은 입지 마라. 착용하면 중고가 돼서 가치는 폭락한다. 태그가 달린 미사용 상품이면 리셀링 해서 꽤 돈을 벌 수 있는데, 하여간 이놈이고 저놈이고!

나는 머리에 리셀링 생각밖에 없었다. 그러나 지금은 일을 쉬는 중이다. 본가에 몸을 숨기고 때를 기다리며 재기를 꾀해야 한다.

결국 역 앞 건물 2층에 있는 체인점에 들어갔다. 위층에 있는 다른 술집에도 가 봤지만 마찬가지로 제대로 마시지 못했다. 세 번째로는 다시 2층으로 내려가서 체인점과 이웃한 술집에 들어갔지만 배에 수분만 가득 찼을 즈음 영업 마감 시간이 되어 쫓겨났다.

귀가해 보니 거실 불이 꺼져 있었다. 엄마는 진작에 잠든 모양이다. 집 안은 고요했다.

'문' 근처에서는 발소리를 죽이고 걸었다.

소리 없이 걷는 데에는 도가 텄다. 아버지가 아들의 기척을 느끼지 못했으면 했다. 이 집에 없는 사람으로 취급해 줬으면 했다. 거의 다 지나왔을 즈음, 벽 너머에서 소리가 들렸다.

두 다리와 함께 호흡도 멈췄다.

"히로타카."

아버지가 내 이름을 불렀다. '문' 너머에서 틀림없는 목소리가 들렸다.

귓속이 간지러운 느낌이었다. 몇 년 만일까. 아버지의 목소리를 듣는 것도, 누군가에게 성이 아닌 이름으로 불리는 것도.

"…왜?"

잠시 침묵하다가 대답했다. 무시할 수 없었다. 나는 '문'을 사이에 두고 서 있었다.

"부탁이 있는데, 들어 줄래?"

아버지가 말했다. 부탁. 그렇게 말했다. 내 손이 떨렸다.

"…뭔데?"

엄마를 불러 달라는 부탁일까. 물이라도 떠다 달라는 부탁일까. 부탁받을 만한 일이라고는 그 정도밖에 떠오르지 않았다.

"…"

아버지의 말을 기다렸다. 침묵이 숨 막혔다.

은색 문손잡이가 눈에 들어왔다. 문은 잠기지 않았을까. 방에 들어가야 할까. 모르겠다.

"부탁이 있어."

아버지가 되풀이해서 말했다.

아버지는 각오를 다지듯이 숨을 내쉰 뒤에, "월드 캐릭터 페스티벌"이라고 했다. 상상도 못 한 말이 튀어나왔다.

"거기에 가 줄 수 있을까?"

그 말을 듣자 머리가 새하얘졌다. 어떤 대답도 할 수 없었다. 아버지는 내가 리셀러라는 사실을 모를 것이다. WCF 입장권을 가지고 있다는 것은 더더욱….

"다크 파더를 사다 줬으면 한다."

나는 그 말에 현기증을 느꼈다.

아버지가 뱉은 그 단어는 떠올리고 싶지 않은 피규어의 이름이었다.

"전에 네가 판 거 있잖아."

"그…, 그건, 음….."

동요를 억누르며 시치미를 뗐다. "그건 다시 구할 수 없을… 텐데."

"복각판." 아버지가 말했다.

"복각판이 나와. 만듦새도 똑같고, 팬들의 오랜 요청을 받아들여서 이번에는 공식 발매돼."

갑자기 말이 많아지는 아버지. 그렇다. 이 주제만 나오면 이렇다.

"나 대신 사다 줬으면 좋겠구나. 부탁해도 될까?"

강한 의지가 느껴졌다.

"무슨 말인지는 알겠는데…. 입장권도 필요하고, 이제 와서…."

나는 계속해서 시치미를 뗐다. 입장권에 당첨됐다는 사실을 숨겼다.

"마침 추가 모집도 있다는구나."

다 안다는 듯 아버지가 정보를 제공했다. 인터넷으로 찾아본 것일까. 아버지의 말처럼 추가 모집이 있기는 하다. 하지만 오후나 돼야 입장하는 쓰레기 번호를 받게 될 것이다. 몇 시간 늦게 입장해 본들 축제는 모두 끝난 뒤다. 한정판 굿즈는 모조리 사라지고 없을 것이다.

"가 줄 수 있겠니?"

금속이 삐걱거리는 소리로 아버지가 침대에서 일어났음을 알 수 있었다.

나도 모르게 몸을 뒤로 물렸다.

"안 가!"

내뱉듯이 말하고는 도망치듯 계단을 뛰어 올라갔다.

방에 들어가서 크게 호흡했다.

어떤 냄새가 코를 찔렀다. 왜인지 내 몸에서 풍겨 왔다. 내 몸을 휘감고 사라지지 않는다.

혼탁한 머릿속이 나아지지 않는다.

아버지와 대화를 나눴다.

19년의 침묵을 깨고 싱겁게 대화를 나누고 말았다!

마치 동네 가게에 가서 담배를 사 오라는 듯이 아버지는 아들에게 심부름을 시켰다. 다크 파더, 환상의 피규어. 복각판 발매는 당연히 나도 파악하고 있었다. 공지가 떴을 때 이미 화제를 모았기 때문이다. 하지만 WCF에 가게 되더라도 매입할 생각은 없었다. 너무나 사연이 깊은 물건이다. 아버지와 나 사이에 '문'이 생기게 된 그 거북한 기억을 떠올리고 싶지 않았다. 아버지도 나처럼 잊어야 한다. 아들과 자신 사이에 균열을 만든, 고작 장난감 하나를 이렇게 오랜 시간이 지나서까지 여전히 갖고 싶어 하다니…. 끝을 모르는 물욕에 기가 막힌다.

화가 머리끝까지 차올라서 미칠 것 같았다.

아무리 갖고 싶어도 아들에게 대리 구매까지 부탁할 필요는 없지 않나.

산책하러 나갈 체력은 있는 것 같으니 직접 사러 가면 되지 않나.

굳이 부탁하는 이유는 과거에 피규어를 팔아 버린 나에게 속죄할 기회를 주기 위해서인가. 비아냥이 도가 지나치잖아!

절대 가지 않을 것이다.

진작부터 결론은 나와 있었다. 행사장에 모습을 드러내면 귀찮은 일에 휘말릴 것이 불 보듯 뻔하다. 그날은 집에 있을 것이다. 행사는 불참이다. 행사장은커녕 집 밖으로 나가고 싶지도 않다. 그저 집에 틀어박혀서 1분 1초, 시간이 지나가기를 기다릴 것이다. 그뿐이다.

불을 끄고 잠자리에 들었다.

이제 방에서도 나가면 안 될 것 같아서 샤워와 양치도 포기했다. 역시 냄새가 났다. 어린 시절에 맡은 적이 있는, 먼지가 녹슨 것 같은…. 생각났다. 이것은 아버지의 냄새다. 불쾌감을 씻을 수 없었지만 그래도 시간을 들여서 천천히 잠에 빠져들었다.

다음 날은 아무 일도 손에 잡히지 않았다.

다다음 날도 아무것도 하지 않고 보냈다.

밥은 먹었다. 잠도 충분하고도 남게 잤다.

인터넷 디톡스는 계속했다.

SNS를 끊고, 정보를 차단하고, 잡념을 빼냈다.

별것 없는 일상을 보내며 사흘 밤낮을 내리 생각했다.

그렇게 맞이한 나흘째 밤.

무더운 한밤중이었다.

얇은 이불을 걷어차고 침대에서 일어났다.

"참전한다."

혼자서 맹세하듯 말했다.

WCF에 간다. 나는 행사장에 가기로 마음을 정했다.

스스로도 바보 같은 선택임을 안다. 원한을 품은 자들로 바글바글할 테니 리셀왕이라는 의심을 받으면 그대로 끝이다. 잘못하면 입장 전 대기 줄에서, 아니, 이동하는 전철 안에서 집단 폭행을 당한 끝에 행사장 앞에 내던져질 가능성도 있다. 굳이 위험을 무릅쓰고 행사에 뛰어들 생각이 원래는 없었다.

그렇다. 원래는 그랬다.

하지만 이제는 아니다.

나는 리셀러다.

생각해 보면 그 피규어는 치열한 쟁탈전이 예상되는 프리미엄 상품이고, 복각판이라고는 하지만 수량이 많지 않은 데다가, 행사장 안에서만 판매한다고 하니 수집가들이 군침을 흘릴 것이 분명하다. 리셀링 상품으로서 더없이 훌륭한 최상급이지만 나는 그 피규어를 처음부터 매입 후보에서 제외했다. 아버지가 좋아한다는 이유로….

사적인 감정이 끼어들어서 눈이 어두워졌었다. 리셀링 상품에 개인적인 감정을 넣은 시점에 이미 리셀러로서 자격 미달이다. 좋고 싫고는 상관없다. 얼마나 희소가치가 있고 얼마나 고가에 거래될지. 고려해야 할 것은 그것뿐이다.

나는 리셀러로서 결론을 내렸다.

그 피규어는 반드시 손에 넣어야 한다.

자포자기하는 것도, 위험한 승부에 목숨을 걸려는 것도 아니다. 나흘 동안 고민했다. 진지하게 숙고를 거듭한 끝에 내린 참전 결정.

이제는 흐름이 변하고 있다.

'리셀왕 여자설'이 대세를 장악하자 저스티스 키즈의 힘이 약해지고 있다. 나는 논란의 중심에서 어느 정도 벗어났다. 이대로 완전히 안전해지는 때를 기다리고만 있으면 할 수 있는 일은 아무것도 없다. 용기를 내서 앞으로 나아가지 않으면 복귀의 길은 영원히 닫힌다.

나는 기구한 운명을 느꼈다.

19년 전에 다크 파더를 판 것을 계기로 아버지와 나 사이에 벽이 생겼고, 나는 그 사건을 거쳐 리셀러가 되었다. 그런데 그 피규어가 이 세상에 되살아났다.

현장에서 수많은 경쟁자를 물리치고 그 피규어를 손에 넣으면 나는 리셀러로서 화려하게 복귀할 수 있을 것이다. 나의 정신적 기둥을 다시 세울 수 있을 것이다.

그래서 각오를 다졌다.

사지로 향하는 무사의 심정이 되었다.

이번만큼은 눈을 돌릴 수 없다. 도망치려고 허둥대는 짓은 그만하자.

나는 리셀러다. 희귀한 물건을 정가에 매입해서 고가에 파는 전문가다.

피규어를 아버지에게 넘길 생각은 없다. 아버지가 원하는 피규어를 사서 제삼자에게 리셀링할 것이다. 한 번 더 손에 넣어서 한 번 더 다른 사람에게 팔아넘길 것이다. 리셀러로서 수익을 낼 것이다. 그뿐이다.

사적인 감정을 완전히 떨쳐내고 해탈의 경지에 이르는 나는 진정한 리셀러. 리셀러 중의 리셀러.

이 무슨 아이러니인가. 그야말로 '리셀왕'이라는 호칭에 걸맞은 부활을 이뤄 낼 것이다.

의식이 맑아지고 뜨거운 피가 끓어올랐다. 나는 지금 살아 있다고 육체가 소리쳤다.

디데이는 이번 주말 토요일.

반드시. 반드시 해낼 것이다. 그렇게 다짐하며 침대 위에서 눈을 감았다.

고요 속에서 마음이 설렜다. 다시 리셀링을 할 수 있다. 무척이나 기대된다. 소풍 전날 밤처럼 가슴속에 흥분을 품으면서도 편안히 잠이 들었다.

동틀 녘. 목마름과 요의를 동시에 느끼고 눈을 떴다.

두 가지 욕구를 모두 채운 뒤에 아무렇지 않게 스마트폰을 집어 들었다. 이제 인터넷 디톡스를 마무리해도 될 것 같았다. WCF에 참전하기로 한 이상 여러 방면에서 사전 준비를 해야 했다. 어둑한 방에서 빛나는 이 스마트폰 불빛이 그리웠었다. 오랜만에 SNS를 확인했다. 트렌드에 오른 추천 게시 글이 시선을 끌었다.

최신 화제를 확인하자마자 내가 완전히 뒤처졌음을 깨달았다.

나흘 전에 올라온 글이다. 내가 인터넷을 차단한 지 얼마 되지 않은 타이밍에 한 익명 계정이 새로운 불씨를 지폈다.

리셀왕은 WCF에 반드시 나타날 겁니다.

부탁해요, 구세주님. 리셀왕을 죽여 주세요.

나는 선택해야 했다.
사랑을 우선할 것인가, 증오를 우선할 것인가.
몸은 하나뿐이다. 그러니 선택해야만 한다.
나를 우선하면, 사랑을 택하고 싶다.
나는 그것을 가지고 싶으니까.
너무나 갖고 싶어서 견디기 힘들다.
하지만 아직도 리셀러에게 고통받는 사람들이 있다.
동지들을 구하기로 했다. 이 한 몸 바쳐, 해내고 싶다.

'리셀왕의 정체, 밝혀졌습니다!'
'가짜 정보를 간파하다니 최고다!'
'이만한 분석이면 믿어도 되겠다!'

드디어 나는 진실에 다다랐다.

인터넷에 넘치는 정보를 하나씩 찬찬히 생각했다.
휘둘리면 안 된다. 무엇이 옳고 무엇이 그른가.
판단하는 것은 나 자신.

'리셀왕을 죽여 주세요.'
'리셀왕을 죽여 주세요.'
'리셀왕을 죽여 주세요.'

리셸왕을 이제 곧 만날 수 있다.

나는, 나를 억지로 밀어붙여서라도 끝까지 해 낼 것이다.

사명을 다하기로, 결정했으니까.

리셸왕을 죽일 거니까.

제4장
리셀러, 귀환하다

역을 나서자 아침과 바다 냄새가 섞여서 났다.

행사장 방향으로 향하는 인파는 산책길을 꼭 메우며 벌써 하나의 긴 줄을 이루었다.

하늘에서 내리쬐는 작열하는 햇빛이 이 땅에 사는 욕망에 찌든 인간들을 불태워 버리려는 신의 조소처럼 느껴졌다.

푸른 하늘 아래서 아름답게 빛나는 거대한 돔이 보였다.

월드 캐릭터 페스티벌 당일. 나는 전철을 타고 바닷가 부두 근처에 있는 행사장을 찾아왔다.

알파벳으로 나눠진 구역마다 각각 번호순으로 줄을 서야 하는 입장 대기열은 어마어마한 인원을 관리하는 스태프의 인도로 질서정연하게 형성되어 갔다. 나는 A블록 앞쪽으로 가서 줄에 합류했다. 줄의 맨 앞과 행사장 입구의 큰 셔터가 눈에 잘 보이는 거리였다. 하루 방문자 수가 7만 명으로 예상되는 WCF인데, 눈앞에 서 있는 사람은 100명 안팎. 입장 게이트는 다섯 군데 있으니 나는 500번째 정도일 것이다. 방심은 금물이지만 기회는 충분하다.

바람이 잦아들자 땀 냄새가 피어올랐다. 티 나지 않게 주변을 살펴보았지만 나를 주시하는 사람은 아무도 없었다.

그나저나 너무 덥다. 모자 속은 푹푹 쪘고, 땀이 끊임없이 콧등을 타고 떨어졌다. 뒤통수부터 목덜미까지 흘러내린 땀을 거칠게 닦아 내니 손가락 끝이 피로 조금 물들어서 깜짝 놀랐다. 아니, 아니다. 머리카락에서 염색약이 흘러내린 모양이다. 어젯밤, 본가 아래층에 있는 미용실에서 머리를 염색했다. 화려한 빨간 머리는 나로서도 과감한 선택이었다. 이날을 위해서 장만한 도수 없는 안경과 볼캡이 어우러져서 상당히 분위기가 달라졌다. 옷도 전부 새것이다. 영상에 찍힌 그 치욕스러운 주황색 티셔츠와 징글징글한 회색 체크무늬 셔츠가 주는 이미지에서 벗어나기 위해 고른 의상은 꽃무늬 하와이안 셔츠와 청 반바지였다. 변장이 과한가 싶어서 불안하기는 했지만 계절상 기괴한 옷차림은 아니라고 스스로를 다독였다. 오히려 화려한 패션이 좋다. 리셸왕과 조금이라도 비슷해 보이면 바로 위험해진다.

"암튼 무사히 개최돼서 다행이야~"

"그러니까. 엄청 걱정했는데 다행이야~."

근처에 선 여자 두 명이 안도하고 있었다.

최근 올라온 그 글 때문이리라.

리셀왕 살해 의뢰로까지 보이는 그 글….

한때는 행사를 중지해야 한다는 목소리도 있었지만 주최 측은 다음과 같은 성명을 발표했다.

"경비 및 경계를 충분히 강화하고 페스티벌 방문객들의 안전 확보를 위해 힘쓰겠습니다."

주최 측은 범죄자에게 굴복하지 않았다. 당연하다. 수억 엔의 돈이 움직이고 상상도 못 할 정도로 큰 이익이 예상되는 행사다. 겨우 인터넷에 올라온 글 하나 때문에 꽁무니를 뺄 수는 없다.

개최를 강행하자 여기저기서 찬반이 뒤섞였고, '방문객의 목숨을 우습게 안다', '그냥 돈 때문에 그러는 거 아니냐' 같은 의견도 있었지만, 날이 갈수록 기대감을 드러내는 수많은 목소리에 밀려서 이렇게 무사히 개최일을 맞이할 수 있었다.

어차피 장난이다. 한 번은 일어났을 소동이라고 생각했다. 리셀왕이 방문할지 여부도 불확실하니까 살해 의뢰로는 의미가 없다. 오히려 타깃을 도망치게 만드는 게 아닐까. 그래 봤자 말뿐인 쾌락범이다. 인터넷에서 장난질이나 치는 잔챙이들이 하는 짓이다. 나도 얼굴이 드러난 적은 없으니 사람들이 복장으로 식별하려 든다면 변장하면 그만이다. 이미지를 바꾸고 인파에 묻혀 은밀하게 움직일 수 있다.

아무튼 그 글의 여파로 WCF 공식 사이트에 새로 올라온 주의 사항에는 입장 시 '신분증 제시'를 해야 하고 '소지품 검사'를 실시한다고 적혀 있었다. 한 명 한 명 일일이 확인하는 것은 상당히 수고로운 일이기 때문에 대응에 얼마나 진심인지가 느껴졌다. 행사장에 입장할 수 있는 사람은 '신분을 증명하고 위험물을 소지하지 않은 자'로 한정되었다.

그뿐만 아니라 '행사장 안에서 허가받지 않은 영상 촬영 및 방송은 금합니다'라는 추가 발표도 있었다. '그런 행위가 발견됐을 때는 퇴장 조치 됩니다'라고도 덧붙였다. 작년에는 없던 규칙이다. 갈등을 조장하기 쉬운 인터넷 방송인들을 행사에서 배제하려는 움직임인 듯했다. 한편 사진 촬영에 관해서는 '다른 손님이 찍히지 않도록 최대한 배려해 주세요'라고만 해서 '부탁'의 영역을 넘지는 않았다. 아무래도 사진 촬영까지 금지하는 것은 비현실적이라고 판단했을 것이다. 어쨌거나 영상 촬영이나 인터넷 방송 규제는 효과가 크다. 내가 노출될 위험이 확연히 줄어든다.

게다가 리셀왕의 정체는 여자라는 주장도 여전히 살아 있다. 실제로 믿는 것은 소수이지만, 나만 리셀왕이던 시절은 끝났다. 그러니 변장은 그저 혹시 모를 위험에 대비하기 위한 대비책 정도였다.

결론적으로 위험은 적다.

위험을 감지하면 도망치면 된다.

낙관적인 생각이지만 상관없다. 이제 와서 뒤로 물러설 수는 없다.

결정했으니까. 아버지가 원하는 피규어를 손에 넣기로. 그걸 팔아서 화려하게 복귀하기로.

"부여받은 번호를 확인해 주세요!"

앞에서부터 줄을 따라 뒤로 이동하는 스태프에게 사람들이 스마트폰 화면을 보여 주었다. 인쇄된 종이를 보여 주는 사람도 있었다. 나도 내 입장 번호가 적힌 메일을 화면에 띄우고 스마트폰을 내밀었다. 무난히 통과. 스태프에게 문책당하는 일은 없었다. 당연하다. 겁낼 일은 아무것도 없다고 마음속으로 나 자신을 격려했다.

햇빛은 서서히 강해졌다. 이따금 불어오는 바닷바람에 약간 숨통이 트였지만, 계속 흐르는 땀과 높아지는 체열은 그저 견디는 수밖에 없었다. 두피가 욱신거렸다. 탈색할 때 미용사에게 설명은 들었지만 이렇게까지 통증을 동반할 줄은 몰랐다.

심신에 가해지는 대기 줄의 고통…. 오랜만에 맛보는 감각에 희열을 느끼기도 했다. 빽빽하게 모인 사람들이 뿜어내는 압박감. 그저 서서 기다리기만 하는 시간이 주는 허탈감. 기온이나 기후 같은 외부 환경에서 오는 피로감. 모두 현장에서만 맛볼 수 있는 것들이기에 반가웠다. 괴로움 없이 얻어지는 것은 없다. 리셀링은 이미 시작되었다고, 나는 깊이 실감하며 시간을 보냈다.

그리하여—.

"곧 개장합니다!"

모든 잡담이 끊기고 주변에 정적이 찾아왔다.

모두가 숨을 죽이고 앞을 향해 몸을 돌렸다.

셔터가, 거칠게, 으르렁거리는 소리를 냈다.

천천히, 천천히, 셔터가 위로 올라갔다.

소리 없는 탄식이 새어 나왔다. 기다리고 기다리던 개장의 순간.

게이트 너머에는 많은 사람이 서 있었고 하나같이 이쪽을 보고 있었다. 각 부스의 스태프, 파견 나온 직원들, 달관한 듯한 표정의 저 사람은 '높으신 분'일까. 경비원도 눈에 띄었다. 정장을 입은 그들 사이에 경찰관도 섞여 있을 것 같았다. 긴장감 넘치는 표정으로 대기 줄을 마주 보고 선 그 모습들은 마치 접전을 앞둔 무사들 같았다.

"순번대로 이동해 주세요."

"소지품 검사하겠습니다."

맨 앞줄부터 천천히 앞으로, 앞으로, 앞으로 앞으로 앞으로, 앞 앞앞앞앞으로.

나는 정신을 바짝 차렸다.

이 기다림의 끝에 평온 따위는 없다.

사람이 몰려들어 물건을 뺏고 뺏기는, 승자와 패자가 갈리는 광란의 무대. 온갖 팬들로 가득한 가운데 리셀러도 고참부터 신참까지 섞여 있다. 리셀왕을 찾아서 SNS에서 한 건 올리려는 자도 분명 있을 것이다.

잇고 이어지는 인연이 뒤얽혀 있다.

수많은 의도와 욕망이 소용돌이치는 대형 축제의 막이 열렸다
—.

한 발 한 발 전진했다. 선두부터 순서대로 게이트를 지나갔다.
줄은 맨 앞에서 흩어져 좌우로 퍼져 나갔다.

"순번대로 이동해 주세요."

"소지품 검사하겠습니다."

입장하는 사람들의 흐름은 여유로웠다.

소지품 검사 구역이 큰 파도를 막았다. 생각 이상으로 꼼꼼히
확인하는 모양이었다. 만약 칼이나 폭약 같은 것이 발견되면 즉
각 퇴장 조치되고 출입이 금지될 것이다. 그러니 살인범이라도 흉
기를 갖고 들어올 수는 없다. 괜찮다. 때리고 차는 정도로 사람은
쉽게 죽지 않는다. 살해당하지 않는다고 생각하니 마음도 대담해
졌다.

비교적 시간이 오래 걸렸다. 이제나저제나 하며 애가 탔지만 그
래도 조건은 똑같다고 스스로를 타일렀다. 침착하게 행동하자고
마음을 되새겼다. 어깨에서 배낭을 내려서 지퍼는 완전히 연 상
태로 가슴 앞에 들고 순서를 기다렸다. 주변 사람들도 마찬가지였
다. 다들 소지품을 앞쪽으로 안고 있었다. 대용량 배낭이나 커다
란 토트백이 많다. 동그란 캔 배지를 줄줄이 달아 놓아서 갑옷처
럼 보이는 '덕질 가방'도 보였다. 줄을 서서 기다리는 사람들 중에
는 캐릭터 코스프레를 한 사람도 있었지만, 검이나 창처럼 길쭉한

소품을 들고 있지는 않았다. 모조품이어도 흉기로 여겨질 수 있으니 자제한 것 같다. 소지품 검사에서 제동이 걸리면 입장이 늦어져 굿즈 구매에 불리하다. 나와 같은 상황이 아니더라도, 여기서 쓸데없는 의심을 사고 싶은 사람은 없을 것이다.

"순번대로 이동해 주세요."

"소지품 검사하겠습니다."

드디어 내 차례가 됐다.

"소지품 확인하겠습니다."

직원이 배낭 입구를 크게 벌렸다.

"네, OK입니다. 이동해 주세요."

검사가 끝나고 앞으로 이동했다.

곧 시야가 트였다. 은색으로 빛나는 돔형 천장을 올려다보니 사람들의 땀과 열기로 만들어진 수증기가 옅게 끼어 있었다. 바깥보다도 덥다. 에어컨 성능이 나쁜지 주변을 둘러보는 사이에 안경이 뿌예졌다. 햇빛을 직접 받지는 않게 됐지만 불쾌지수는 훌쩍 뛰었다. 왜 이런 가혹한 환경에 사람들이 모이는 걸까. 아니, 사람들이 모이기 때문에 가혹해지는 것일까.

몇 발짝 더 나아가자 현란한 색의 세계가 펼쳐졌다.

한없이 눈부신 무수한 빛이 쏟아지는 가운데 캐릭터 일러스트가 그려진 패널이 벽화처럼 우뚝 서 있었고, 여기저기 떠 있는 인형 모양 풍선이 에어컨 바람에 흔들렸다. 훅, 하고 밀려드는 소란스러움. 죽 늘어선 부스 위로 대형 모니터에서는 화려한 프로모

션 영상이 흘러나왔다. 온갖 음악과 대사가 섞인 굉음의 소용돌이가 밀어닥쳤다.

"안녕하십니까——!"

"안녕하십니까———!"

"우측통행해 주세요—!"

"부탁드려요—우측통행—!"

"뛰지 말고 걸어 주세요——!"

"뛰지 말아 주세요—위험해요—!"

"번호표 없으시면 줄 서 주세요—!"

"이 부스는 번호표 없으셔도 돼요—!"

순간, 현기증이 나서 바닥에 주저앉았다.

"이 부스는 번호표 없으셔도 돼요—!"

"번호표 없으시면 줄 서 주세요—!"

"뛰지 말아 주세요—위험해요—!"

"뛰지 말고 걸어 주세요——!"

"부탁드려요—우측통행—!"

"우측통행해 주세요—!"

"안녕하십니까———!"

"안녕하십니까——!"

시야의 떨림은 금방 가라앉았다.

잠시 현장을 떠났었던 탓에 느끼는 멀미일지 모른다고 생각하면서도 역시 부자연스러운 느낌을 지울 수는 없었다.

이것이 바로, 공백기인가.

뒤처졌다면 극복해야 한다.

쓸데없는 생각은 하지 마라. 1분 1초도 헛되이 쓸 수 없다. 오늘 복귀전으로 감을, 실적을, 긍지를 되찾을 것이다.

나는 일어섰다.

머리에 깊이 새겨 넣은 층별 지도를 되짚으며 최단 루트를 지나서 정해진 부스로 이동한다. 옆에서는 달리는 것처럼 보이지 않도록, 그러나 일반적인 빠른 걸음보다는 더 빠른 속도로 이동할 수 있도록 독자적인 보행 기술을 구사하면서 사람들을 하나둘 앞질렀다.

그러면서 계속 주위를 경계했지만 그 어떤 시선도 느껴지지 않았다.

다들 서둘러 전진할 뿐이었다. 하나같이 먼 곳을 바라본다.

저마다 자신의 목적지가 있다는 사실을 바로 알 수 있었다. 이 자리에 있는 전원이 솔직했다. 멈춰 서 있는 사람은 없었고, 많은 사람이 뒤얽혀 움직이고 있는 이 상황에 오히려 안도감을 느꼈다. 나무를 숨기려면 숲으로 가라는 말이 있다. 이제 조용히 섞이기만 하면 된다. 거대한 인파를 타고, 다른 사람들과 똑같이 나도 내 목적을 향해, '원하는 물건을 사러 왔다'라는 의지를 드러내며 움직이는 한 나는 차질 없이 행사장 안을 누비고 다닐 수 있을 것이다.

목적지인 부스가 있는 전시장 안쪽을 향해 서둘러 이동했다.

그 인기 만화, 그 인기 게임, 그 인기 애니메이션 부스를 못 본 체하며 지나갔다. 다 나중에 봐도 된다. 우선은 '코스믹 레거시 부스'에서 '복각판 다크 파더 피규어'를 사야 한다. 그것이 최대이며 최우선인 임무. 그다음은 그저 용돈벌이용 보너스 타임이다. 각 부스의 혼잡도를 살피면서 효율적으로 값나가는 상품을 골라낼 것이다. 행사 시간이 끝날 때까지 그 행위를 반복할 것이다. 수익률 차이는 있겠지만 행사장 안에서 판매되는 것은 대부분 행사장에서만 파는 한정판 굿즈라서 하나라도 더 사면 그만큼 수익이 된다. 마치 현금을 쓸어 담는 게임 같아서 나도 모르게 미소가 지어진다. 사전 조사도 하고 계획도 세운 덕분에 90퍼센트 정도는 결과가 예상된다. 남은 10퍼센트는 임기응변에 기대기로 한다. 순간의 흐름을 읽고 최선의 판단을 내려서 다음 행동을 정한다. 기술과 경험, 판단력, 지금까지 길러 온 리셀러로서의 스킬을 총동원해 성과를 낸다. 승리를 얻어서 명예를 되찾는다. 완전무결한 재기 무대가 될 것이라고 믿으며.

지나가는 길에 낯익은 빨간 머리 캐릭터가 눈에 들어왔다.

《천공의 노래》 부스였다. 부스의 규모에서 제작 회사의 자신감이 엿보인다. 역시 초기 굿즈는 프리미엄이 붙어 가격이 급등하겠다고 생각하던 차에 불쾌한 기억이 되살아났다. 그렇다. 초봄에 매입한, B급 상품으로 변해 버린 그 인형 여섯 개는 이미 헐값에 처분했다. 묘하게도 그 캐릭터와 같은 빨간색으로 머리를 염색했다는 사실에 불길함을 느꼈다. 생각해 보면 일이 틀어지기 시작한 것은 그 무렵이었다. 순조롭던 리셀링 생활이 무너져 버렸다. 저 콘텐츠는 나에게 불길한 징조처럼 느껴졌다. 한시라도 빨리 그곳을 벗어나려고 보폭을 넓혔다.

동쪽과 서쪽 전시장을 잇는 옥외 복도를 건너서 구역을 이동했다.

분위기가 완전히 바뀌었다.

이 서쪽 구역에는 슈퍼히어로 코믹스와 할리우드 영화 같은 해외 콘텐츠가 모여 있다. 이미 많은 방문객으로 북적였지만 국내 콘텐츠 중심의 동쪽 구역에 비해 연령층이 높다는 인상을 받았다. '리셀왕을 찾아내자!' 하며 설치는 놈들도 국내 부스부터 돌 것이다. 끝까지 제대로 도망쳐 주겠다.

막다른 곳에서 방향을 틀어 벽을 따라 직진하자 '코스믹 레거시 부스'가 나타났다.

향수에 휩싸였다. 부스에 그려져 있는 캐릭터들을 보니 '카페 코스믹 패밀리어'의 모습이 떠올랐다. 하지만 곧바로 떨쳐 냈다. 아버지 대신 온 것이 아니다. 리셀러로서, 리셀링할 상품을 사러 왔다. 일말의 사적인 감정 없이 구매 줄 맨 끝에 몸을 넣었다.

눈으로 대기자 수를 어림잡아 봤다.

숨이 휴우, 하고 새어 나왔다. 이 정도면 문제가 없다. 남은 것은 그저 조용히 줄을 서다가 순번이 오면 안내받기를 기다릴 뿐이다. 쟁탈전도 없이 지극히 평화롭게 구매할 수 있을 것이다.

뒤쪽에 한 명, 두 명, 연결되면서 줄이 길어졌다. 나이가 나보다 두 바퀴 정도는 위다. 아버지와 동년배인 이들 사이에 드문드문 젊은이도 섞여 있었지만 온통 남자들이었다. 단체로 온 사람은 없고 다들 혼자 과묵하게 기다린다. 열정적인 팬인지 리셀러인지, 언뜻 봐서는 판별하기 어렵지만 분명 후자도 숨어 있을 것이다.

벽에 게시된 판매 상품 목록을 살피는 척하며 주변 경계를 게을리하지 않았다. SNS에서 다수의 계정이 'WCF에서 리셀왕을 잡겠다'라고 선언했다. 잡겠다고 선언한다고 해서 체포권이 생기는 것은 아니니, '리셀왕을 찾아서 영상에 담겠다'라는 의미일 것이다. 영세 인터넷 방송인들은 인지도를 높일 수 있는 기회를 놓치지 않으려고 일부러 입장권을 구매하면서까지 참가를 표명했다. 대다수는 '변장'과 '이미지 체인지'로 속일 수 있겠지만, 문제는 저 스티스 키즈다. 내 얼굴을 아는 이 최고의 천적도 WCF 참가 표명 영상을 올렸다.

"이번에 리셀왕의 정체가 밝혀질지도 몰라요!"

"우리가 반드시 리셀왕을 악에서 구원할게요!"

이런 의미심장한 발언을 했다. "우리 멤버들은 뿔뿔이 흩어져서 움직일 거예요. 누가 리셀왕과 마주칠까요?"라고도 말했다. 내가 행사장에 나타난다고 확신하는 말투라서 기묘했다. 단순한 블러핑일까, 아니면 나를 향한 도전장일까. 아무튼 여기 온 이상, 방심할 수 없다. 넷이 따로 움직인다니 귀찮게 됐다. 어린애 하나는 인파에 숨어들기 쉬우니 우연히 마주치면 바로 달아나서 거리를 두기로 했다.

아직 부스 밖에 있어서 재고 수는 짐작할 수 없지만 매진됐다는 안내는 없고 문제가 생길 조짐도 없었다. 대기 줄은 낙원처럼 평온했다.

그렇게 생각한 찰나,

"어어, 여기는 비어 있네~!"

평온한 한때가 끝을 선고받았다.

경박한 목소리가 들려왔다.

"으아~, 꽝인가 보다!" "없을 것 같은데, 돌아볼 거야?"

건들거리는 셋이 줄을 향해 다가왔다. 머리를 염색하고 너절한 옷을 걸친 채, 흡사 촌구석 양아치 같은 걸음걸이였다. 셋 다 스마트폰을 머리 위로 들고 있었다.

"네, 현장 분위기 아주 좋네요~!"

"아무튼 리셀왕을 찾고 있는데요."

"우리 ◎$△#&팀의 예상은 여기!"

제대로 듣지 못했지만 놈들의 목적지는 알겠다. 내가 서 있는 바로 이 대기 줄이다.

놈들은 부스 출입구 쪽으로 향했다.

"저, 저기…,"

출입구 부근에서 여자 스태프가 "영상 촬영이나 녹음은…" 하고 말을 걸었지만, "괜찮아, 금방 끝나!"라며 한 놈이 말을 차단했다.

처진 눈썹으로 입을 다무는 스태프. 금지 사항을 담은 규칙은 서서히 무력화된다.

나는 경비원을 찾았다. 임시 고용된 아르바이트생이 이런 놈들을 상대하기는 벅차다.

하지만 타이밍 나쁘게도 경비원은 보이지 않았다. 그래서 놈들도 촬영할 절호의 기회라 생각하고 움직인 것 같다.

"그렇다면 지금부터!"

"리셀왕이 있는지!"

"찾아보겠습니다아!"

목청을 높이며 선언하더니 셋은 행동에 나섰다.

"당신 리셀러야—?"

"너 리셀러야—?"

"그쪽 리셀러야—?"

줄을 따라 카메라를 움직이며 서 있는 사람들을 취조했다.

"자, 그럼 다음?"

"너 뭐 사러 왔어?"

"사서 리셀링하려고?"

정말 진절머리가 났다. 또다. 또 남의 신상을 함부로 공개하는 놈들이다. 저질스러운 놈들. 하다 하다 이런 전시장 구석까지 올 줄은 몰랐다. 다른 부스에는 다른 놈들이 들러붙었나. 놈들 사이에서 영역 싸움이 있었는지도 모른다.

"어디에 있을까아?"

"리셀왕, 있으면 대답해!"

"너 우리가 찾아내고 만다!"

세 사람은 어리숙해 보일 정도로 신난 티가 났다. 특별한 날에 뛰고 싶어서 난리를 피우는 스무 살처럼 들뜬 모습. 첫 방송일 수도 있다. 평소에 인기 방송인을 동경해서 '우리도 흐름을 탈 수 있어!' 하며 몰려나온 것이 분명하다.

"당신은~, 관상이 리셀러네!"

"너는~, 오타쿠 같으니까 통과!"

"그쪽은~, 그냥 리셀왕 닮은 아싸!"

기이한 시간이었다. 줄을 선 한 명 한 명에게 질문이 들어왔다. 스마트폰으로 시선을 떨어뜨리고 못 본 척하는 사람, 철저히 무반응과 무관심을 유지하는 사람, 조금 반감을 드러내려는 듯 못마땅한 표정을 짓는 사람…. 꼭 죄인 취급 당하는 것 같아서 괴로웠다. 원래 리셀러가 냉대당하기는 했어도 대놓고 비난받는 일은 잘 없었다. 암묵적인 합의 하에 활동할 수 있었다. 그런데 이 무슨 처참한 꼴이란 말인가.

놈들은 착실히 내 쪽으로 다가왔다. 줄을 선 사람들도 조금씩 앞으로 나아갔다. 잠시 후면 맞닥뜨리게 된다.

위험한 순간이 오면 바로 도주하겠다고, 그렇게 다짐했었다.

하지만 나는 움직이지 못했다. 계속 그 자리에 서 있었다.

대기 줄에 선 리셀러는 너무나도 무력했다. 도망칠 수도, 몸을 숨길 수도 없다. 그저 무방비로 노출된 채….

무사히 넘길 수 있을까. 얼굴은 드러난 적이 없고 변장도 했다. 하지만 토부네리마 쇼핑몰에서 정체를 들킨 적도 있었다. 가까운 거리에서 유심히 들여다보면 모자이크 너머의 모습과 겹쳐 보일지도 모른다.

안전을 위해서는 빠져나가야 한다. 그런 것쯤은 안다.

하지만 너무 아깝다.

조금만 더 가면 된다. 이 줄 끝에 다크 파더가 있다. 한정 복각판 피규어를 살 수 있다. 저런 놈들 때문에 그 권리를 포기한다면 대체 무엇을 위해 각오를 다지며 여기까지 왔는지… 도저히 알 수 없게 된다. 평생 후회와 굴욕을 맛볼 것이다.

"흐암, 없나 보네~."

하품을 삼키며 한 놈이 내 앞으로 다가섰다.

나는 고개를 살짝 숙여 모자챙으로 눈가를 가렸다. 아주 자연스럽게, 의심받지 않을 정도로, 그렇게 움직여야 한다고 생각할수록 몸이 떨렸다.

견뎌 내라. 이겨 내라. 아주 짧은 순간이다. 금방 지나갈 것이다.

하지만 놈은, "으음?" 하고 걸음을 우뚝 멈췄다.

"으으으음…. 으으음~?"

보란 듯이 얼굴을 가까이 들이댔다.

심장이 펄쩍 뛰어올랐다. 나는 동요를 들키지 않으려 얼굴 근육이 쓸데없이 움직이지 않도록 애썼다. …제기랄. 설마 눈치챘나.

모자를 눌러쓴 빨간 머리, 도수 없는 안경, 이 화려한 복장까지, 모자이크 처리된 예전 모습과 비슷할 리가 없는데….

"뭐야, 너 수상한데?"

놈은 분명하게 말했다. 역시 의심하고 있다. 나는 눈에서 건조함을 느끼고 나서야 잠시 눈 깜빡이는 것을 잊고 있었음을 깨달았다. 거동이 수상해 보였을까. 무반응이 오히려 부자연스러울 것 같아서 고개를 들어 봤지만 관절은 꼭두각시 인형처럼 어색하게 움직였다. 그런 모습까지 남자의 스마트폰은 전부 중계하고 있다. 실시간으로 방송되고 있다.

"이 자식, 100퍼센트 수상해!"

"뭐…, 뭐가요?"

반박하는 수밖에 없었다. 목소리를 낮추며 톤을 평소와 다르게 하려고 의식했다. 목소리 때문에 걸릴 수는 없다.

"뭐냐니? 아니, 너!" 대단한 녀석을 만났다는 듯 놈은 입을 크게 벌리고 웃으며, "그 패션 진짜 안 어울려!"라고 말하고 내 관자놀이를 검지로 눌렀다.

생각지도 못한 지적에 할 말을 잃었다.

"모자를 쓸 거면 머리 끝 스타일링을 신경 써야지. 촌스럽게 이게 뭐야? 셔츠랑 바지 사이즈도 안 맞고. 소재도 싸구려. 대충 아무 가게에서 산 거 다 티 나."

"네, 어, 네…?"

갑작스럽고 신랄한 패션 평가에 당황했다.

"아니, 근데 그게 왜요?"

"변장이지?"

"변, 네…?"

"한마디로~, 싼 티 나게 변장한 거잖아. 다 티 나."

망했다. 이 시골 양아치는 상대가 진짜 양아치인지 아닌지 순식간에 간파했다. 이렇게 벼락치기로 한 '이미지 체인지'를 간파당하는 것은 시간문제였다. 애써 강구한 대책이 오히려 독이 됐다.

"너, 리셀왕 아니야?"

서로 코가 닿을 정도로 남자가 몸을 밀착해 왔다.

"그래, 닮은 것 같기도 한데. 다들 어떻게 생각해~?"

스마트폰을 향해 묻기 시작했다.

"역시, 그치, 그치? 너희도 그렇게 생각하지?"

시간의 흐름이 극도로 느려졌다. 공개 처형이 영원히 이어질 것 같았다. 의논을 마친 남자는 "솔직히 말해. 너 리셀왕이지?"라고 물으며 눈으로 나를 압박해 왔다. 자백하라고, 정체를 밝히라고, 그렇지 않으면 해방은 없다는 듯 조소를 머금은 채 내가 굴복하기만을 기다린다. 이미 나를 리셀왕으로 확신하는지도 모른다. 이제 달아날 곳이 없는지도 모른다.

"자, '저는 리셀왕입니다', 해 봐."

전신에서 힘이 빠졌다.

끝났다. 모자이크 처리도 되지 않은 얼굴이 노출된 이상, 쓸데없는 저항은 상처를 더 깊게 할 뿐이다.

"저···, 저···,"

나도 모르게 입이 움직였다.

저는···, 리셀왕···.

목구멍에서 올라오는 자백의 말을 뱉으려던 그때였다.

"아니에요."

낯익은 누군가가 다가왔다.

"그 사람 리셀왕 아니에요."

까치집 같은 희끗희끗한 머리. 빈티지한 사파리 재킷.

나타난 사람은 '늑대'였다.

"뭐야, 너 아는 사람이야?"

방송인이 스마트폰을 나에게서 '늑대' 쪽으로 돌렸다.

"네. 같은 팬이어서요."

"정말이야? 엄청 수상한데?"

얼마간 입씨름이 이어졌다. 나는 잊힌 것처럼 관심 밖으로 밀려났다.

사태는 더더욱 생각하지 못한 방향으로 흘러갔다.

"어어, 뭐 찍는 거야!"

뒤쪽에서 위협적인 목소리가 메아리쳤다. 대기열 맨 뒤쪽, 전체적으로 해골이 그려진 트레이닝복 차림에 색이 들어간 선글라스를 낀 남자는 언뜻 보기에 야쿠자 같았다.

"그거 집어넣어. 거기, 떨떨이!"

장소에 어울리지 않게 울려 퍼진 호통에 주변이 시끄러워졌다.

줄 앞쪽에 있던 두 놈이 나를 검열하던 일행을 데리고 뒤쪽으로 달려갔다. 줄을 선 모든 사람의 시선이 대기열 맨 끝으로 쏠렸다.

"너 이 새끼들, 저리 안 꺼져?"

야쿠자와 인터넷 방송인 셋이 대치했다.

"앗, 리셀러이십니까?"

"그러면, 뭐 어쩔 건데?"

"화풀이하는 건가요?"

"카메라 치우라고, 새끼야!"

"찍히면 안 되는 이유라도?"

"죽고 싶어 환장했냐? 어?!"

참으로 덧없는 광경이다. 쉰이 다 돼 보이는 야쿠자가 영세 인터넷 방송인들과 말싸움을 벌이는 이곳은 일본 전역에서 오타쿠가 모이는 월드 캐릭터 페스티벌 행사장이다. 더군다나 야쿠자 정도 되는 인간이 굿즈 리셀링을 한다. 세상이 말세다.

솔직히 격이 떨어진다. 격이 떨어져도 너무 떨어진다고 생각했다. 리셀러를 둘러싼 시끄러운 소동은 리셀링 업계의 진입 장벽을 극도로 낮춰서 암흑가 사람들까지 공식 무대로 끌어당기고 말았다. 한심하다. 그렇게 벌지도 못하는데. 이 나라는 야쿠자까지 가난해졌다는 말인가.

그러다가 나는 자문했다. 야쿠자가 리셀링을 하는 것이 왜 격이 떨어진다고 생각했을까. 바꿔 말하면 무의식적으로 리셀링 자체가 격이 떨어진다고 생각했기 때문이 아닐까. 아니, 말도 안 된다. 그럴 리가 없다. 머릿속에 떠오른 자학적인 발상을 부정했다. 일반적인 세상 사람들의 가치관에 잠식당해서 어쩌려는 것인가. 자신의 신념을 관철해라. 너는 범죄자가 아니니까. 그렇게 나를 타일러서 간신히 평상심을 되찾았다.

야쿠자와 인터넷 방송인들의 공방이 이어졌다. 지금처럼 끝까지 시선을 끌어주면 좋을 텐데, 상황은 그렇게 유리하게만 흘러가지 않는다. 잠시 후 경비원들이 달려왔다.

지금이다. 숙고할 여유는 없다.

나는 줄에서 빠져나갔다.

놈들은 사무실로 함께 연행돼 취조를 받을 것이다. 괜히 말려들기 전에 전략적으로 물러나야만 했다. 게다가 그 자리에 머물러 있다가는 소란을 듣고 온 저스티스 키즈에게 잡힐지도 모른다.

떠나며 뒤를 돌아보니, 대기열 중간 내가 서 있던 곳에서 '늑대'의 뒷모습이 보였다. 혼란을 틈타 자리를 잡은 모양이다. 하여간 빈틈이 없다. 그래, 가져라. 나는 속으로 웃었다. 참으로 기구한 인연이다. 면식도 없고, 동맹을 맺은 적도 없고, 현장에서 가끔 마주쳤을 뿐인 저 동종업자는 역시 동지였을지 모른다. 그래, 가져. 다시 한번 그렇게 생각했다. 도움을 받은 답례로는 충분하다.

상황을 정리해 본다. 리셀왕인지 아닌지 혐의만 받고 끝났지만 얼굴부터 복장까지 방송에 노출됐다. 이대로 행사장을 어슬렁거리면 누군가에게 붙잡힐 우려가 있다.

우선은 태세를 정비해야 한다.

변신 비책은 준비해 왔다.

나는 '코스믹 레거시 부스' 반대편 벽 쪽 막다른 곳에서 방향을 틀어 행사장 끝 화장실로 서둘러 갔다. 스마트폰을 한 손에 들고 SNS를 확인해 보니 예상대로 목격 정보가 쭉 흘러나왔다. 그중에는 아까 그 양아치들이 방송한 영상을 캡쳐해서 '이놈이 리셀왕?' 이라는 의혹도 있었지만 여전히 복장을 기반으로 검증이 이루어지고 있었다. 오히려 잘 됐다고 생각했을 즈음 화장실에 도착했다.

변기 칸은 꽉 차 있었고 두 명이 줄을 서 있었다. 여기서까지 줄을 서야 한다니, 지긋지긋했지만 차례가 오기를 기다렸다. 앞에서 두 번째 칸으로 앞사람이 들어간 뒤에 첫 번째 칸의 문이 열렸다. 상쾌함이 얼굴에 묻어나는 거구와 자리를 바꿔 입실해 보니 냄새가 지독했다. 구역질을 참으며 변기 뚜껑에 배낭을 내렸다. 꺼낸 것은 검은색 티셔츠와 검은색 바지. 예비로 챙겨 온 개성이라고는 눈곱만큼도 없는 의상. 옷을 갈아입자 드디어 땀의 끈적임에서 해방되었다. 안경과 모자도 벗었다. 맨얼굴이 드러나겠지만 어쩔 수 없다. 이걸로 전체적인 인상은 변했을 것이다.

칸에서 나가자 줄을 서 있던 남자가 쳐다보았다. '설마 들켰나?' 하고 긴장했지만, '물 내리는 소리가 들리지 않아서 그랬나?' 하고 뒤늦게 깨달았다. 미처 거기까지 생각하지는 못했다. 세면대 거울 앞에 서서 모습을 확인했다.

…소용없을지도 모르겠다.

빨간 머리가 튀어서 여전히 눈에 띈다. 어중간한 변신은 오히려 의심을 키울 가능성이 있지만 다른 방도가 없었다.

이제 시간 싸움이다. 재빠르게 화장실을 뒤로했다.

걷기 시작하니 곧바로 등이 땀으로 젖었다.

시간 손실이 너무 커서 아쉽다. 줄을 다시 서게 됐으니 구입 확률은 현저히 낮아졌지만 그래도 포기하고 싶지 않았다. 경비원까지 개입했으니 부스에서도 사태를 수습하느라 시간을 썼을 것이다. 만약 내가 옷을 갈아입는 동안 판매가 일시 중단됐다면 아직 승산은 있다.

걸으면서 몇 번이나 어깨를 부딪칠 뻔했다.

행사장 안에 방문객은 계속해서 늘어났다. 걷다가 부스 앞에 멈춰 서는 사람들이 통행을 방해했다. 마음처럼 앞으로 나아갈 수가 없었다. 보폭은 좁고, 발은 밟히고, 몇 번이나 다시 뒤로 밀려났다.

겨우겨우 돌아왔다.

부스 위에서 흔들리는 '코스믹 레거시 깃발'에는 '다크 파더'의 모습도 있어서 가슴이 애타게 끓어올랐다. 갖고 싶다. 사고 싶다. 제발 그 피규어를 나에게!

줄이 보였다.

줄은 길어지지 않았다.

길어지기는커녕 짧아졌다. 곧바로 기대가 부풀어 올랐다. 아직 가능하다. 늦지 않았을지도 모른다. 들뜨는 마음을 두 다리에 신고 인파를 헤치며 달렸다.

도착하자마자 부스 앞에 게시된 상품 목록부터 살폈다.

왼쪽 위, 다크 파더 피규어 사진 위에 붙은 두 글자.

매. 진.

나는 우두커니 섰다. 그 무자비한 빨간 스티커에서 눈을 뗄 수 없었다.

다 팔렸다. 어이없게도. 무언가 무너지는 소리가 머릿속에서 울렸다. 그대로 서 있었으면 분명히 살 수 있었을 텐데. 어찌할 수 없는 현실을 직면하자 사지에서 힘이 빠졌다.

리셀러 자격, 미달.

마지막 순간을 지켜보지도 못하고, 경기장에조차 들어서지 못한 채, 나는 목표물을 놓쳤다.

여기에 있는 의미, 의의, 가치, 모두 지금 잃어버렸다.

"현재 대기 없이 구매 가능합니다—!"

눈이 마주치자 부스 안에서 스태프가 미소를 지어 보였다.

나에게 하는 말이다. 하지만 반응할 수 없었다. 다른 굿즈들은 있겠지만 잔챙이들뿐이다. 반드시 '복각판 피규어'여야 한다. 그 '다크 파더'여야… 하지만 이제 없다. 이제 팔지 않는다. 이제 영영 손에 넣을 수 없다.

정신을 차리고 보니 이미 스마트폰 화면을 켜고 있었다.

중고 거래 앱을 검색했다. '다크 파더들'이 나타났다. 판매한다는 게시물이 벌써 세 건 올라와 있었다. 가격은 제각각. 정가의 3배, 4.7배, 15배. 마지막은 협상을 유도하는 장난 같은 금액이었지만, 앞으로 급등할 것을 고려하면 3배는 '살 만한 가격'이었다. 방금 매진된 상품을 이 손가락 하나로 살 수 있다. 뜻밖의 손실을 돈으로 메꿨다고 생각하면 이 실패를 만회할 수 있다. 지금 구입해서 반년이나 1년 정도 재워두고 최종적으로 정가의 5~6배 정도에 리셀링하면 여전히 이익을 낼 수 있다. 리셀링 상품의 '재'리셀링. 이것도 엄연한 리셀링이다. 나는 화면을 아래로 스크롤해서 '구입'을 터치했다. 확인 화면으로 넘어가 '결정' 버튼 바로 위에서 손가락을 멈췄다.

정신을 차렸다. 대체 무슨 생각을 하는 것인가. 리셀러에게 매입하는 리셀러라니, 패배의 극치를 달릴 셈인가. 어떤 명목을 갖다 붙인다 한들 정당화할 수 없다.

나는 스마트폰을 바지 주머니 깊숙이 넣었다.

나는 패배했다. 그러니 리셀링을 할 수 없다. 인정할 수밖에 없다고 스스로를 타일렀다.

문득 차가운 시선을 느꼈다.

옆을 보니 남자아이가 카메라를 비추고 있었다.

펄쩍 뛰어오를 뻔했지만 순간적으로 참았다. 확실히 카메라에 찍혔다. 역시 빨간 머리가 시선을 끈 모양이라 분했다. 내가 리셀왕이라는 정보가 퍼진 것도 아닌데 어떻게 이렇게 망설임이 없는 걸까. 의문은 금방 풀렸다.

"아…"

스마트폰을 살짝 내려 얼굴을 보인 남자아이는 나의 천적이었다.

그 넷, 저스티스 키즈 중 한 명이었다. '보이지 않는 신의 핸드', '사법', '길티 크라이시스', 전부 아니다. 눈앞에 있는 아이는 '켄쨩'이다. 멤버 중에서 가장 키가 작고 존재감 없는 녀석.

아무튼 나는 적에게 포착되고 말았다.

저 녀석은 내 얼굴을 안다. 확실히 알아볼 것이다. 단순 촬영인지 생방송 중인지는 모르겠지만 한시라도 빨리 이곳을 떠나야 한다. 알고 있는데, 어떤 부자연스러움이 나를 붙들었다.

"아… 아아…"

고개를 약간 숙인 채로 켄쨩이 스마트폰을 만졌다.

손놀림이 무척이나 어설프다. 떨면서 허둥댄다. 버벅거리는 손가락의 움직임에서 극도의 긴장감이 전해졌다.

시선을 느꼈는지 켄쨩이 고개를 들고 도움을 요청하는 듯한 눈으로 주변을 두리번거렸다. 기묘했다. 시간이 지나도 친구들이 합류할 기색은 없었다. 쩔쩔매는 것은 상대방이라고 생각하자 나는 냉정함을 되찾았다.

확신했다.

켄쨩은 솔로 활동에 익숙하지 않다. 혼자 촬영을 해 본 적도 없을 것이다.

"이제 그만해, 켄쨩."

힘을 빼고 말했다.

상대의 어깨가 움츠러드는 모습을 나는 놓치지 않았다.

"지금 당장 카메라 꺼."

역정을 눌러 내뱉었다. 켄쨩은 반발하는 기색을 보이지 않았다. 어린 눈동자에 당황하는 빛이 감돌더니 이내 스마트폰을 든 손을 툭 떨어뜨렸다. 혼자서는 자신이 없나 보다. 지금까지는 늘 무리 속에서 보호받았을 것이다.

나는 한 발짝 앞으로 나갔다. 도망치지 말라고 협박하듯 노려보았다. 순한 켄쨩은 내가 접근하는 것을 순순히 허용한다.

부스와 부스 사이 통로에서 마주 섰다.

사람들이 우리 옆을 끊임없이 지나갔다. 서른 넘은 남자가 중학생을 몰아붙이고 있지만 관심을 두는 사람은 없다. 경비원조차 그냥 지나갔다. 지나다니는 사람이 많은 행사장에서는 오히려 사각이 생긴다.

나의 호흡. 녀석의 호흡.

거친 숨이 우리 사이를 오고 간다.

머릿속에서 뜨거운 것이 울컥 올라왔다. 놓치지 않겠다. 놓치지 않겠다. 다크 파더라는 목표를 잃은 지금, 세상 물정 모르는 미성년자에게서 악의 싹을 제거하는 것이 나의 책무라는 생각이 들었다.

"이런 짓을 해서 뭘 어쩌려고?"

나는 타이르듯 말을 이었다. "지금 찍은 영상도 삭제하—"

"죄송해요."

상대방이 백기를 들었다.

겁먹은 그 작은 아이는 생기도 없이 창백했다.

"지울게요. 전부 지울게요."

고개를 떨어뜨리고 스마트폰에 얼굴을 묻으며 화면을 터치한다.

공연히 화가 났다.

지워 봤자 무엇이 달라지나. 모든 발단은 저스티스 키즈가 올린 영상이었다. 이 미성년자 놈들의 짓궂은 장난이 큰 사회적 혼란을 낳았다. 이놈들 때문에 내 삶은 완전히 달라졌다. 이놈들 때문에 리셀링도 제대로 할 수 없게 됐다. 이놈들 때문에, 이놈들 때문에, 이놈들 이놈들 이놈들 때문에!

나는 켄쨩의 스마트폰을 뺏어서 집어 던졌다.

"아…."

스마트폰은 기분 나쁜 소리를 내며 바닥을 한 번 튕기고 나서 내 발치에 떨어졌다. 켄쨩은 몸을 숙이며 손을 뻗었지만 나는 재빨리 다리를 뻗어서 스마트폰을 옆으로 차 버렸다.

"아…."

지나다니는 사람들의 발 사이로 스마트폰이 빨려들어 갔다. 연쇄적으로 발에 차여 핀볼처럼 미끄러져 나가는 모습이 통쾌했다. 켄쨩이 두 팔을 파닥이며 쫓아가다가 앞을 지나가던 여자 둘과 충돌했다. 작은 비명이 들렸고, 몸을 숙이고 스마트폰을 수색하는 켄쨩에 의해 통로의 동선이 흐트러졌다. 퍼져나가는 웅성거림

을 들고 경비원들이 다가왔다. 교통정리가 이루어지자 금방 질서
가 돌아왔다.

방관하기로 마음을 먹으면서도 나는 켄쨩에게서 눈을 떼지 않
았다. 작은 등을 따라서 부스 두 군데를 지나 그다음 모퉁이로
사라진 남자 중학생의 뒤를 쫓았다. 입장이 완전히 바뀌었다고 생
각하며 모퉁이를 들여다보니, 켄쨩이 부스 뒤에 쪼그리고 앉아서
오른손 소매로 스마트폰 화면을 열심히 닦고 있었다. 눈꼬리를 내
리고 이를 악문 옆얼굴이 당장이라도 울음을 터뜨릴 것 같아서
귀여웠다.

기척을 느꼈는지 켄쨩이 뒤를 돌아보았다. 나는 그 모습을 내려
다보며 켄쨩에게 다가갔다. 스마트폰을 가슴에 꼭 쥔 몸은 움츠
러들었고, 얼굴은 창백했고, 눈빛은 절망에 물들어 있었다. 몸을
일으키려고 하는 순간을 노려서 내가 한 발을 강하게 내딛자 켄
쨩은 뒤로 풀썩 주저앉았다. 작게 떠는 것이 전부인, 연약한 생물
이었다.

가슴속에서 충동이 일었다. 걷어찰 수도, 머리를 후려갈길 수
도 있다. 지나다니는 방문객들이 본다고 해도 어차피 아무도 끼어
들지 않을 것이다. 이놈이나 저놈이나 자신의 물욕을 우선시하고
모르쇠할 것이다. 그러니 나는 켄쨩에게 본때를 보여 줄 수 있다.
폭력을 상상하니 신선함을 느꼈다. 성인이 되고 나서는 사람을 때
려 본 적이 없다. 어린 시절의 싸움은 그저 치고받는 장난이었고,
폭력은 아니었으니 노카운트다. 다시 말해 나는 태어난 이래로 폭

력에 손을 댄 적이 없었다.

시험 삼아 오른팔을 번쩍 쳐들었다.

"으끽…"

켄쨩은 찌부러지는 두꺼비 같은 소리를 냈다.

해 보고 싶다. 때려 보고 싶다. 압도적인 체격 차이에서 가해지는 폭력. 인터넷에 중독돼 이미 근성이 썩을 대로 썩은, 구제 불능인 이 10대 소년이 지금 예상하는 '최악의 전개'를 현실로 만들고 싶었다. 네가 상상하는 그 미래를 마주하게 해 줄게. 나는 안전하다. 힘으로 질 리가 없다. 촬영하는 카메라도 없다. 강한 어른이 약한 아이를 폭행한다. 해 주마. 알려 줘야 하니까. 같은 사회를 살아가는 선배로서 미성숙한 너에게 제재를 가할 것이다. 자기 입맛대로 정의를 내세우며 다른 사람의 정보를 인터넷상에 노출시키는 그런 짓을 하면 안 된다고. 지금 지도하지 않으면 이 아이에게 나라의 미래를 맡길 수 없다. 저스티스 키즈를 깨부수면 그 활동을 지지하는 팬들이나 모방범들도 도태될 것이다. 인터넷도 조금은 정화될 것이다. 어둠의 유산을 다음 세대에 물려줄 수는 없다. 폭력으로 손을 더럽히더라도 나는 내가 믿는 정의를 이룰 것이다!

치켜든 주먹에 힘을 주었다.

거기에 반응하듯 켄쨩이 머리를 감쌌다.

"으아아!"

내가 소리쳤다.

"으끅!"

또다시 두꺼비 찌부러지는 소리.

추임새 같아서 재밌다. 그 반응이 나를 부추겼다. 폭력을 유도하는 태도였다. 더는 참을 수 없다. 주먹을 앞으로 내질렀다!

"어…?"

주먹 끝에 보이는 것은 검은 정수리.

닿지 않았다. 나는 대각선 아래로 주먹을 내지른 자세 그대로 움직임을 멈췄다.

거리를 잘못 계산했나 보다. 몇 발짝 더 가까이 갔어야 했다는 것을 깨달았다. 오른손을 제 위치로 되돌려 놓자 어깨의 긴장이 풀리기 시작했다. 등에서 단단한 날개가 떨어져 나가는 것 같은 허탈감…. 이 느낌을 안다. 절정이 지나간 뒤와 비슷하다. 오른쪽 팔꿈치에 싹튼 나른한 통증이 전신을 좀먹자 날뛰던 혈액이 순식간에 식었다. 눕고 싶을 정도로 졸음이 몰려왔다.

"…됐다."

주먹을 휘둘러 본 것만으로도 충분히 만족했다. 이제 켄쨩은 아무래도 좋다. 왜 때리려고 했는지 모르겠고, 손가락 하나도 건드리고 싶지 않게 되었다. 생각해 보면 켄쨩을 때려 봤자 그 끝에 무엇이 남는다는 말인가. 리셸러를 저주하는 놈들은 사라지지 않는다. 인터넷에서 사람을 장난감처럼 가지고 노는 일도 끊이지 않을 것이다. 생활이 윤택해지지도, 세계 평화가 이뤄지지도 않는다.

나는, "내 일에 상관하지 마"라고 말했다. "나도 상관하지 않을 테니까, 너도 상관하지 마."

다른 사람에게 이래라저래라하는 게 무슨 의미가 있는지 모르겠다. 나는 혼자다. 고독한 리셀러. 내가 다른 사람에게 참견하는 것은 인터넷상에서 익명으로 거래할 때뿐이다.

나는 그대로 걸음을 돌렸다. 철수다. '다크 파더'라는 대장을 생포하지 못한 이상, 다른 부스에서 아무리 굿즈를 뒤적여 봤자 잔챙이 사냥이나 다름없다. 그 정도 실적으로는 리셀러로 복귀할 수 없다.

새 기회를 기다려야 한다. 오늘은 얌전히 귀가할 것이다. 다음번에야말로 반드시 거물을….

"리셀왕————!"

뒤에서 들린 절규에 무의식적으로 돌아보았다.

경악했다. 켄짱이 다시 스마트폰을 들고 있었다.

"이 자식, 너!"

뭐 하자는 놈인가. 기껏 놓아줬는데 이렇게 바로 배신하다니. 갑자기 되살아난 그 모습에 나는 주춤했다.

남자아이의 앳된 얼굴은 일그러져 있었고, 휘둥그렇게 뜬 눈으로 날 노려보고 있었다.

죽는 한이 있어도 나를 찍어서 인터넷에 올리겠다는 각오가 느껴진다. 왜지? 왜 그렇게까지 집착하지? 무엇이 너를 그렇게까지 몰아붙이는 거야? 나보다 나이가 한 바퀴 이상 어린 꼬맹이에게 나는 끝 모를 공포를 느꼈다.

"긴급 생방! 리셀왕 찾았다!"

녀석의 외침은 행사장의 소음을 밀어내고 울려 퍼졌다.

"리셀왕이 여기 있다━━━!"

방문객들의 발걸음이 멈췄다. 모두 이쪽을, 나를 보았다.

"저 사람이 리셀왕이래." "누구? 인터넷에서 유명한 녀석이야?"

주변이 시끌벅적해졌다.

"위험한 사람 아니야?" "범죄자잖아." "경비원 부를까?"

동요가 물결쳤다. 내 정체가 탄로 났다. 목격자 다수. 심지어 켄쨩이 현장을 생중계하고 있다. 인터넷 반응을 확인해 보려고 스마트폰을 꺼내려다가 그럴 때가 아님을 깨달았다. 우선은 이곳을 벗어나야 한다…!

"리셀왕이 여 다━━━!"

"그냥 두면 살해당해━━━!"

"리셀왕이 여기 있어━━━!"

"누가 빨리 와서 구해줘━━━!"

정신 착란을 일으켰나 싶을 정도로 켄쨩은 계속 소리쳤다. 그런 행동에 나는 더욱 당황했다.

아니야, 나는 리셀왕이 아니야! 해명하고 싶었지만 목소리가 나오지 않았다. 사람들의 눈이 내게서 떠나지 않는다.

믿어 줘, 나는 리셀왕이 아니야! 누구에게 말해야 할지 알 수 없었다.

"…야, 너," 드디어 목소리가 나왔다. "거짓말 좀 하지 마!" 나는 켄쨩을 노려보았다.

"나는 구해 주려고 했다————!" 이렇게 말하며 켄쨩은 쏜살같이 사람들 밖으로 뛰쳐나갔다.

"야, 거기 서!"

재빨리 뒤를 쫓았다.

뒤에서, "도망친다!" "저쪽으로 갔어!"라는 소리가 들렸다.

어떻게 하지? 많은 사람에게 목격된 지금, 변장은 더 이상 의미가 없다. 처음 옷으로 갈아입을까. 아니, 어차피 머리색이 눈에 띌 것이다. 됐다, 상관없다. 나는 코앞에서 달리고 있는 켄쨩을 계속 추격했다. 자비를 베풀자마자 이렇게 나오다니, 가만두지 않겠다. 역시 패 줬어야 했다. 폭력으로 제재했어야 했다. 잘못된 근성을 고쳐 줘야 했다. 처벌을, 심판을, 이번에야말로!

켄쨩은 동쪽 구역을 향해 달렸다. 중학생에게 달리기로 뒤처질 수는 없다고 생각하며 필사적으로 달렸지만 숨은 차고 다리는 꼬였다. 그동안 운동이 부족한 나날을 보낸 탓에 내 육체는 비명을 질렀다. 켄쨩의 등은 점점 멀어져 갔지만 눈으로는 계속 붙들고 있었다.

그러다 결국 동쪽 전시장으로 가는 옥외 통로에서 놓치고 말았다. 통로 중앙에 멈춰 서자 위에서 가스가 올라왔다. 어마어마한 양의 트림이 공기 중으로 빠져나갔다. 침을 삼켜 목을 적시고 앞을 바라보았다.

켄쨩은 홀연히 모습을 감췄다. 이대로 동쪽 구역으로 도망쳤을까. 더 추격했다가는 완전체 저스티스 키즈와 마주하게 될지도 모른다. 켄쨩을 놓친 게 아쉽지만….

그때 내 눈에 들어온 것은 옥외 통로 좌측의 외부 공간이었다. 벤치가 늘어서 있는 휴게 공간이었다. 앉아 있는 사람은 한 명도 없었다. 당연했다. 직사광선을 받아 달궈진 벤치에 앉으면 엉덩이가 불탈 것이다. 눈여겨볼 만한 곳은 그 뒤쪽이었다. 울타리 오른편으로 나무에 가려진 작은 공간이 있었다. 번뜩, 혹시 켄쨩은 저기로 도망친 게 아니까 하는 생각이 들었다.

나도 모르게 웃음이 새어 나왔다. 이러니저러니 해도 결국 상대는 중학생 아닌가. 동쪽 구역으로 넘어가는 척하고 건물 밖으로 도망칠 심산이었겠지만, 그렇게는 안 된다. 나는 사냥감을 몰아넣는 기분에 심취해 호흡을 고르며 울타리로 다가갔다.

전시장 외벽과 가로수 사이에 있는 자그마한 공간은 그늘로 덮여 있었다. 흡연자들이 이용할 법한 이 구석진 공간은 정적과 어슴푸레함만이 감돌았다. 마치 실수로 다른 공간에 들어온 것 같은 기분이 들었다. 그리고 아무도 없었다.

어둑했지만 충분히 확인할 수 있었다. 이곳에 켄쨩은 없다. 중학생을 상대로 헛다리를 짚은 나 자신이 부끄러웠다. 진정하자. 숨을 들이쉬고 천천히 뱉었다. 시간을 들여 차분히 반복했다. 당혹스러움이 가라앉자 나른함이 밀려들었다. 이제는 정말 완전히 지쳤다. 집으로 돌아가자. 그렇게 결정하고 몸을 틀어 돌아선 순간, 멱살을 잡혔다.

다리가 꼬여서 거의 넘어질 뻔했다.

눈앞에서 어떤 여자가 내 목을 움켜쥐고 있었다. 지금 무슨 일이 일어난 거지? 이 여자는 누구지? 의문을 해소할 틈도 없이 여자는 나를 그대로 바닥에 내동댕이쳤다.

둔부에 받은 강한 충격이 눈가까지 올라와서 눈물이 핑 돌았다.

여자는 내 앞에 우뚝 섰다. 나를 노려보는 두 눈은 오른쪽에만 쌍꺼풀이 있어서 좌우 크기가 달랐다. 옅은 갈색 머리가 바람에 나부꼈다. 나를 내려다보고는 있지만 키는 작다. 옆으로 퍼진 납작한 콧방울의 주근깨가 어쩐지 낯익었다.

"…그 머리, 무슨 속셈이야?"

마치 더러운 것을 보는 듯한 눈빛.

다짜고짜 머리 지적부터 하는 게 의아해서 뒤통수를 만졌다. 또 빨간 염색약이 섞인 땀이 잔뜩 묻어나왔다.

"너, 너야말로 무슨 속셈이야?" 머리를 조여 오는 통증을 견디며 가까스로 받아쳤다. "왜 갑자기 사람을 넘어뜨려?"

여자는 내 질문에 대답하지 않은 채 어깨에 멘 토트백을 가슴 앞으로 내밀며 물었다.

"이름을 말해."

가방에는 커다란 인형이 달려 있었다.

"이 캐릭터 이름, 말해 봐."

붉은 머리를 한 삼등신 캐릭터 인형이었다.

여자의 정체가 생각났다.

몇 개월 전, 이케부쿠로의 팝업 스토어에서 저 캐릭터 인형을 나와 동시에 잡았던 여자가 분명하다. 나를 노려보는 그 눈동자에는 엄청난 분노가 담겨 있었다. 오늘 행사장에 설치된 부스 중에 분명 《천공의 노래》 부스도 있었다. 일련의 소동을 전해 들은 여자가 나를 쫓아온 모양이다. 켄짱을 뒤쫓는 데에만 열중하는 바람에 내가 쫓기고 있는 줄은 미처 몰랐다.

아파서 일어날 수가 없었다. 허리 쪽에서 느껴지는 익숙한 통증과 어둑한 곳에 쓰러져 있는 나 자신을 자각하자, 그날의 기억이 되살아났다.

"그래…. 그때 나를 쓰러뜨린 게…."

눈앞의 광경에 이케부쿠로 뒷골목이 겹쳐 보였다.

역시 그때 나를 죽이려고 했던 거다. 이 녀석이 범인이었다. 바로 이 녀석이 리셀러를 죽이고 다니는 연쇄 살인범이다.

그때 해치우지 못한 리셀왕을 이번에야말로 죽이러 온 건가? 설마 인터넷에 올라온 글도 이 여자가 쓴 걸까? 근데 그 글은 살인을 의뢰하는 듯한 말투였는데…. 모르겠다. 생각이 제대로 정리되지 않는다. 그저 눈앞에 있는 위협에 압도되었다.

도망쳐야 한다.

뇌는 지령을 내렸지만 나는 엉덩방아를 찧은 자세 그대로였다. 내가 일어나려고 하면 인형이 달린 가방에서 칼을 꺼낼지도 모른다고 생각하니 몸이 경직되어 움직일 수 없었다. 어떻게 해야 할까. 이런 구석진 곳에서 도와 달라고 소리를 지른들 사람이 오기 전에 당할 것이다. 어쩌면 힘으로 이길 수 있지 않을까. 저 가느다란 팔다리로 성인 남성을 때려눕히기는 힘들 것이다. 아니, 조금 전 멱살을 잡은 손아귀의 힘이 평범하지 않았다. 상대는 최소 세 명을 죽였다. 덩치 큰 야마다 노리시게까지 죽였다. 섣불리 자극하면 안 된다…!

"이름을 말해!"

여자는 인형을 보여 주며, "얘 이름이 뭐야?!"라고 반복해서 물었다.

이름. 이름. 어서 대답해야 한다. 그러나 머리를 쥐어짤수록 초조함만 더하고 답은 떠오르지 않았다.

아마 길었던 것 같다. 발음하기 어려운, 서양식 이름이 쭉 나열돼 있었는데….

"…이, 잊어버렸어요."

나는 솔직하게 대답하는 수밖에 없었다. 물론 매입할 때 조사는 했다. 하지만 리셀링이 끝나면 기억에서 사라진다. 저 인형은…. '천공의 노래 특대형 캐릭터 인형' 중에서 빨간 머리 캐릭터 인형이다. 알랭이었나, 알렌이었나. 둘 다 아닌 것 같아서 대답할 용기가 나지 않았다. 가격은 세금 포함 5천5백 엔. 그것만큼은 기억한다. 리셀링한 가격과 이익도 떠오른다. 하지만 이름은 생각나지 않았다.

"잊어 버렸다고?"

여자의 얼굴이 뒤틀렸다.

"그럼 애 성격은? 생년월일, 혈액형, 성장 과정은? 하나라도 아는 거 있어?" 여자는 새로운 질문을 줄줄이 뽑아냈다.

심판을 내리기 전에 심문하려는 것일까. 나는 침묵으로 대답을 대신할 수밖에 없었다.

그러자 여자는 어깨를 축 늘어뜨리더니, "좋아하면 대답할 수 있는 질문들인데⋯. 망할 되팔이 새끼"라고 내뱉었다.

"이 아이는," 여자는 말을 이었다. "너한테서 회수한 거야."

나는 혼란스러워졌다.

"어, 어어⋯? 나한테서요? 중고 거래 앱에서 샀다는 말이에요?"

"찌그러진 상자를 보고 바로 알았어."

여자가 고개를 끄덕이며 대답했다.

의도적으로 내가 파는 상품을 노렸다는 뜻인가? 나와의 경쟁에서 진 그 물건을?

"왜, 왜 그런 짓을⋯."

이렇게 묻는 것이 최선이었다. 상황은 이해되지 않았고, 내게 원한을 갖는 이유도 명확하지 않았다.

"그때까지만 해도 아직 재고가 남아 있었잖아요!"

그렇다. 분명 내가 여자의 손에서 상품을 빼앗기는 했지만 선반에는 여전히 재고가 있었다.

"마지막 남은 하나가 아니었잖아요! 당신도 충분히 살 수 있었을 텐데⋯." 그런데도 그때 새 상품을 사지 않고 굳이 나를 찾아

내서 프리미엄이 붙은 가격으로 구입했다는 뜻이다. 이해되지 않
고 소름 끼치는 행동이었다.

"아무것도 모르는구나."

여자의 목소리에는 체념이 배어 있었다.

여자는 인형을 꽉 끌어안았다. 자기 아이를 보는 듯한 시선이
무척이나 자애로웠다.

"얘는 매장에서 내가 직접 고른 애야. 너한테는 똑같아 보여도,
표정이나 분위기가 다 달라. 나는 이 아이에게 운명을 느꼈어. 이
아이를 데려가겠다고 마음먹었는데…. 그걸 네가 뺏어 갔어!"

여자는 눈을 부릅뜨고 불쑥 앞으로 다가왔다.

"그때 바로 리셀러구나 싶었어. 그대로 두면 이 아이는 인신매
매나 다름없는 일을 당할 게 뻔했어. 네 손에 더럽혀지게 둘 수는
없었어. 구해야 한다는 생각이 들어서 네 뒤를 쫓았던 거야. 그런
데…"

거기서 멈칫했다. 이케부쿠로 뒷골목에서 나를 밀어 넘어뜨린
것은 아무래도 충동적인 행동이었나 보다. 그때까지만 해도 사람
을 죽일 의도는 없었던 것 같다. 그렇지 않았더라면 나는 리셀왕
이 아니라 리셀러 살인사건의 첫 번째 피해자로 세상에 알려졌을
것이다.

"이 아이를 구하지 못하고 도망친 게 후회됐어."

여자는 다시 말을 이었다.

"그래서 중고 거래 앱을 뒤지기 시작했지. 리셀러에게 돈을 내

고 리셀링 상품을 사는 건 싫었지만, 이 아이를 구하려면 그 방법밖에 없었어. 앱에 등록된 상품을 하나씩 확인해 보는데… 거기 이 아이가 있었어."

상품 페이지에 달렸던 댓글이 떠올랐다.

실물 사진을 집요하게 요구하던 구매자…. 그렇게 모든 인형을 일일이 확인했나 보다.

"정말…, 다행이야, 다행이야…"

여자는 인형을 꼭 끌어안았다. 미친 것처럼 보이지는 않았다. 제정신인 사람의 눈빛이었다. 그래서 나는 더더욱 당황스러웠다. 이 여자가 어떤 식으로 물건을 사랑하든 고작 이런 이유로 살해당할 수는 없다.

"…그, 그때는 미안했어요." 일단 용서를 구하는 수밖에 없었다. "이제 당신 소유가 됐으니까 제발 용서를…."

"여기서 나가." 여자가 옆으로 휙 턱짓하며 말했다. "아무것도 사지 마. 리셀링 관두고 썩 꺼져."

그 고압적인 말투에 갑자기 반감이 솟구쳤다.

"왜…. 왜 내가 그런 말을 들어야 하죠?"

나도 모르게 반박하고 말았다. 평소의 나쁜 버릇이다.

"저 오늘 여기 불법 침입한 거 아닙니다. 제대로 티켓 구해서 행사에 참여한 거예요."

살인마 앞에서 무슨 짓이냐고 자신을 타일러 봤지만, 내 입을 움직이는 강한 힘을 멈출 수가 없었다.

그건 긍지였다. 프로 리셀러로서의 긍지.

"나는 여기서 파는 물건을 자유롭게 살 권리가 있어요. 범죄도 아니에요. 그러니까 리셀러를 무, 무시하지 마세…"

"들어오지 마!"

여자는 내 말을 끊으며 일어서려는 나를 온몸으로 막았다.

"들어오지 말라고, 우리만의 세상에!"

두 팔과 두 다리를 벌리고 나를 위협했다. 우리만의 세상? 그게 대체 무슨 말인가.

"캐릭터를! 작품을! 사랑하니까 굿즈가 갖고 싶은 거야! 사랑하는 사람이 가져야 하는 거야! 갖고 싶지도 않으면서 사지 마! 너희가 더러운 손으로 만질 수 있는 게 아니야!"

쏘아붙이는 여자의 목소리가 내 몸을 뒤흔들었다. 망설임 없는 뜨거운 열정이 그대로 느껴졌다.

"왜 그렇게까지… 이상해." 나는 이해가 가지 않았다. "고작 물건일 뿐인데 왜 그러는 거야?"

그때, 아버지의 모습이 머리에 떠올랐다.

내가 이 여자를 이해하지 못하는 것은 당연했다. 나는 이 여자와 같은 부류의 인간들을 잘 알고 있다. '고작 물건' 따위에 열정을 불태우는 자들. 내가 혐오의 대상으로 삼아 온 자들.

"물욕에 휘둘리는 어리석은 인간 주제에…."

나는 처음으로 적의를 드러내며 여자를 응시했다.

칼에 찔려도 상관없다. 그런 생각이 들었다. 아버지와 같은 부류의 인간에게 비굴해질 수는 없다. 이해가 안 간다. 이놈이고 저 놈이고, 다들 너무 어린아이 같고, 너무 병적이다. 이런 놈들은 물욕에 놀아나 리셀러의 먹이가 되면 그만이다. 아니, 그래야만 한다. 내가 아버지보다 옳으니까!

"어리석어? 리셀러도 그렇잖아." 여자는 눈썹 하나 까딱하지 않고 "돈벌이에 얽매이는 인간 주제에"라며 나를 멸시했다.

"하지만 사는 사람이 있죠." 나는 신중하게 말을 골랐다. "당신들이 사지 않으면 리셀링은 성립되지 않아요. 사는 사람이 있으니까 리셀러도 나타나는 거죠. 그렇게 치면 파는 사람과 사는 사람 둘 다 공범이에요. 그리고 리셀러 덕분에 갖고 싶은 물건을 갖게 된 사람도 있어요. 오늘 같은 행사도 그렇잖아요. 지방에 살거나, 일이 있거나, 이런저런 사정으로 방문할 수 없는 사람들을 위해 내가 대리 구매 형식으로 돕는 거예요. 그 사람들 입장에서 리셀러는 구원자예요. 리셀링 상품인 걸 알고 구입하니까 문제도 없죠. 안 그래요? 리셀링은 악이 아니에요!" 나는 계속해서 목청을 높였다. "말해 봐요. 왜 리셀링을 하면 안 되죠?!"

"폭력이니까."

여자는 내가 말을 마치자마자 흔들림 없이 대답했다.

"네? 리셀링이 폭력이라고요…?"

"옆에서 가로채 놓고는 '이거 돌려받고 싶으면 돈을 내' 하면서 인질극 하듯이 몸값을 요구하는 거잖아. 우리는 사랑하니까 요구에 따를 수밖에 없어. 우리의 마음을 이용한 비열한 범죄자 주제에, 뭐, 공범? 구원자?! 원하는 누군가에게 판다고 한들 결국 너희 때문에 못 사는 사람이 생기는 건 변함 없잖아! 그러니까 애초에 리셀러는 필요 없어! 우리들의 세상에 리셀러는 필요하지 않다고!"

여자의 입에서 터져 나오는 말 하나하나가 작은 돌멩이가 되어 나에게 쏟아졌다. 이렇게 강한 감정을 뒤집어쓴 것이 얼마 만이던가. 여자는 나를 똑바로 보며 호소했다. 필요 없다. 리셀러는 필요하지 않다. 내 존재가, 내 인생이 부정당했다.

"아니에요."

나는 부인했다.

"아니에요. 아니에요."

이제 그만하고 싶었다. 더는 이 여자와 대화하고 싶지 않았다. 내버려 둬. 상관하지 마. 제발 나를 보내 줘.

"아니라고? 뭐가 아니야?" 여자의 말에는 화가 배어 있었다. "우리가 소중히 여기는 세상에 함부로 들어와서 맘대로 망치지 말라고. 너한테도 소중한 물건이 있을 거 아니야?"

"없어요. 소중한 것도, 갖고 싶은 것도."

나는 물욕이 없다. 오히려 경멸해 왔다. 그래서 리셀러가 될 수 있었다.

"아니면…, 취미라든가."

"없어요."

스마트폰으로 영상을 감상하는 것도 이제 지겹다. 저속하다는 것을 몸소 깨달았다.

"좋아하는 장소 같은 건?"

"없어요."

싸구려 술집에서 자주 술을 마시지만, 좋아하는 건 아니다. 어디를 가도 마음이 편하지 않았다.

"리셀링 말고 다른 하고 싶은 일은?"

"없어요."

다른 사람과 관계를 맺으며 대인 스트레스에 시달리는 일은 고역일 뿐이다. 나는 혼자 할 수 있는 리셀러로 남고 싶다.

"…뭐야, 너."

여자의 기세가 꺾였다. 목소리가 떨리고 눈에는 당황한 기색이 역력했다. 진심으로 이해하지 못하는 것 같았다. 당연하다. 나는 너희와 다르니까.

"이해가 안 돼. 그럼 무슨 재미로 살아?"

여자의 말에 쓸데없는 참견이라고 대답하고 싶었지만 말로 뱉지는 않았다. 대꾸할 기력이 없었다.

"누구나 소중한 것 하나쯤은 있잖아."

"말했잖아요. 그런 거…."

은은한 커피 향과 수제 푸딩의 맛.

갑자기 '카페 코스믹 패밀리어'의 정경이 되살아났다.

젊은 시절의 부모님이 웃고 있다. 나에게도 소중한 것이….

"…없어요."

그 장소. 그 시간. 그것은 이미 존재하지 않는다.

돈으로는 살 수 없는 것들, 다시는 돌이킬 수 없는 것들이다.

"불쌍하다."

여자가 작게 중얼거렸다. 얼굴에 동정이 묻어났다.

"그러니까 리셀링 같은 사랑이 없는 짓을 하는 거야."

'사랑이 없는 짓을 했구나.'

귓속 깊숙이에서 아버지의 목소리가 되살아났다. 아버지의 다크 파더를 팔았을 때 들었던 그 말이 여자의 말과 공명을 일으켰다. 아버지와 이 여자, 그날과 지금, 안쪽과 바깥쪽에서 동시에 나를 짓눌렀다. 숨쉬기가 어려울 정도였다.

여자는 내 반박을 기다리는 듯했지만 할 말이 없었다.

나는 지쳤다. 이해할 수 없고 이해받을 수 없는 인간을 상대할 기력이 남아 있지 않았다. 리셀러가 이렇게까지, 이렇게까지 원망받아야 할 존재인가.

여자가 보내 주겠다고 하면 이대로 집에 가고 싶었다.

하지만 딱 하나, 못 본 척 지나갈 수 없는 것이 있었다.

나도 이 여자를 용서할 수 없는 부분이 있었다.

"그렇다고…, 그렇다고 해서…."

절대 정당화할 수 없는 것이 하나 있었다.

"그렇다고 해서 죽여도 되는 건 아니잖아."

여자는 놀란 얼굴로 나를 바라봤다.

"리셀러라는 이유로, 죽이면…. 사람을 죽이면 안 되지!"

아무리 리셀러가 죽어도 쌀 만큼 원망스러워도 죽일 권리는 없다. 사람의 목숨을, 그 삶을 빼앗을 수는 없다.

"…무슨 말을 하는 거야?" 여자가 눈썹을 찌푸리며 말했다. "내가 무슨 사람을 죽여?"

"어?"

"나는 그냥 너한테 한마디 해 주고 싶어서 온 거야."

이어서 길고 기묘한 정적이 찾아왔다.

거짓말을 하는 기색은 없었다.

어떻게 된 거지? 이케부쿠로에서 나를 밀어 넘어뜨린 이 여자가 리셀러 살인사건의 범인이 아니라는 건가?

그때 여자의 등 뒤에서 검은 그림자가 출렁거렸다.

"으윽!"

두 팔을 튕기며 여자가 쓰러졌다.

뒤에는 남자가 서 있었다.

여자는 괴로워하며 땅에 엎드린 몸을 비틀었다. 내가 상황을 이해할 시간도 주지 않고 남자는 손에 든 긴 봉으로 여자의 머리를 내리쳤다. 둔탁한 소리가 울렸다. 무언가 깨지는 듯한 건조한 울림. 남자는 여자의 머리를 거듭 내리쳤다. 깡마른 몸에서 어떻게 저런 힘이 나오는지 신기할 정도였다. 나는 그 모습을 멍하니 바라보았다. 내리칠 때마다 남자의 몸은 비틀거리며 쓰러질 것 같았지만 반동을 실어 또다시 봉을 들어 올렸다. 봉을 내리칠 때마다 여자가 뱉던 짧은 목소리는 점점 불분명해지고 약해지더니 결국 완전히 사라졌다. 여자는 마지막까지 손에 쥔 '캐릭터 인형'을 보호하려는 듯 자신의 몸에서 멀리 떼어 내리려고 팔을 뻗고 있었다.

봉을 들어 올릴 때 튀어 오른 붉은 방울들이 포물선을 그리며 남자의 흰 셔츠를 더럽혔다.

남자가 움직임을 멈추자 여자의 팔도 힘없이 땅으로 떨어졌다.

"허억!"

나는 괴로움을 느끼며 숨을 내뱉었다. 숨 쉬는 것을 까맣게 잊고 있었다.

공포가 두 다리를 기어올라 순식간에 마음을 잠식했다.

지금 사람이 살해당했다. 사람이 사람을 죽였다.

남자는 치켜들고 있던 봉을 아래로 내렸다. 보행용 지팡이처럼 생긴 그것은 고무발이 사라진 끝부분이 검붉게 젖어 있었다. 어디선가 본 적이 있다고 생각한 순간 살인자와 눈이 마주쳤다.

머릿속이 새하얘졌다.

모든 감각이 멀어졌다.

믿기지 않았다. 믿기 힘들었다.

믿고 싶지 않았다. 믿을 수 없었다.

나는 입을 다문 채 살인자를 보았다. 살인자는 의아한 눈빛으로 내 시선을 받았다. 나를 못 알아봤다. 나라는 것을 모른다. 나를 생판 남으로 생각하고 있었다.

"아빠!" 나는 소리쳤다. "아빠! 뭐 하는 거야?!" 눈앞에 선 살인자에게 말했다.

"…응? …아아, 뭐야, 히로타카구나." 한 박자 늦게 아버지가 대답했다. "못 알아봤구나. 조금 살찐 거 아니냐?"

피가 튄 뺨을 올리며 웃었다. 나는 그 미소에 친근함을 느끼는 동시에 소름이 끼쳤다.

"다크 파더를 사러 와 줬구나. 그래서, 샀니?"

"잠깐만, 잠깐만…. 지금 뭐, 뭘 한 거야?!"

일어서려고 해도 힘이 들어가지 않는다. 달려들어 따지고 싶었지만 다리에 감각이 없다.

"아, 봤니? 내가 했어. 해냈어." 아버지는 해맑게 지팡이를 흔들어 보였다. 확실히 생각났다. 본가 현관 앞에 세워져 있던 지팡이다.

"그러니까, 무, 무무, 무무무무무슨 짓을…."

이가 걷잡을 수 없이 떨렸다. 여자는 피 웅덩이에 엎드린 채 움직이지 않았다. 아버지에게 맞아 죽은 채로.

"무슨 짓? 아, 리셀왕의 숨통을 끊었어."

아버지는 여자의 머리를 지팡이로 건드려 보았다. 아버지의 등 뒤로 비명이 들렸다. 정신을 차리고 보니 사람들 몇몇이 옥외 통로에서 이쪽을 들여다보고 있었다. 웅성거리는 소리가 점점 멀리까지 퍼졌다. 그 소란스러운 소리에 이것이 현실임을 통감했다.

"내가 파악한 정보가 맞았어. 이 녀석이 리셀왕이야."

아버지는 멸시하는 눈으로 여자에게 시선을 떨어뜨렸다. 여자의 헤어라인을 따라 찢어진 상처에서는 끈적한 살이 선명하게 벌어져 있었다.

"…아니야. 그 사람은 리셀왕이 아니야. 리셀왕은…."

나라고 말하려다가 단념했다. 나도 리셀왕이 아니다. 리셀왕은 없다.

"리셀왕은 없어!" 간신히 입 밖으로 내뱉었다.

"무슨 소리냐 히로타카."

그렇게 말하고 아버지는 시체 너머로 건너오더니, 허리를 숙여 나에게 시선을 맞췄다. 강렬한 피비린내에 현기증이 났다. "나는 깨달았다." 아버지는 얼굴을 내 귓가에 대고 목소리를 낮췄다.

"리셀왕은 여자였어. 어떤 친절한 사람이 조금 전에 리셀왕이 이쪽으로 도망쳤다고 알려 줬지. 이걸로 끝이다. 다행이야. 정말 다행이야. 이제 다들, 고통당하지 않게 됐어." 기이하게 온화한 음성이었다.

"그럼 다른 살해당한 리셀러들도…." 나는 뒷말을 이을 수 없었다. 말을 뱉을 수가 없었다.

하지만 아버지는 내가 하려는 말을 이해했다. 아버지는 "그래. 이걸로 네 명째야"라며 숨김없이 진실을 밝혔다.

리셀러 살인사건의 범인은 리셀러에게 원한이 있는 자일 것이라는 내 추론은 들어맞았다. 다만, 나와 가장 가까운 존재, 바로 내 가족이 그렇다는 것을 간과하고 있었다.

"이제 더 죽이지 않아도 괜찮을 거야." 마치 씌어 있던 귀신이 떨어져 나갔다는 듯이 아버지가 말했다. "리셀왕이 사라졌으니 리셀링도 세상에서 사라질 거다." 나는 아버지가 하는 말의 의미를 이해할 수 없었다.

지금 아버지의 눈앞에는 내가 있다. 리셀러가 있다. 아버지는 내가 리셀러란 사실을 모르고 있다.

뒤늦게 경비원들이 뛰어왔다. 서넛이 동시에 아버지를 덮쳤다. 나는 순간적으로 뒷걸음질 치다 콘크리트 벽에 머리를 부딪치는 바람에 "아야!" 하고 얼간이 같은 소리를 냈다. 내 바로 옆에서 아버지가 제압당했다. 이윽고 그 모습이 보이지 않게 되었다.

마구 섞인 고함과 비명이 귓가에서 점점 멀어졌다. 몸이 떠오르는 것 같은 희한한 느낌이 들더니 시야가 서서히 엷은 빛으로 물들어 갔다. 몽롱한 의식 속에서, 멀찍이 서 있는 사람들 중에서 켄쨩을 발견했다. 이를 악물고 울먹거리면서도 이쪽을 향해 스마트폰을 들고 있었다.

아직 거기 있었구나. 웃음이 피식 새어 나왔다.

에필로그

작은 화면에 거대한 세계가 펼쳐졌다.

"저는 되찾겠습니다. 평화를, 사람들의 미소를!"

화면 속에서 넓은 우주의 존망을 걸고 거대한 악에 도전하는 정의의 수호자들이 외쳤다.

나는 에어컨을 껐는데도 뼛속까지 추운 방에 드러누워 스마트폰 너머로 그들의 운명을 건 싸움을 지켜보고 있었다.

아버지는 체포 후 구속되어 취조를 받다가 몸 상태가 나빠져 병원으로 옮겨졌다. 그리고 며칠 뒤 숨을 거뒀다.

현행범으로 체포된 아버지의 여죄는 금방 밝혀졌다. 야마다 노리시게를 시작으로 도쿄에서 일어난 리셀러 살인사건의 피해자 넷을 자신이 죽였다고 자백한 아버지는 연쇄 살인범으로 전국에 이름을 날리게 됐다.

마지막 살해 현장에 있던 나도 경찰에 연행되어 피의자의 친족으로 얼마간 조사를 받아야 했지만, 아이러니하게도 켄쨩이 찍은 영상이 내가 살인에 관여하지 않았음을 증명해 주었다. 피해자 여성이 나를 뒤쫓아 온 것부터 아버지가 구타해 살해한 것까지 전부 찍혀 있었다고 한다. 스마트폰째로 경찰에 압수된 해당 영상을 직접 보지는 못했고, 그렇다고만 전해 들었다. 아마도 검찰 측이 재판에서 공개할 예정이었을 것 같지만 사건은 피의자 사망으로 허무하게 종결되었다.

오랜 시간에 걸쳐 아버지는 '문' 너머에서 리셀러를 향한 증오를 키운 것 같다.

범행 동기는 불의에 대한 분노라고 했다. 예전에 '카페 코스믹 패밀리어'를 찾아오던 '코스믹 레거시'의 팬들, 굿즈 수집가들과 계속 교류를 이어왔다고 한다. 망해 가는 가게를 외면한 놈들과 사이좋게 지낼 수 있다니, 나로서는 이해되지 않지만 그게 바로 아버지가 말한 '사랑'일까. 작품을 향한, 캐릭터를 향한 사랑이 있으면, 가족을 뛰어넘는 인연이 생겨나는 것일까. 아버지가 소속된 온라인 커뮤니티에서 사람들은 매일같이 리셀러를 향한 원망과 불평을 늘어놓았다고 한다. 리셀러에게 빼앗긴 굿즈가 고액으로 리셀링 되는 꼴을 보며 한탄하는 동지들을 위해 아버지는 행동에 나섰다.

　나도 처음에는 겨우 그런 이유로 아버지처럼 평범한 사람이 사람을 죽일 수 있을 리가 없다며 의문을 제기했지만, 설명에 따르면 아버지는 '집단 극화' 현상에 영향을 받은 듯했다. 같은 취미나 가치관을 가진 이들끼리 연결되기 쉬운 인터넷 공간에서, 사상을 같이하는 사람들이 강력하게 뭉치면 폐쇄적이고 과격한 커뮤니티를 형성하기 쉽다고 한다. 리셀러는 죽어 마땅하다, 리셀러를 죽여야 한다, 그런 망상에 빠진 아버지는 어차피 자신은 살날이 얼마 남지 않았으니 한 몸 바쳐 세상에서 리셀링을 소멸시키자는 생각으로 살인을 저지른 것으로 추정되었다.

　아버지는 지팡이를 짚으며 피해자들에게 접근했다. 깡마르고 거동이 불편해 보이는 초로의 남자를 보고 피해자들은 방심했을 것이다. 아버지는 불시에 피해자들의 정수리를 내리친 다음 흉기로 몇 차례 찌르고 조용히 자리를 떠났다. WCF에서는 보행용 지팡이가 소지품 검사를 통과했다. 철저히 대비한 운영진도 차마 지팡이까지 빼앗지는 못해서 흉기로 사용되고 말았다.

　문이 닫힌 자기 방 컴퓨터 화면을 통해 리셀러를 향한 온갖 원망의 말을 전부 흡수한 아버지는 이케부쿠로, 아키하바라, 나카노 같은 리셀러 출몰 지역을 산책하며 지리를 익혔다. 자신의 행적이 기록으로 남지 않도록 스마트폰은 쓰지 않았고, 통행량이나 CCTV 사각지대, 도주 경로 등을 꼼꼼히 조사한 끝에 리셀러를 연달아 살해하는 데에 성공했다. 특히 잠든 노숙자로 보여서 사망 후 발견이 늦어진 세 번째 리셀러는 실제로 인터넷에 올라온 글을 의뢰로 받아들이고 살해했다고 한다. 그 후 아버지는 리셀왕에게로 눈을 돌렸다. 경찰에 압수된 컴퓨터의 검색 내역에서 실로 다양한 리셀왕 음모론의 흔적을 찾아볼 수 있었다. 그중에서도 아버지는 '리셀왕 여자설'을 믿은 모양이다. 리셀왕, 즉 나의 정체가 드러난 행사장에서도 아버지가 끝까지 '리셀왕 여자설'을 믿을 수 있었던 것은 단지 아버지가 스마트폰을 갖고 있지 않아서였다. 만약 아버지가 스마트폰으로 그 정보를 접했더라면 억울한 피해자는 생기지 않았을지도 모른다. 그녀를 죽음에 이르게한 '리셀왕 여자설'을 이제 와서 신경 쓰는 사람은 없었다.

아버지는 인터넷에 리셀왕 살해 의뢰로 보이는 글이 올라오기전 이미 WCF 입장권을 확보한 상태였다. 당연히 '복각판 다크 파더 피규어'를 구입할 목적이었을 것이다. 그 뒤 인터넷에 올라온그 글을 본 아버지는 리셀왕을 죽여 달라는 의뢰를 우선하기로했다. 그래서 내게 '심부름'을 시켰다. 아버지는 리셀왕이 되어 버린 아들에게 피규어 구입을 맡기고 자신은 리셀왕을 살해하기 위해 움직였다. 생각하면 할수록 가슴이 옥죄어 온다. 이게 다 뭔가. 이게 다 뭐란 말인가.

아버지를 향한 세간의 비난이 쏟아지는 한편, 리셀왕을 둘러싼말들은 무고한 피해자의 죽음으로 구심력을 잃고 순식간에 사라졌다. 리셀러 살인사건의 범인, 그 범인의 아들이 바로 리셀왕으로 불렸던 자라는 사실은 대중에 공개되지 않았다.

나는 지금 카미이타바시의 빌라에서 숨죽여 살고 있다.

내 앞에서 여자를 죽였을 때 아버지는 나를 바로 알아보지 못했다. 대학 진학과 동시에 집을 나온 지 14년. 아니, '문'이 생긴 지 19년. 그동안 나는 아버지와 제대로 얼굴을 마주한 적이 없다. 그리고 살도 쪘다. 나이도 들었다. 머리도 염색했다. 알아보지 못할 만도 했다. 그렇게 생각하고 싶은 마음 한편으로 이루 말할 수 없는 공허함이 솟구쳤다. 예전에는 한 지붕 아래서 함께 살던 피가 섞인 부자인데 왜 아버지는 나를 알아보지 못했을까.

하지만 그러는 나 역시도 알아보지 못했다.

아버지의 마음을 알아차렸어야 했다. 리셀러를 향한 아버지의 뿌리 깊은 증오를 만든 사람은 다름 아닌 나였다. 중학교 2학년 때의 나.

그날의 나는 아버지가 소중히 여기던 피규어를 팔아 치운 것을 사죄했어야 했다. 그리고 그날 이후 아버지가 품은 상실감과 원통함을 제대로 마주했어야 했다.

하지만 나는 외면했다. 19년 동안 아버지를 피해 왔다.

나는 리셀링이라는 '죄'를 저질렀다. 모든 사실을 세상에 공개하고 내가 아버지 대신 공격받고 싶지만, 아마 불가능할 것이다. 이제 와서 누가 리셀러에게 관심을 가지겠는가. 논란이 지나가면 결국 다 그렇게 된다. 나는 죄를 인정받을 수도, 벌을 받을 수도 없다.

세상은 리셀러를 향한 흥미를 잃었지만 아직도 리셀러는 미움받는 존재이긴 했다. 중고 거래 앱에서 리셀링 상품은 잘 팔리지 않게 됐다. 그럼에도 리셀링이 근절되지 않은 것 역시 사실이다.

결국 나는 모든 것을 잃었다.

이제 리셀러를 그만두려고 한다.

리셀링에 완전히 흥미를 잃었다. 리셀링은 손에 얻은 물건을 계속해서 놓아주는 행위다. 손에는 아무것도 남지 않는다. 얼굴이 보이지 않는 상대와의 거래에는 동료도, 친구도 없다. 나는 가정도 없다.

리셀링을 거듭한 그 끝에는 아무것도 없음을 깨달았다.

무언가를 맹렬하게 사랑할 일도 없거니와, 누군가를 강렬하게 미워할 일도 없다. 그런 인생이 지긋지긋해졌다. 내 눈앞에서 살해당한 그 여자가 말한 대로다. 이 세상에 리셀러는 필요 없다. 나는 그녀와 아버지처럼 누군가를 미워할 수 있을 정도로 마음을 불태우는 것에 열중하는, 사랑을 쏟을 수 있는 인생을 살고 싶어졌다.

나는 얼마나 허무한 삶을 살아 온 것일까.

나는 겹겹이 쌓는 대신, 인생을 파괴했다.

나라는 한 인간을, 나는 죽이고 말았다….

엄숙하고 용맹스러운 주제곡이 방 안에 울려 퍼졌다.

스마트폰 화면에서는 엔딩 크레딧이 흘러나왔다. 수많은 영어 이름이 지나간다. 제작 연도로 보아 지금까지 살아 있는 사람은 적을 듯했다.

영화 《코스믹 레거시》를 처음으로 봤다.

스토리가 머릿속에 들어오지 않았다. WCF 사건으로부터 반년, 아버지가 세상을 떠난 지 4개월, 아직 픽션에 빠져들 수 있는 정신 상태가 아니란 걸 알고 있었지만 남아도는 시간을 견딜 수 없었다. 혼자 집에 있으면 침울하기만 해서 하루가 한없이 길었다. 그러다 어젯밤, 시리즈를 감상하기로 마음먹고 OTT 플랫폼에 가입해 무료 체험을 시작했다.

주인공 소년을 비롯해 주인공의 친구, 스승, 악역인 다크 파더 등등, 낯익은 캐릭터들이 여럿 등장했다. '카페 코스믹 패밀리어'를 장식했던 아버지의 굿즈와 비슷하게 생긴 등장인물들을 처음으로 대면하자 어쩐지 그리우면서도 낯선 기분을 느꼈다. CG를 기대할 수 없는 오래된 SF 영화다. 정지와 재생을 반복하며 이틀에 걸쳐 드디어 엔딩까지 봤지만 전혀 즐기지 못했다.

아버지가 좋아했던 이 영화가 재밌었으면 했다. 나도 푹 빠져서 정신없이 보고 싶었다. 아마도 그런 소질이 내게는 없나 보다. 구독 해지 절차를 밟고 있는데 현관문 밖에서 구두 소리가 들렸다.

"나 왔어."

잠금장치를 풀고 문을 연 엄마가 고개를 내밀었다. 엄마가 내뱉는 숨이 하얗다.

"오셨어요."

"하아, 피곤하다. 아직 밥 안 먹었지?" 엄마가 소파 옆에 가방을 내려놓으면서 물었다. 소독약 냄새가 코를 간질였다.

"뭐 만들 만한 게 있던가?"

엄마는 내 대답을 기다리지도 않고 냉장고로 손을 뻗었다.

"괜찮아. 배 안 고파."

오후 네 시도 안 됐다. 오늘은 청소 일이 이른 시간대였는지 나는 아침 일찍 잠결에 엄마가 집에서 나가는 소리를 들었었다.

아버지가 체포된 직후부터 나리마스 본가에는 연일 기자들이 몰려들었다. 생활은 파탄에 이르렀고, 친척들에게 거부당한 엄마는 내 자취방에서 지내게 되었다. 4평짜리 원룸에서 엄마와 둘이 살게 될 줄은 상상도 못 했다. 서로 프라이버시는 없다. 나는 변함없이 소파에서 자고 엄마는 인터넷으로 얇은 이불을 구매했다.

벽에 기대어 앉은 엄마는 창문 쪽을 멍하니 쳐다봤다. 방에 TV 하나쯤은 둘 수 있다고 했지만 엄마는 괜히 돈 쓰고 싶지 않다며 거절했다. 나는 이 숨 막히는 시간을 피하고 싶어서 재활용품점에서 중고 TV라도 하나 사고 싶었다.

"내일부터 일 다시 나가려고." 나는 마지못해 말을 꺼냈다.

"너, 몸은 괜찮아?"

"계속 이러고 있을 수는 없잖아."

모아둔 돈이 바닥나자 나는 음식 배달 일을 시작했었다. 대여 서비스로 빌린 자전거를 이용했지만 첫 주부터 등이 아프더니 결국 만성 요통에 시달리게 됐다. 사흘 전부터 증상이 심해져서 오늘까지 연속으로 결근했다. 초조함만 커진다.

"배달은 몸에 무리가 가니까 다른 아르바이트를 찾아보면 어때?" 엄마는 걱정스러운 표정으로 말을 이었다. "역 앞 편의점에 일할 사람 뽑는다고 공고가 붙었던데, 잘하면 정직원도…."

"아니, 됐어. 일단 지금 하는 일 조금 더 해 볼게."

나는 접객업은 못 한다. 사람을 대하는 스트레스를 피할 수만 있다면 육체적 고통쯤은 얼마든지 견딜 수 있다.

그 사건 이후로 계속 몸 상태가 좋지 않았다. 눈앞에서 사람이 살해당하는 모습을, 나를 바라보는 아버지의 얼굴을, 몇 번이나 꿈에서 보았다. 깨어 있는 동안에도 떠오른다. 이런 상태에서 다른 사람과 함께 일하는 것은 더더욱 불가능했다.

"그래. 너무 무리하지 마."

나를 걱정하는 엄마는 본인도 허리에 폭탄을 품고 있으면서 겸업으로 마트에서 캐셔 일을 시작했다. 피해자 유족에게 줄 배상금을 마련하고 싶은 것 같다. 하지만 유족은 사죄 편지도 받아 주지 않았고 방문도 거절당했다. 갈 길이 멀다. 끝이 없다.

"엄마, 나 할 얘기가 있어." 소파 위에서 앉은 자세를 고쳤다.

"뭔데? 갑자기 진지하게."

바닥에 앉은 엄마가 나를 향해 몸을 돌렸다. 내가 엄마를 약간 내려다보는 꼴이 됐지만 그 자세로 말을 꺼냈다.

"본가 말이야. 슬슬…, 정리하는 게 좋지 않겠어?"

꽤 오래 집을 비웠다. 향후의 일을 의논하고 싶었다.

"그러게. 돈도 많이 나가고…."

엄마는 어정쩡하게 미소 지었다. 수도와 가스는 끊어 놓았지만 전기는 끊지 않았고, 무엇보다 월세가 계속 나가는 상태였다.

"이사하는 게 좋을 것 같아" 내가 먼저 말을 꺼냈다.

"으음, 짐 정리도 해야 해서 바로 하지는 못할 텐데."

"그건 내가 할게." 나는 말을 그치지 않고 핵심을 꺼냈다. "아버지 방에 있는 물건들을 팔자."

엄마의 눈꺼풀이 살짝 움직였다.

"아버지 물건?"

"응. 아버지가 모은 굿즈. 오래돼서 프리미엄이 붙었을 테니까 꽤 비싸게 팔 수 있을 거야."

"그건…, 그…."

"리셀링 아니야." 나는 강하게 말했다.

리셀러 은퇴 전 마지막 임무. 하지만 리셀링이 아니다. 유품 정리일 뿐이다.

"리셀링은 파는 걸 전제로 새 물건을 매입하는 거고, 이건 오래된 물건 처분하는 거라고 생각하면 돼." 나는 설득을 시도했다. 엄마가 동의해 주지 않으면 팔 수 없다.

"그런, 걸까…." 엄마는 이런저런 생각을 해 보는 듯 입을 다물었다.

나는 대답을 기다렸다. 엄마는 살이 많이 빠졌지만 표정은 점점 돌아오고 있다. 집에서는 평범하게 행동하고 가끔 농담도 하는 데다 웃으면서 이야기할 때도 있다. 아버지 얘기도 가끔 한다.

다만, 확실히 예전의 엄마는 아니다. 아주 비슷하지만, 뭔가…, 눈에서 엄마를 복제해 만든 인형 같은 부자연스러움이 느껴진다. 눈동자가 빛을 잃은 것처럼 검고 짙어졌다. 눈이 안 보이는 게 아닐까 하는 생각이 들 정도로 감정이 담기지 않은 구슬 같았다. 엄마는 사건 이야기를 피했다. WCF 행사장에서 내가 아버지와 같이 있었다는 것도, 눈앞에서 아버지의 범행을 봤다는 것도, 엄마는 알면서도 묻지 않았다. 나는 알 수 없었다. 엄마가 무슨 생각을 하는지. 어디에 마음을 두고 있는지. 도무지 가늠할 수 없었다.

"팔지 마." 엄마가 입을 열었다. "아빠가 소중히 여기던 물건들이니까."

"아니, 마음은 이해하겠는데…." 나는 공감하는 척 새빨간 거짓말을 하고서 말을 이었다. "이대로 놔두면 아무것도 안 돼. 엄마도 나도 살아야 하고, 그냥 버리자는 얘기가 아니야. 소중히 여겨줄 사람에게 양도하고 답례차 돈을 받는 거야. 돈이 생기면 엄마도 지금처럼 무리해서 일하지 않아도 되고, 그러니까…. 지금보다 조금만 편해지자는 거야."

말하는 동안 머릿속에서 엄마의 사죄 인터뷰가 어른거렸다.

사건 직후, 본가에 찾아온 보도진을 향해 엄마는 "정말, 정말 죄송합니다"라고 오열 섞인 소리로 말했다. 현관 앞에서 엄마의 목 아래를 찍은 그 영상은 몇 번이나 TV에 나왔고, 유튜브에도 올라가 댓글 창은 난장판이 되었다. 얼마 전까지만 해도 '리셀러를 죽여라'라고 난리를 피우던 사람들은 사라지고, '살인범의 가족을 죽여라'라는 댓글이 쏟아졌다. 과거의 나 같은 녀석이 싸구려 술집에서 엄마의 사죄 영상을 보며 히죽거리고 있을 것을 생각하면 배알이 뒤틀려서 소리를 지르고 싶다.

"아무튼 뭐든 하려면 돈이 필요하다고. 아버지 물건은 목돈으로 바꾸는 게 나아!" 나는 밀고 나가려고 했지만 엄마의 표정은 변하지 않았다.

왜지? 진심으로 엄마를 생각해서 하는 말인데, 닿지 않는다. 역시 우리는 서로 이해할 수 없는 것일까. 나는 반쯤 포기하듯, "그렇게 팔기가 싫어?"라고 한탄했다.

"왜냐면 아빠가 그랬거든." 엄마는 뜻밖의 말을 꺼냈다. "그렇게 대단한 가치가 있는 물건들은 아니라고."

항상 입는 낡은 옷을 걸치고 방을 뛰쳐나갔다.

오후 다섯 시라 해가 저물고 있었다. 바람이 차갑다. 겨울 한복판이지만 밖에서 노는 아이들의 쾌활한 목소리가 멀리서 들려왔다.

걸어서 전철로 향했다. 나는 안절부절못했다. 한시라도 빨리 확인해야 했다.

편의점 앞을 지나갈 때는 자연스럽게 경계심이 올라왔다. 없다는 것을 알면서도 놈들에 대한 두려움을 아직 지우지 못했다. 다 지난 일이라고, 이제 저스티스 키즈는 없다고 나를 타일렀다.

녀석들의 채널은 폐쇄되었다. 리셀러 사건의 여파 때문은 아니었다. 켄쨩이 다른 멤버 셋에게 왕따를 당했다고 폭로한 것이 발단이었다. 다른 멤버들은 화면 뒤에서 켄쨩을 루저라고 불렀다. 켄쨩에게 폭력을 휘두르고 반복적으로 돈을 갈취했다. 켄쨩은 초조했다. 공을 세워 루저에서 탈출하려고 아이디어를 냈다. 인터넷에 살해 의뢰로 보이는 글을 올려서 화제를 만든 다음, WFC에서 나와 비슷하게 생긴 사람을 찾아 리셀왕으로 만들고, 저스티스 키즈가 리셀왕을 구해 주자는 기획을 제안했다. 안티들을 조용히 시키는 것과 동시에 이미지 상승까지 노린 교활한 계획. 그때 켄쨩이 "나는 구해 주려고 했다!"라고 희한한 말을 한 이유가 그제야 이해됐다. 비슷한 사람을 찾으려고 했던 건데 실제로 당사자를 마주쳤으니 깨나 놀랐을 것이다. 그 뒤에 찾아올 참극은 전혀 모르고서….

왕따가 폭로되자 저스티스 키즈는 논란의 중심이 됐고 눈 깜짝할 사이에 해체됐다. 사실이 알려지면서 켄쨩도 업무방해죄 혐의로 경찰의 조사를 받게 되었지만 그 이후에 어떻게 됐는지는 모른다. 넷 다 미성년자이니, 언젠가 재기할 수는 있을 것이다. 재기할 수 있다는 것만으로도 행복한 일이다. 나는 미래가 있는 그들이 부럽기도 했지만 그저 인터넷에 중독된 골때리는 중학생들이라는 인식에는 변함이 없다. 인터넷에 잠식돼서 다른 사람의 인생을 파괴하는 데에 조금의 망설임도 없게 된 놈들이다.

인터넷상에는 모든 이들이 홀로 광활한 바다를 떠돌고 있다. 다다를 목적지도 없다. 있는 것은 논란, 마녀사냥, 사적 제재, 그리고 지저분한 루머.

아버지도, 리셀러도, 리셀러를 욕하는 사람들도, 언론도, 이 나라의 모든 사람이 인터넷 때문에 미쳐 갔다. 리셀왕이라는 가상의 악마에게 분노를 쏟아냈다. 아무것도 모르던 사람들까지 끌어들여서 잘못된 정보로 증오를, 혐오를, 폭력을 만들어 냈다.

폭력.

나는 왜 그때 켄쨩을 때리려고 했을까. 한 가지 말할 수 있는 것은, 그 순간에 나는 자신이 옳다고 생각했다. 때리는 것이 옳다고 믿었다.

폭력을 향한 욕구는 나의 내면 깊숙한 곳에서 올라왔다. 내 안에서 생겨난 충동이었다. 불발로 끝난 것은 그저 우연한 결과였다. 그리고 비슷한 충동이 아버지 안에도 있었다. 벌레 한 마리도 제대로 죽이지 못했던 아픈 아버지가 가슴에 품은 폭력은 살인이라는 형태로 실행되었다. 돌이킬 수 없는 결과를 낳았다.

전철에 몸을 맡기고 그런 생각을 하는 사이에 나리마스에 도착했다. 거의 뛰듯이 본가로 향했다.

1층 미용실에는 불빛이 없었다. 기묘할 정도로 살풍경해서 나도 모르게 유리창 너머로 안을 들여다보았다. 스프레이 캔과 샴푸 병, 잡지 같은 물건들이 모조리 사라진 상태라서 폐업했음을 짐작할 수 있었다.

건물 옆 외부 계단으로 가기 전에 주변을 둘러보았다. 아무도 없다. 기자들도 이제 오지 않는 모양이다. 그럴 만도 하다. 유행도,

화젯거리도, 정신없이 빠르게 바뀌는 세상에서 아무도 오지 않는 가해자의 집을 감시하느라 시간을 허비할 수는 없다.

어쩌면 곧 엄마를 본가로 돌려보낼 수 있을지도 모르겠다고 생각한 순간, 맞은편에 있는 단독 주택 2층 베란다에서 노파가 노려보고 있는 것을 발견했다.

눈이 마주쳤는데도 꿈쩍하지 않았다. 예전에 인사 정도는 나눈 적이 있는 이웃이었다. 노파의 표정이 순식간에 험악해졌다. 나는 눈을 피한 채 도망치듯 계단을 뛰어 올라갔다.

증오 섞인 시선에서 벗어나기 위해 서둘러 열쇠를 꺼내려고 하는데, 손이 떨려서 마음처럼 되지 않았다. 안 되겠다. 더는 이 동네에서 살지 못할 것 같다. 역시 이사해야 한다. 아버지의 컬렉션을 팔고 떠나자.

오래 묵은 공기에 숨이 턱 막혔다.

안으로 한 발을 내딛자 가라앉아 있던 먼지가 기척을 내며 움직이는 것이 느껴졌다. 마치 누가 숨어 있는 것처럼 고요했다. 기분 탓이다. 그렇게 스스로를 타이르며, 나는 '문' 앞에 섰다.

아버지가 체포된 이후에도 들어가 보지 않았다. 이 너머에 어떤 광경이 펼쳐져 있는지 나는 모른다.

가볍게 손만 댔는데도 문손잡이가 쉽게 돌아갔다. 잠기지 않은 상태였다. 문을 여는 도중에 무언가가 턱 걸렸다. 원인은 나였다. 손이 말을 듣지 않았다. '문'을 열면 아버지가 서 있는, 그런 장면이 어른거려서 손이 움직여지지 않았다.

'문' 너머, 그 끝에 있는 여러 '희귀 아이템'에서 아버지의 원념 같은 게 느껴질까 봐 안에 들어가는 걸 계속 미뤄 왔다.

어차피 세간의 관심이 식기 전까지는 본가에 갈 수 없으니, 그동안 생각하고 싶지도 관여하고 싶지도 않았다. 외면한 채 시간은 흘러갔지만 결국 돈이 필요해졌다. 엄마에게 현금을 주기 위해서, 나는 '문'을 열었다.

침대에서 벗겨진 시트가 이불과 함께 개어져 있었다. 그 옆에는 지퍼가 달린 폴리에틸렌 주머니가 알록달록한 약을 품은 채 사라진 환자를 그리워하고 있다.

반대편에는 오랜 사용감이 느껴지는 작은 책상이 있었고, 벽한 면을 덮은, 책상과 같은 색의 목제 선반이 우뚝 서 있었다.

"오오오⋯."

탄성이 새어 나왔다.

선반에는 굿즈가 빽빽이 들어차 있었다.

외제 느낌을 물씬 풍기는 피규어, 레트로한 포장 상자에 든 전투기 모형, 방대한 양의 잡지와 간행물, 영화 포스터, 캐릭터 족자 등등. 익숙한 물건도 많았고 그중 어느 것이 '카페 코스믹 패밀리어'의 어디에 진열돼 있었는지까지 순식간에 떠올랐다. 어린 시절로 시간 여행을 하는 것 같은 향수에 휩싸였다. 변하지 않았다. 아버지는 변하지 않은 채 세상을 떠났다.

뭐야. 있잖아. 보물 창고는 있었다. 방치된 망한 장난감 가게와 달리 제대로 상속받은 아들이 리셀러 은퇴 전 마지막으로 맡은 대형 임무. 어디서부터 손을 대야 할까. 두꺼운 파일이 시선을 끌었다. 상당히 예스럽다. 꺼내 보니 트레이딩 카드가 들어 있었다. 기대감이 점점 부푼다…. 하지만 아무리 페이지를 넘겨 보아도 특수 소재로 된 반짝이는 희귀 카드나 출연 배우의 사인이 들어간 값나가는 아이템은 보이지 않았다. 좋아하는 캐릭터별로 파일에 보관한 것이 전부인 허접한 물건을 보며 엄마가 한 말이 떠올랐다.

'그렇게 대단한 가치가 있는 물건들은 아니라고.'

그럴 리가 없어!

트레이딩 카드는 뒷전으로 미뤘다. 늘어선 피규어로 시선을 돌렸다. 우선 이쪽부터 시작하는 것이 좋겠다. 모조리 중고 거래 앱에서 시세를 확인하려고 스마트폰을 꺼낸 순간, 초인종이 울렸다.

"…."

숨을 죽이고 움직임을 멈췄다.

기자일까. 이웃 사람일까. 노파가 누군가에게 내가 집에 있다고 폭로했을지도 모른다. 어쩌면 빈집 털이범일 수도 있다. 방문자를 확인할 용기는 없었다. 세 번째 초인종 소리는 들리지 않았다. 돌아갔나. 방심하게 하려고 기척을 숨기는 걸까. 상대가 누구든 확실히 떠날 때까지 기다릴 것이다. 지구력 싸움이라면 지지 않는다. 나는 몇 시간이나 대기 줄에 서 있을 수 있는 사람이다.

나는 본격적으로 작업에 착수했다. 들끓는 흥분에 몸을 맡기면서도 머리로는 애써 냉정함을 유지했다.

첫 번째 물건은 시세가 저렴하고 심지어 팔리지 않은 상품도 많이 보였다.

두 번째 물건은 팔리기는 하는 것 같지만 역시 별 볼 일 없는 가격이다.

세 번째 물건은 중고로 올라온 상품이 많은 걸 보니 애초에 흔한 상품이다.

스마트폰을 바닥에 떨어뜨렸다. 손에 힘이 들어가지 않았다. 말도 안 돼…. 이럴 리가 없다. 아버지가 카페와 일자리를 잃으면서까지 평생 애지중지한 컬렉션인데….

나는 스마트폰을 집어 들고 다시 작업을 이어갔다.

네 번째. 상품성 없음.

다섯 번째. 수익성 없음.

여섯 번째. 이것도 수익성 없음.

점점 호흡이 얇아지고 현기증이 났다.

나는 곧장 시장의 규모와 포화 상태를 찾아봤다. 절대적 인기를 누려 온 《코스믹 레거시》는 몇십 년에 걸쳐 전세계에서 온갖 굿즈가 판매되었다. 본고장인 미국뿐만 아니라 여러 외국에서도 라이선스 계약을 기반으로 굿즈가 제조됐기 때문에 지금도 공식 루트로 많은 상품을 구매할 수 있다. 물론 구하기 힘든 프리미엄 굿즈도 있지만, 압도적으로 수량이 적기 때문에 생기는 희소가치는 그리 쉽게 알현할 수 있는 것이 아니다.

일곱 번째. 팔릴 것 같지 않다.

여덟 번째. 팔릴 것 같지 않다.

아홉 번째. 팔릴 것 같지 않다.

보물 창고가 환영처럼 사라져 갔다.

나는 그동안 아버지의 컬렉션을 과대평가했다. 내가 기대한 만큼 큰 가치는 없었다. 돈으로 바꾼다 한들 큰돈이 되지 못할 것이다. 이것들이 보물이었던 이유는 아버지가 갖고 있었기 때문이었다. 가격을 매길 수 없는 가치를 아버지는 보고 있었기 때문이다. 아버지가 사랑한 물건들이었다. 애초에 리셀러인 내가 어떻게 할 수 있는 물건들이 아니었다.

"궁상떨지 마."

기가 꺾인 나를 질타했다.

여기에 얼마나 많은 물건이 있나. 겨우 몇 개 확인해 본 것 가지고 아직 포기하기에는 이르다. 카드 한 장, 배지 하나에 수백만 엔, 수천만 엔을 내는 수집가가 있는 세상이다. 아직 가능성은 남아 있다. 반드시, 반드시 고가의 프리미엄 상품을 찾아내고 말겠다.

나는 이를 악물면서 검색창에 다음 상품의 이름을 적어 넣었다.

옮긴이 **권하영**

한국외국어대학교 일본어통번역학과를 졸업하고, 이화여자대학교 통역번역대학원에서 한일번역을 전공하였다. 번역작으로 《전남친의 유언장》, 《루팡의 딸2》, 《루팡의 딸3》, 《루팡의 딸4》, 《루팡의 딸5》, 《내가 나를 버린 날》, 《치유를 파는 찻집》, 《한밤중의 마리오네트》 등이 있다.

리셀러 살인사건

초판1쇄 2025년 10월 24일
저자 마츠자와 쿠레하
옮긴이 권하영
편집 김대웅 **디자인** 배석현
ISBN 979-11-93324-71-4 03830

발행인 아이아키텍트 주식회사
출판브랜드 북플라자
주소 서울시 강남구 학동로 329 북플라자 타워
홈페이지 www.bookplaza.co.kr

오탈자 제보 등 기타 문의사항은 book.plaza@hanmail.net으로 보내주세요.
잘못된 책은 구입하신 서점에서 교환해 드립니다.

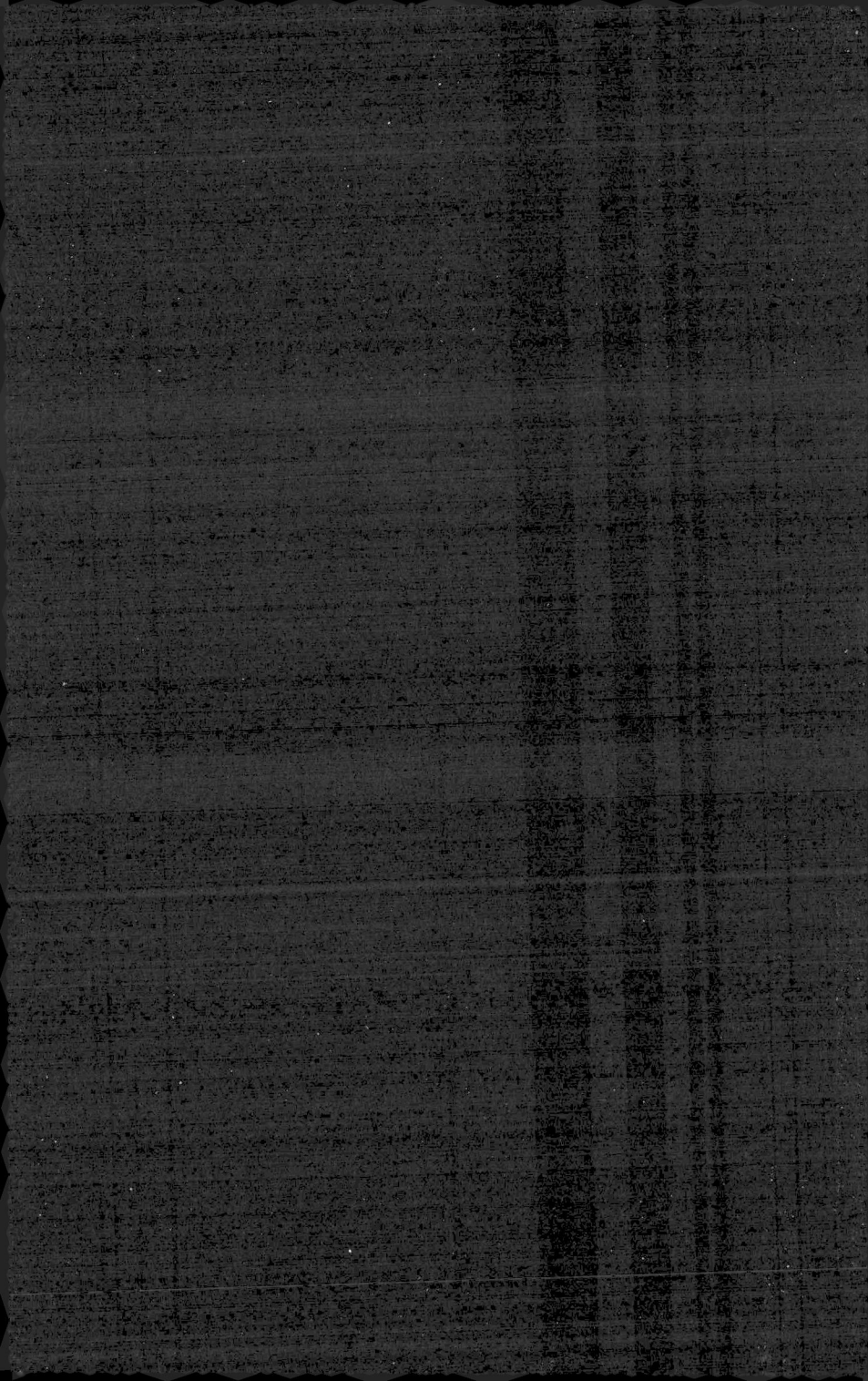